Cómo atrapar
- A UNA -
HEREDERA

AGENTES DE LA CORONA

Libro 1

Cómo atrapar

- A UNA -

HEREDERA

JULIA QUINN

TITANIA

Argentina • Chile • Colombia • España
Estados Unidos • México • Perú • Uruguay

Título original: *To Catch an Heiress*
Editor original: Avon Books, Nueva York
Traducción: Claudia Viñas Donoso

2.ª edición Mayo 2022

Copyright © 1998 by Julie Cotler Pottinger
Published by arrangement with Avon. An Imprint of HarperCollins*Publishers*
All Rights Reserved
© 2022 *by* Ediciones Urano, S.A.U.
Plaza de los Reyes Magos, 8, piso 1.º C y D – 28007 Madrid
www.titania.org
atencion@titania.org

ISBN: 978-84-17421-52-6
E-ISBN: 978-84-9944-030-9
Depósito legal: B-4.756-2022

Fotocomposición: Ediciones Urano, S.A.U.
Impreso por: Romanyà-Valls – Verdaguer, 1 – 08786 Capellades (Barcelona)

Impreso en España – *Printed in Spain*

Para Mamá Chiks, Sister Song, Freener y Nosk de Bools.

*Y también para Paul, aunque es un milagro que yo
terminara esta novela cuando él me robaba el ordenador todo el tiempo
para jugar al Doom.*

1

contubernial (sustantivo): 1. Persona que comparte el mismo alojamiento. 2. Camarada.

«La idea de Percy Prewitt como mi *contubernio* me provoca urticaria.»

Del diccionario personal de Caroline Trent

Hampshire, Inglaterra
3 de julio de 1814

Caroline Trent no había tenido la menor intención de disparar a Percival Prewitt, pero lo hizo, y a consecuencia del disparo él había muerto. O al menos eso creía ella, pues había la suficiente sangre para creerlo. Chorros de sangre bajaban por la pared y formaban charcos en el suelo, y la ropa de cama estaba manchada sin remedio. No sabía mucho de medicina, pero estaba segura de que una persona no podía perder tanta sangre y continuar viva.

Pues sí que estaba en apuros.

—¡Maldición! —masculló.

Aunque era una dama de buena familia, no había recibido la educación que se habría esperado, por lo que a veces su lenguaje dejaba mucho que desear.

—Estúpido —le dijo a Percy, aunque este estaba inconsciente en el suelo—. ¿Por qué tuviste que lanzarte sobre mí? ¿Por qué no pudiste dejarme en paz? Le dije a tu padre que no me casaría contigo. Le dije que no me casaría contigo ni aunque fueras el último idiota que quedara en Gran Bretaña.

Golpeó el suelo con el pie por la frustración. ¿Por qué nunca le salían las palabras como ella quería? A pesar del silencio de Percy, que no resultaba sorprendente, añadió:

—Lo que quiero decir es que eres un idiota, y que no me casaría contigo ni que fueras el último hombre que quedara en Gran Bretaña y, en fin, ¿por qué estoy hablando contigo? Estás muerto.

Lanzó un gemido. ¿Qué demonios podía hacer? Oliver Prewitt, el padre de Percy, volvería a casa en dos horas, y no hacía falta haberse sacado un título en Oxford para saber que no se alegraría cuando encontrara a su hijo muerto en el suelo.

—Tu padre también es un pesado —gruñó—. Todo esto es culpa de él. Si no se hubiera obsesionado con que atraparas a una heredera...

Oliver Prewitt era su tutor, o al menos lo seguiría siendo durante las seis semanas que faltaban para que cumpliera los veintiún años. Desde el 14 de agosto de 1813, día en que cumplió los veinte, había contado los días que faltaban para llegar al 14 de agosto de 1814. Solo faltaban cuarenta y dos días. Dentro de cuarenta y dos días tendría, por fin, el control de su vida y de su fortuna. No quería ni imaginar cuánto se habrían gastado los Prewitt de ese dinero.

Dejó la pistola en la cama, se puso las manos en las caderas y miró a Percy.

Y justo entonces, él abrió los ojos.

—¡Aaaah! —gritó Caroline, dando un salto, y agarrando de nuevo el arma.

—¡Arpía...! —masculló Percy.

—No digas nada. Todavía tengo la pistola.

—No la usarías —resopló él, tosiendo y apretando la mano contra el hombro, que estaba sangrando.

—Pues parece que los hechos indican todo lo contrario.

Él apretó los labios formando una línea recta. Soltó unas cuantas maldiciones y luego le dirigió una furiosa mirada.

—Le dije a mi padre que no deseo casarme contigo —siseó—. ¡Por Dios! ¿Te lo imaginas? ¿Tener que vivir contigo el resto de mi vida? Me volvería loco. Si antes no me has matado, claro.

—Si no querías casarte conmigo, no deberías haber intentado violarme.

Él se encogió de hombros y aulló por el dolor que le provocó el movimiento. La miró indignado.

—Tienes mucho dinero pero, ¿sabes?, creo que no el suficiente para que valga la pena aguantarte.

—¡Ah! Pues entonces ten la amabilidad de decirle eso a tu padre —espetó ella.

—Me dijo que me desheredará si no me caso contigo.

—¿Y no podrías enfrentarte a él aunque sea una vez en tu patética vida?

Percy gruñó al oírse llamar «patético», pero en su debilitado estado no podía hacer mucho ante el insulto.

—Podría irme a Estados Unidos —masculló—. Seguro que entre las salvajes hay mejores opciones que tú.

Caroline no le hizo el menor caso. No se había llevado bien con él desde el instante en que se mudó con los Prewitt, hacía un año y medio. Percy estaba dominado por su padre, y en las únicas ocasiones en que demostraba tener algo de carácter era cuando su padre estaba ausente. Por desgracia, ese carácter se manifestaba en forma de crueldad y mezquindad, y, en opinión de ella, también era bastante aburrido.

—Supongo que tendré que salvarte —gruñó—. La verdad es que no mereces que vaya a la horca por tu culpa.

—¡Qué amable!

Caroline sacó la funda de una almohada y la dobló hasta formar un tapón, observando que era de un lino de la mejor calidad, probablemente comprada con su dinero, y se la aplicó a la herida.

—Tenemos que detener la sangre —dijo.

—Parece que ya sale menos —contestó él.

—¿La bala te atravesó?

—No lo sé. Me duele muchísimo, pero no sé si duele más si te atraviesa o si se queda atascada en el músculo.

—Imagino que es doloroso de las dos formas —dijo ella, apartando la funda para examinar la herida. Lo hizo girarse con suavidad y le observó la espalda—. Creo que ha salido por el otro lado. Tienes un agujero en la espalda.

—Típico de ti eso de herirme por los dos lados.

—Tú me trajiste aquí con el pretexto de tomar una taza de té para aliviarte el catarro, ¡y entonces intentaste violarme! ¿Qué esperabas?

—¿Por qué demonios llevas una pistola?

—Siempre llevo una pistola. La tengo desde que..., bueno, no tiene importancia.

—No habría seguido hasta el final —masculló él.

—¿Y cómo iba a saberlo?

—Bueno, sabes que nunca me has gustado.

Caroline le presionó el improvisado tapón en el hombro herido con más fuerza de la que era necesaria.

—Lo que sé es que a ti y a tu padre siempre os ha gustado mi herencia.

—Creo que mi aversión por ti supera lo que pueda gustarme tu herencia —gruñó Percy—. Eres demasiado mandona, ni siquiera eres bonita y tienes una lengua de víbora.

Caroline apretó los labios hasta formar una línea recta. Si hablaba con tanta mordacidad, no era culpa suya. No había tardado en comprender que su ingenio era su única defensa ante los tutores que había tenido que soportar desde que su padre muriera cuando ella tenía diez años. El primero había sido George Liggett, primo hermano de su padre, que aunque no era un mal hombre, no sabía qué hacer con una niña pequeña. Así que le sonrió una sola vez para decirle que estaba encantado de conocerla y la dejó en una casa de campo con una niñera y una institutriz, desentendiéndose de ella desde ese momento.

Pero resultó que George murió, y la tutoría pasó a un primo hermano de él, que no tenía ningún parentesco ni con su padre ni con ella. Niles Wickham era un viejo avaro que vio en su pupila una buena sustituta de una empleada, y al instante le dio una lista de quehaceres más larga que su brazo, por lo que tuvo que cocinar, planchar, barrer, quitar el polvo, abrillantar y fregar. Lo único que no hacía era dormir.

En todo caso, Niles se atragantó con un hueso de pollo, se puso todo morado y se murió. Entonces, en los tribunales no supieron qué hacer con ella, una muchacha de quince años a la que no consideraban apropiado enviar a un orfanato por ser rica y de buena familia. Fue en ese momento cuando le dieron la tutoría a un primo segundo de Niles, Archibald Prewitt. Archibald era un hombre lascivo que la encontraba tan atractiva que la hacía sentirse incómoda, y eso la llevó a adquirir la costumbre de llevar siempre un arma encima. En todo caso, Archibald tenía un corazón débil y solo tuvo que vivir seis meses con él, hasta asistir a su funeral y hacer las maletas para irse a vivir con su hermano menor, Albert.

Albert bebía demasiado y le gustaba usar los puños, por lo que tuvo que aprender a correr rápido y a esconderse. Y así, mientras que Archibald había intentado manosearla en toda ocasión, Albert, que era un borracho cruel, la golpeaba y le hacía daño. Por lo tanto, también se convirtió en una experta en detectar el olor a licor desde el otro extremo de una habitación; Albert jamás le levantaba una mano para golpearla cuando estaba sobrio.

Por desgracia, rara vez lo estaba, y en uno de esos arrebatos de borracho le dio una patada a su caballo con tanta fuerza que el animal le correspondió con una coz en la cabeza. Para entonces, ella ya estaba tan acostumbrada a mudarse, que en cuanto el cirujano cubrió la cara de Albert con una sábana, hizo la maleta y esperó a que los tribunales decidieran adónde enviarla.

Muy pronto se encontró viviendo en la casa de Oliver, el hermano menor de Albert, y su hijo, el Percy que en esos momentos estaba sangrando. Al principio le pareció que Oliver era el mejor de todos los tutores que había tenido, pero no tardó en darse cuenta de que nada le importaba tanto como el dinero. Cuando se enteró de que su pupila traía consigo una fortuna considerable, decidió que no podía dejarla escapar de sus garras, ni a ella ni a su dinero. Percy era unos cuantos años mayor que ella, así que Oliver anunció que se casarían. A ninguno de los dos le gustó el plan de formar pareja, y así lo expresaron, pero a Oliver no le importó lo más mínimo. Insistió a Percy hasta que este aceptó la idea, y entonces se dedicó a intentar convencerla de que se convirtiera en una Prewitt.

La tarea de «convencerla» consistía en gritarle, darle de bofetadas, dejarla sin comer, encerrarla en su habitación y, finalmente, ordenarle a Percy que la dejara embarazada para que ella tuviera que casarse con él.

—Prefiero tener un bastardo que a un Prewitt —masculló.

—¿Qué has dicho?

—Nada.

—Vas a tener que marcharte, ¿sabes? —dijo él, cambiando bruscamente de tema.

—Eso lo tengo muy claro.

—Mi padre me dijo que si no te dejaba embarazada, él se encargaría de hacerlo.

Caroline casi vomitó.

Incluso Percy era preferible a Oliver.

—¿Disculpa? —dijo, con la voz temblorosa, lo que no era nada propio de ella.

—No sé adónde podrías ir, pero necesitas desaparecer hasta el día que cumplas veintiún años, que será... ¿cuándo? Creo que pronto.

—Faltan seis semanas —murmuró Caroline—. Seis semanas exactas.

—¿Puedes?

—¿Esconderme?

Percy asintió.

—Tengo que poder, ¿no? Pero voy a necesitar fondos. Tengo un poco de dinero para pequeños gastos, pero no tendré acceso a mi fortuna hasta el día de mi cumpleaños.

Percy hizo un gesto de dolor porque ella le quitó el tapón con que le tenía presionada la herida.

—Yo puedo prestarte algo de dinero —dijo.

—Te lo devolveré. Con intereses.

—Estupendo. Tendrás que marcharte esta noche.

Caroline paseó la mirada por la habitación.

—Pero este desastre... Tengo que limpiar la sangre.

—No, déjala. Es mejor que te deje marchar porque me has disparado a que yo haya desbaratado el plan.

—Algún día tendrás que enfrentarte a tu padre.

—Será más fácil cuando tú no estés. Hay una muchacha muy agradable a dos pueblos de distancia a la que quiero cortejar. Es callada y sumisa, y no tan delgada como tú.

Al instante Caroline compadeció a la pobre muchacha.

—Espero que todo te vaya bien —mintió.

—Sé que no lo deseas, pero no me importa. No me importa lo que pienses mientras te vayas de aquí.

—¿Sabes, Percy, que eso es lo que yo pienso sobre ti?

Curiosamente, él sonrió, y por primera vez en los dieciocho meses que llevaba viviendo con esos Prewitt, ella sintió una especie de afinidad con ese muchacho que casi tenía su edad.

—¿Adónde vas a ir? —le preguntó él.

—Mejor que no lo sepas. Así tu padre no podrá sonsacártelo.

—Buen argumento.

—Además, no tengo ni idea. Como sabes, no tengo ningún pariente, por eso acabé con vosotros. Pero tras diez años defendiéndome de mis atentos tutores, debería ser capaz de arreglármelas sola durante seis semanas.

—Si alguna mujer puede hacerlo, esa eres tú.

Caroline arqueó las cejas.

—Vamos, Percy, ¿eso ha sido un cumplido? Me has dejado pasmada.

—No ha sido un cumplido ni de cerca. ¿Qué tipo de hombre querría una mujer capaz de arreglárselas sin él?

—El tipo de hombre que podría arreglárselas sin su padre —replicó ella.

Percy la miró con el ceño fruncido y giró la cabeza en dirección a su cómoda. Caroline fue hasta el mueble.

—Abre el cajón de arriba. Ese no, el de la derecha.

—¡Percy, esta es tu ropa interior! —exclamó Caroline, cerrando el cajón asqueada.

—¿Quieres que te preste el dinero o no? Ahí es donde lo escondo.

—Bueno, seguro que nadie querría mirar aquí dentro —masculló ella—. Tal vez si te bañaras más a menudo...

—¡Maldición! —estalló él—. No veo la hora de que te largues. Tú, Caroline Trent, eres la hija del diablo. Eres todas las plagas. Eres la peste. Eres...

—¡Vamos, cállate!

Volvió a abrir el cajón, fastidiada por lo mucho que le dolieron esos insultos. Percy le caía tan mal como ella a él, pero no le gustaba que la compararan con plagas de langostas, garrapatas y sapos, o con la Peste Negra, o con ríos convertidos en sangre.

—¿Dónde está el dinero?

—En una de mis medias. No, la negra... No esa negra... Sí, ahí, al lado de... Sí, en esa.

Caroline alcanzó la media, la sacudió y cayeron varios billetes y monedas.

—¡Por Dios, Percy! Tienes cien libras. ¿De dónde has sacado tanto dinero?

—Llevo un buen tiempo ahorrando. Y robo una o dos monedas del escritorio de mi padre cada mes. Mientras no coja demasiado, él no lo nota.

A Caroline le costó creérselo. Oliver Prewitt estaba tan obsesionado con el dinero que era un milagro que su piel no hubiera tomado el color de un billete de una libra.

—Puedes quedarte con la mitad —dijo Percy.

—¿Solo la mitad? No seas estúpido, Percy. Necesito esconderme durante seis semanas. Podría tener gastos inesperados.

—Yo podría tener gastos inesperados.

—¡Tú tienes un techo sobre la cabeza!

—Podría no tenerlo en cuanto mi padre descubra que te he dejado marchar.

Caroline tuvo que estar de acuerdo con él. Oliver Prewitt no iba a sentirse satisfecho con su único hijo. Devolvió la mitad del dinero a la media.

—Muy bien —dijo, metiéndose su parte en el bolsillo—. ¿Ha dejado de salirte sangre?

—No te van a acusar de asesinato, si es eso lo que te preocupa.

—Puede que te resulte difícil creerlo, Percy, pero no deseo tu muerte. No deseo casarme contigo y no lamentaré no volver a verte, pero no deseo tu muerte.

Percy la miró con una expresión extraña, y ella tuvo la impresión de que le diría algo agradable, pero simplemente lanzó un bufido.

—Tienes razón, me cuesta creerte.

En ese momento ella decidió dejar de lado todo sentimentalismo y se dirigió a la puerta con paso decidido. Cuando puso la mano en el pomo, dijo:

—Será hasta dentro de seis semanas. Entonces vendré a recoger mi herencia.

—Y a pagarme.

—Y a pagarte. Con intereses —añadió, antes de que lo dijera él.

—Estupendo.

—Por otro lado —continuó ella, aunque más bien hablando consigo misma—, tal vez pueda llevar mis asuntos sin tener que volver a veros. Podría hacerlo todo a través de un abogado y...

—Mejor aún —la interrumpió Percy.

Enfadada, Caroline lanzó un fuerte suspiro y salió de la habitación. Percy no cambiaría jamás. Era grosero, egoísta y, aunque era algo más agradable que su padre, de todos modos seguía siendo un patán.

Caminó con sigilo por el oscuro pasillo y subió el tramo de escalera hasta su habitación. Resultaba curioso que todos sus tutores le hubieran dado una habitación en el ático. La de Oliver había sido la peor de todas: un polvoriento cuarto en una esquina con techo bajo y aleros anchos. Pero si con eso su intención había sido someterla, no lo había conseguido. La verdad es que le encantaba su acogedora habitación, que estaba más cerca del cielo. Oía el sonido de la lluvia sobre el tejado y veía las ramas de los árboles con nuevos brotes en primavera. Los pájaros hacían sus nidos fuera de su ventana y de vez en cuando pasaban ardillas por el alféizar.

Mientras ponía sus pertenencias más preciadas en una bolsa, se asomó a mirar por la ventana. Había sido un día despejado, y en ese momento el cielo aparecía extraordinariamente luminoso. En cierto modo encontraba apropiado que la noche fuera estrellada. Eran pocos los recuerdos que tenía de su madre, Cassandra Trent, pero recordaba muy bien las noches de verano en que se sentaba fuera con ella sobre su falda y miraban juntas las estrellas. «Mira esa —le susurraba—. Creo que es la más brillante que hay en el cielo. Y mira hacia allá. ¿Ves la Osa Mayor?». Y siempre, antes de entrar en casa, Cassandra le decía: «Cada estrella es especial, ¿lo sabías? Todas pueden parecer iguales, pero cada una es diferente y especial, como tú. Tú eres la niña más especial del mundo. Nunca lo olvides».

Ella era demasiado pequeña entonces para darse cuenta de que su madre se estaba muriendo, pero siempre recordaría con cariño y gratitud ese último regalo que le hizo, por muy desolada que se sintiera. Durante los diez últimos años de su vida había tenido muchos motivos para sentirse triste, pero solo tenía que mirar al cielo para recuperar cierto sosiego. Si una estrella titilaba, se sentía a salvo, tal vez no tanto como esa niña sentada en el regazo de su madre, pero por lo menos las estrellas le daban esperanza. Ellas resistían, por lo que ella también podía hacerlo.

Echó una última mirada a su habitación para asegurarse de que no se dejaba nada, metió unas cuantas velas de sebo en la bolsa, por si las necesitaba, y salió.

La casa estaba silenciosa. A todos los criados les habían dado la noche libre, sin duda para que no hubiera ningún testigo cuando Percy la atacara. Típico de Oliver ser tan previsor. Lo que la sorprendía era que no hubiera usado antes esa táctica. Pero claro, tal vez al principio pensó que lograría casarla con Percy sin recurrir a la violencia, y al ver que estaba más cerca el día en que ella cumpliría los veintiún años, le había entrado la desesperación.

Y a ella también. Si tenía que casarse con Percy se moriría, por melodramático que eso pareciera. La única cosa peor que tener que verlo todos los días del resto de su vida, era tener que *escucharlo* todos los días del resto de su vida.

Mientras atravesaba el vestíbulo en dirección a la puerta principal, se fijó en el nuevo candelabro que se alzaba majestuosamente en una mesita. Oliver no había dejado de presumir sobre la nueva adquisición durante toda la semana; plata de ley, decía, artesanía de la mejor.

Se le escapó un gruñido. Seguro que no había podido comprar candelabros de plata antes de que lo nombraran su tutor.

Resultaba irónico, pues le habría encantado compartir su fortuna, incluso regalarla, si hubiera encontrado un hogar con una familia que la quisiera y se preocupara por ella. Personas que vieran en ella algo más que una cuenta bancaria.

De forma impulsiva, sacó las velas de cera de abeja del candelabro y puso en su lugar las de sebo que llevaba en la bolsa. Si necesitaba encender una vela durante su viaje, deseaba sentir el agradable olor de la cera que Oliver se reservaba para él.

Salió corriendo, murmurando una corta oración de agradecimiento por el buen tiempo que hacía.

—Menos mal que Percy no decidió atacarme en invierno —masculló, echando a andar por el camino de entrada.

Habría preferido cabalgar o usar cualquier tipo de vehículo que le permitiera salir más rápido de Hampshire, pero Oliver solo tenía dos caballos y en esos momentos los dos estaban enganchados a su carruaje, que siempre usaba para ir a su partida de cartas semanal en casa del terrateniente.

Intentando mirar la situación por el lado positivo, se dijo que le resultaría más fácil esconderse si iba a pie. Iría más lenta, eso sí, y si se encontraba con un bandolero...

Se estremeció. Una mujer sola llamaba mucho la atención, y su pelo castaño claro parecía atrapar toda la luz de la luna, pero lo llevaba recogido bajo la papalina. Habría sido más inteligente haberse vestido de muchacho, pero no le había dado tiempo de hacerlo. Tal vez debería dirigirse a la costa y continuar por el litoral hasta el puerto más cercano y concurrido. No estaba tan lejos y desde ahí podría subirse a un barco que la llevara adonde Oliver no pudiera encontrarla en las seis semanas siguientes.

Sí, le convenía seguir una ruta hacia la costa, pero no podría tomar ninguna carretera principal; seguro que alguien la vería. Giró en dirección sur y comenzó a atravesar un campo. Portsmouth solo estaba a quince millas; si caminaba rápido y durante toda la noche llegaría por la mañana. Entonces compraría un pasaje para un barco que la llevara a la otra punta de Inglaterra. No deseaba dejar el país, y tampoco le convenía, pues necesitaba reclamar su herencia dentro de seis semanas.

Además estaba el asunto de qué haría hasta entonces. Llevaba tanto tiempo aislada de la sociedad que ni siquiera sabía si podría acceder a un empleo decente. Creía tener las aptitudes necesarias para ser una buena institutriz, pero lo más probable es que tardara las seis semanas en encontrar un puesto. Y entonces, bueno, no sería justo aceptar un puesto de institutriz y luego dejarlo a las pocas semanas.

Sabía cocinar, eso sí, y sus tutores se habían encargado de que aprendiera a hacer la limpieza de la casa. Tal vez podría trabajar en una posada remota a cambio de alojamiento y comida.

Asintió para sus adentros. La idea de limpiar habitaciones para personas desconocidas no le resultaba demasiado atractiva, pero al parecer era su única esperanza para sobrevivir las próximas semanas. Eso sí, hiciera lo que hiciese, tenía que alejarse de Hampshire y de los condados vecinos. Podría trabajar en una posada, pero esta tendría que estar muy lejos de Prewitt Hall.

Así pues, apresuró el paso en dirección a Portsmouth. La hierba que pisaba estaba seca y esponjosa, y los árboles la ocultaban de la carretera principal. No había mucho tráfico a esa hora de la noche, pero no estaría de más ir con cuidado. Continuó avanzando rápido, mientras el único sonido que oía era el de sus propias pisadas. Hasta que...

¿Qué había sido eso?

Se giró a mirar rápidamente, pero no vio nada. Se le aceleró el corazón. Juraría que había oído algo.

«Tiene que haber sido un erizo —se dijo en silencio—. O tal vez una liebre. —Pero no vio ningún animal, así que no se tranquilizó—. Continúa caminando. Tienes que llegar a Portsmouth por la mañana.»

Reanudó la marcha, caminando tan rápido que comenzó a agitársele la respiración, hasta que casi empezó a resollar, y de pronto...

Se volvió a girar, llevando la mano a la pistola por instinto. Había oído algo sin duda alguna.

—Sé que estás ahí —dijo en tono desafiante, con una valentía que no sentía—. Da la cara o continúa escondido como un cobarde.

Crujieron unas ramas y un hombre apareció por entre los árboles. Vestía de negro, desde la camisa hasta las botas, y hasta su pelo era negro. Alto y de hombros anchos, era el hombre de aspecto más peligroso que había visto en toda su vida.

Y le apuntaba con una pistola al corazón.

2

pugnaz (adjetivo): 1. Dispuesto a luchar. 2. Belicoso. 3. Pendenciero.

«Sé ser *pugnaz* cuando me arrinconan.»

Del diccionario personal de Caroline Trent

Blake Ravenscroft no tenía muy claro qué idea se había formado sobre la apariencia de la mujer, pero seguro que no era esa. Había creído que sería dulce, coqueta y manipuladora, pero la mujer que tenía enfrente estaba muy erguida, con los hombros bien derechos, y lo miraba directamente a los ojos.

Y tenía la boca más interesante que había visto en su vida. No se le ocurría ninguna manera de describirla, aparte de que el labio superior se le curvaba de la manera más deliciosa y...

—¿Qué le parece si apunta esa pistola hacia otra parte?

Blake dio un respingo y salió de su ensoñación, consternado por haber perdido la concentración.

—Eso le gustaría, ¿eh?

—Pues, sí, la verdad. Les tengo cierta manía a las armas, ¿sabe? No es que me molesten, son buenas para según qué cosas, como cazar, pero no me gusta especialmente que me apunten con una y...

—¡Silencio!

Ella cerró la boca.

Blake la miró detenidamente un momento. Había algo en ella que no encajaba. Carlotta de León era española, bueno, medio española al menos, y esa muchacha parecía inglesa de la cabeza a los pies. Su pelo no se podía describir como rubio, pero era sin duda castaño claro, y hasta en la oscuridad veía que sus ojos eran de color azul turquesa.

Por no hablar de su voz, que tenía el característico acento de la clase alta británica.

Pero él la había visto salir de casa de Oliver Prewitt, al amparo de la oscuridad de la noche, estando todos los criados fuera con la noche libre. Tenía que ser Carlotta de León. No había ninguna otra explicación.

Él y el Ministerio de Guerra, que no lo empleaba exactamente, sino que le daba órdenes y de tanto en tanto un cheque, llevaban casi seis meses detrás de Oliver Prewitt. Las autoridades locales sabían desde hacía un tiempo que este sacaba y traía cosas de contrabando desde Francia, aunque solo últimamente habían comenzado a sospechar que usaba su pequeño barco tanto para los cargamentos habituales de coñac y seda, como para transportar a espías de Napoleón, que iban y venían con mensajes diplomáticos secretos. Dado que el barco de Prewitt salía de una pequeña cala situada al sur, entre Portsmouth y Bournemouth, al principio el Ministerio de Guerra no le prestó demasiada atención. La mayoría de los espías atravesaban el Canal de la Mancha desde Kent, que está mucho más cerca de Francia. La cala desde donde salía su barco, un lugar que parecía inconveniente, se prestaba a las mil maravillas para el ardid, y el Ministerio de Guerra temía que las fuerzas de Napoleón lo estuvieran utilizando para enviar sus mensajes más arriesgados. Un mes antes habían descubierto que el contacto de Prewitt era una tal Carlotta de León, medio española, medio inglesa, y cien por cien letal.

Él había estado vigilando la casa durante todo el atardecer, desde el instante en que supo que a todos los criados les habían dado la noche libre; un gesto muy inusual en un hombre notoriamente tacaño como Oliver Prewitt. Estaba claro que tramaba algo, y sus sospechas se confirmaron cuando vio a la muchacha salir de la casa al amparo de la oscuridad. De acuerdo, era algo más joven de lo que había supuesto, pero no permitiría que su disfraz de inocencia le impidiera cumplir su misión. Lo más seguro era que cultivara esa apariencia inocente; ¿quién podría sospechar que una jovencita tan encantadora fuera culpable de alta traición?

Llevaba el largo cabello recogido hacia atrás en una trenza, tenía la cara limpia, las mejillas sonrosadas y...

Y su mano, de delicada estructura ósea, iba acercándose lentamente a su bolsillo.

Su bien aguzado instinto tomó el mando. Movió el brazo izquierdo con la velocidad del rayo, desviándole la mano, y se abalanzó sobre ella. La golpeó con todo su peso y los dos cayeron al suelo. La sintió suave debajo de él, a excepción, lógicamente, de la dura pistola que llevaba en el bolsillo de su capa. Si había tenido alguna duda acerca de su identidad, ya no le quedaba ninguna. Agarró la pistola, se la metió en la cinturilla del pantalón y se incorporó, dejándola tumbada en el suelo.

—Eres toda una novata, querida.

Ella pestañeó y luego masculló:

—Bueno, era de esperar, ya que no soy una profesional en este tipo de cosas, aunque sí tengo cierta experiencia con...

Sus palabras se perdieron en un murmullo ininteligible, y él no supo si le hablaba a él o lo hacía consigo misma.

—Le he ido detrás casi un año —dijo en tono duro.

Eso captó la atención de ella.

—¿Sí?

—Aunque no supe quién era hasta el mes pasado. Pero ahora que la he atrapado, no la dejaré escapar.

—¿No?

Blake la miró enfadado y desconcertado. ¿Qué juego se traía entre manos?

—¿Cree que soy idiota?

—No. Acabo de escapar de un antro de idiotas, así que estoy familiarizada con ellos, y usted es diferente. De todos modos, espero que no tenga muy buena puntería.

—Jamás yerro un tiro.

Ella lanzó un suspiro.

—Sí, ya me lo temía. Tiene toda la pinta. Oiga, ¿le importa si me levanto?

Él movió la pistola una fracción de pulgada, solo para recordarle que la estaba apuntando al corazón.

—En realidad, prefiero que esté tirada en el suelo.

—Ya me lo imaginaba —masculló ella—. Supongo que no va a permitirme seguir mi camino.

Él se rio, con una risa más parecida a un ladrido.

—Pues no, querida. Sus días de espionaje han llegado a su fin.

—Mis días de... ¿de qué?

—El Gobierno británico lo sabe todo sobre usted y sobre sus traidoras actividades, señorita Carlotta de León. Creo que va a descubrir que no miramos con muy buenos ojos a las espías españolas.

Ella lo miró incrédula. ¡Por Dios! Sí que era buena actriz...

—¿El Gobierno sabe cosas sobre mí? Un momento, ¿de quién?

—No se haga la tonta, señorita De León. Su inteligencia es conocida tanto aquí como en el continente.

—Eso es un agradable cumplido, pero me temo que ha habido un error.

—Ningún error. La vi salir de Prewitt Hall.

—Sí, claro, pero...

—En la oscuridad —continuó él—, estando todos los criados ausentes. No se dio cuenta de que estábamos vigilando la casa, ¿verdad?

Caroline pestañeó muy rápido. ¿Alguien había estado vigilando la casa? ¿Cómo es que ella no se había dado cuenta?

—No, por supuesto que no. ¿Cuánto tiempo?

—Dos semanas.

Eso lo explicaba todo. Esas dos últimas semanas se las había pasado en Bath, atendiendo a la achacosa tía solterona de Oliver; había vuelto ayer por la tarde.

—Y eso nos ha bastado para confirmar nuestras sospechas —continuó él.

—¿Sus sospechas?

¿De qué demonios hablaba ese hombre? Si estaba loco, ella estaba en un grave aprieto, porque seguía apuntando a su abdomen con la pistola.

—Tenemos pruebas suficientes para condenar a Prewitt. Y su testimonio asegurará que lo cuelguen. Y usted, querida, aprenderá a tomarle cariño a Australia.

Caroline ahogó una exclamación con los ojos iluminados por el placer. ¿Oliver estaba metido en algo ilegal? ¡Ah! Eso sí que era maravilloso. Debería haber supuesto que no era otra cosa que un vil maleante. Puso a trabajar su cerebro a toda velocidad. A pesar de lo que decía el hombre de negro, dudaba de que Oliver hubiera hecho algo lo bastante grave como para que lo colgaran, pero tal vez lo enviarían a la cárcel. O lo condenarían a trabajos forzados. O...

—¿Señorita De León?

—¿Qué ha hecho Oliver? —preguntó, casi con un resuello de entusiasmo.

—¡Por el amor de Dios, mujer! Ya estoy harto de su actuación. Va a venirse conmigo. —Lanzando un gruñido amenazador, avanzó y le agarró las muñecas—. Ahora mismo.

—Pero...

—Ni una sola palabra más a no ser que sea una confesión.

—Pero...

—¡Basta! —Le metió un trapo en la boca y se lo amarró como una mordaza—. Después tendrá mucho tiempo para hablar, señorita De León.

Caroline tosió y gruñó enérgicamente mientras él le ataba las muñecas con un trozo de soga. Y entonces la sorprendió introduciéndose dos dedos en la boca y lanzando un suave silbido. Un maravilloso castrado negro salió brincando de detrás de los árboles, con paso ágil y airosos movimientos.

Mientras ella miraba boquiabierta al caballo, que tenía que ser el animal más discreto y mejor entrenado de la historia, el hombre la levantó y la colocó en la silla.

—¡Aiichrr! —gritó ella, sin poder hablar por culpa de la sucia mordaza que le tapaba la boca.

—¿Qué? —preguntó él. Entonces la miró y vio que las faldas se le metían entre las piernas—. ¡Ah! Las faldas. Puedo cortarlas por los lados o puede prescindir del decoro.

Ella lo miró indignada.

—Prescindimos del decoro, entonces. —Le levantó las faldas hasta que ella quedó a horcajadas en una posición más cómoda—. Lo siento, pero no se me ocurrió traer una silla lateral, señorita De León, aunque créame si le digo que tiene un problema mucho mayor a que yo le vea las piernas desnudas.

Ella le dio un puntapié en el pecho.

Él cerró dolorosamente la mano en su tobillo.

—Nunca dé un puntapié a un hombre que la está apuntando con una pistola.

Ella alzó el mentón y desvió la cara. Esa farsa ya duraba demasiado tiempo. Tan pronto como se librara de esa maldita mordaza le diría a ese bruto que jamás había oído hablar de su señorita Carlotta de León. Haría caer la fuerza de la ley sobre su cabeza tan rápido que él acabaría suplicando que le pusieran el dogal del verdugo.

Pero mientras tanto, tendría que conformarse con hacerle la vida imposible. Tan pronto como él montó y se instaló en la silla detrás de ella, le clavó un codo en las costillas. Con fuerza.

—Y ahora ¿qué? —espetó él.

Ella se encogió de hombros con inocencia.

—Otra jugada como esa y le meteré otro trapo en la boca, y este estará mucho menos limpio que el que ya tiene.

Como si eso fuera posible, pensó Caroline, furiosa. No quería ni pensar en dónde habría estado la mordaza antes de estar metida en su boca. Lo único que pudo hacer fue mirarlo con su expresión más feroz, y a juzgar por el bufido que soltó él, comprendió que su mirada no había sido ni la mitad de feroz.

Entonces él puso el caballo a medio galope y ella cayó en la cuenta de que, si bien no iban en dirección a Portsmouth, tampoco iban en dirección a ninguna parte cerca de Prewitt Hall.

Si no hubiera tenido atadas las manos, habría dado palmas de alegría. No podría haber escapado más rápido si ella misma hubiera organizado el medio de transporte. Ese hombre podía pensar que ella era otra persona, una delincuente española, para ser exactos, pero eso ya lo aclararía una vez que la hubiera llevado lejos, muy lejos. Mientras tanto, estaría callada y quieta, para que él pudiera poner el caballo a galope tendido.

Treinta minutos después, atenazado por una enorme desconfianza, Blake Ravenscroft desmontó delante de Seacrest Manor, su casa solariega, cerca de Bournemouth, en Dorset. Carlotta de León, a la que poco le había faltado para que le arrojara fuego a las uñas de los pies cuando la arrinconó en la pradera, no había opuesto ni la más mínima resistencia durante toda la cabalgada. No se movió y tampoco hizo el menor intento de escapar ni una sola vez. En realidad, había estado tan quieta y callada que su lado caballeroso, que asomaba con demasiada frecuencia, estuvo tentado de quitarle la mordaza.

Pero resistió ese impulso de ser amable. El marqués de Riverdale, su mejor amigo y compañero habitual en sus misiones contra el crimen, había tratado con la señorita De León, y le había comentado que era muy peligrosa. No le quitaría la mordaza ni las ataduras de las manos mientras no la tuviera a buen recaudo.

La bajó del caballo y, llevándola firmemente agarrada del codo, la hizo entrar en la casa. Su personal dentro de la casa se componía solo de tres criados, los tres discretísimos, ya que estaban acostumbrados a ver entrar visitantes extraños a mitad de la noche.

—Por la escalera —gruñó, llevándola por el vestíbulo.

Ella asintió alegremente (¿alegremente?) y apresuró el paso. Subió con ella hasta la última planta y ahí la hizo entrar en un dormitorio pequeño, pero cómodo y bien amueblado.

—Solo para que no se le pase por la cabeza la idea de escapar —le dijo en tono brusco, enseñándole dos llaves—, debe saber que la puerta tiene dos cerraduras.

Ella miró hacia el pomo de la puerta, pero aparte de eso él no vio ninguna otra reacción a sus palabras.

—Además —añadió—, la distancia de aquí al suelo es de más de quince yardas. Así que no le recomendaría que intente escapar por la ventana.

Ella se encogió de hombros, como si no se le hubiera pasado por la cabeza considerar la ventana como una opción para huir.

Mirándola enfadado por su despreocupación, le quitó la cuerda que le ataba las muñecas y se las dejó sujetas con unas esposas a un poste de la cama.

—No quiero que intente nada mientras estoy ocupado.

Ella le sonrió, lo cual fue toda una hazaña con la sucia mordaza en la boca.

—¡Maldición! —masculló él entonces.

Esa actitud de ella lo tenía totalmente desconcertado y no le gustaba nada esa sensación. Después de comprobar que la había dejado bien sujeta al poste, comenzó a revisarlo todo minuciosamente, para no dejar nada en la habitación que ella pudiera usar como arma. Había oído decir que Carlotta de León era muy ingeniosa, y no entraba en sus planes ser recordado como el idiota que la infravaloró.

Metiéndose en el bolsillo una pluma y un pisapapeles, agarró la silla y la sacó al pasillo. Ella no parecía tener la fuerza suficiente para desarmar la silla, pero si lograba arrancarle una pata, el trozo de madera con astillas sería un arma peligrosa.

Ella pestañeó y lo miró con interés cuando volvió a entrar.

—Si quiere sentarse, puede hacerlo en la cama —le dijo en tono seco.

Ella ladeó la cabeza, de un modo fastidiosamente amistoso, y se sentó en la cama. En realidad no tenía otra opción teniendo las manos sujetas al poste.

—No intente confundirme con esa actitud colaboradora —le advirtió—. Lo sé todo sobre usted.

Ella se encogió de hombros.

Lanzando un bufido de fastidio, él le dio la espalda y continuó la inspección de la habitación. Cuando por fin se convenció de que esta sería una prisión aceptable, se giró a mirarla con las manos plantadas firmemente en las caderas.

—Si lleva otras armas escondidas entre sus ropas, haría bien en entregármelas ahora o de lo contrario tendré que registrarla.

Ella se echó hacia atrás con expresión de doncella horrorizada y él sintió el placer de haber conseguido ofenderla. Porque, o estaba ofendida, o era una actriz realmente buena.

—Bueno, ¿tiene más armas? Le aseguro que seré mucho menos amable si descubro que ha intentado ocultar algo.

Ella negó enérgicamente con la cabeza y estiró al máximo las esposas que le sujetaban las muñecas, como si quisiera alejarse lo más posible de él.

—A mí tampoco me va a gustar esto —masculló él.

Hizo un esfuerzo por no sentirse un canalla cuando ella cerró con fuerza los ojos, con miedo y resignación. Sabía muy bien que las mujeres podían ser tan malas y peligrosas como los hombres; siete años de servicios para el Ministerio de Guerra lo habían convencido de esa verdad elemental, pero nunca había logrado acostumbrarse a esa parte del trabajo. Lo habían educado para tratar a las mujeres como a damas, e iba contra su sentido moral registrarla en contra de su voluntad.

Le dejó libre una de las muñecas para poder quitarle la capa y procedió a revisarle los bolsillos. En ellos no encontró nada de interés, aparte de cincuenta libras en billetes y monedas, lo cual le pareció una suma insignificante para una espía tan notoria. Después pasó la atención a su pequeña bolsa; la giró y dejó caer el contenido sobre la cama. Dos velas de cera de abeja, a saber para qué las quería, un cepillo de plata para el pelo, una pequeña Biblia, una libreta de notas encuadernada en piel y unas cuantas prendas de ropa interior que no se atrevió a tocar porque las habría ensuciado. Toda persona merece que se respeten sus prendas más íntimas, incluso las espías traidoras.

Tomó la Biblia y pasó rápidamente las páginas en abanico para asegurarse de que no hubiera nada escondido entre ellas. Tras comprobar que no contenía nada, la dejó caer sobre la cama, observando de paso que ella se encogió al verlo hacer eso.

Entonces tomó la libreta y la abrió. Vio que solo había algo escrito en las primeras páginas.

—Contubernal —leyó en voz alta—. Placible. Diacrítico. Emperejilar. Metafonía. —Arqueando las cejas, continuó leyendo. Tres páginas llenas del tipo de palabras que le ganan a uno un sobresaliente en Oxford o Cambridge—. ¿Qué es esto?

Ella levantó un hombro, hacia la boca, señalando la mordaza.

—De acuerdo —dijo él, asintiendo en tono seco y dejando la libreta junto a la Biblia—, pero antes de quitarle eso tendré que... —Se interrumpió para lanzar un triste suspiro. Los dos sabían qué tenía que hacer—. Si no opone resistencia, podré hacerlo más rápido.

A ella se le tensó todo el cuerpo, así que, intentando desentenderse de lo mal que se sentía, la cacheó rápidamente de arriba abajo.

—Ya está, hemos terminado —dijo con la voz ronca—. Debo decir que me sorprende que no lleve ninguna otra arma aparte de esa pistola.

Ella lo miró indignada.

—Ahora le quitaré la mordaza, pero si grita volveré a ponérsela de inmediato.

Ella asintió y tosió cuando él le hubo quitado la mordaza.

—¿Y bien? —le dijo, apoyándose con insolencia en la pared.

—¿De qué me serviría gritar? Nadie me oiría.

—Muy cierto —concedió él. Sus ojos se posaron en la libreta encuadernada en piel y la alcanzó—. Ahora, supongo que me dirá de qué va esto.

Ella se encogió de hombros.

—Mi padre siempre me animaba a ampliar mi vocabulario.

Blake la miró incrédulo y volvió a pasar las primeras páginas. Era una especie de código. Seguro, tenía que serlo. Pero estaba cansado, y sabía que si ella confesaba algo esa noche no sería nada tan revelador como la clave de un código secreto. Así que tiró la libreta sobre la cama y dijo:

—Hablaremos de esto mañana.

Ella hizo otro de esos fastidiosos encogimientos de hombros.

Él apretó los dientes.

—¿No tiene nada que decir?

Caroline se frotó los ojos, diciéndose que tenía que sacar partido del lado bueno de ese hombre. Se veía peligroso, y a pesar de su visible incomodidad cuando tuvo que registrarla, no le cabía duda de que le haría daño si lo consideraba necesario para su misión.

Fuera cual fuese esa misión.

Estaba metida en un juego peligroso. Deseaba continuar alojada en esa agradable propiedad el mayor tiempo posible; no cabía duda de que ahí estaría más abrigada y segura que en cualquier otro lugar que hubiera logrado encontrar sola. Pero para eso tenía que dejar que él continuara creyendo que ella era Carlotta. No sabía cómo lo haría; no hablaba ni entendía el español, y no tenía ni idea de cómo debe actuar una delincuente cuando está prisionera y atada al poste de una cama.

Carlotta intentaría negarlo todo, supuso.

—Se ha equivocado de persona, no soy la mujer que busca —dijo, sabiendo que él no la creería, y sintiendo también un malvado placer porque esa era la verdad.

—¡Ja! —exclamó él—. Creí que sería capaz de inventarse algo más original.

Ella se encogió de hombros.

—Puede creer lo que le dé la gana.

—Me parece que actúa con mucha seguridad para ser alguien que está en clara desventaja.

Tenía un punto de razón en eso, concedió Caroline. Pero si Carlotta era realmente una espía, sería una experta en las fanfarronadas.

—No me gusta que me aten, me amordacen y me arrastren por el campo y luego me dejen atada al poste de una cama. Por no hablar de verme obligada a someterme a su cercanía.

Él cerró los ojos, y si no estuviera segura de que no era así, ella habría pensado que sentía algún tipo de dolor. Entonces él abrió los ojos y la miró de nuevo con una expresión dura e implacable.

—Me resulta difícil de creer, señorita De León, que haya llegado tan lejos en su selecta profesión sin que nunca antes la hayan registrado.

Caroline no supo qué decir, así que se limitó a mirarlo indignada.

—Sigo esperando a que hable —dijo él.

—No tengo nada que decir.

Eso al menos era cierto.

—Podría cambiar de opinión después de pasarse unos días sin comer ni beber.

—¿Acaso piensa dejarme morir de hambre?

—Eso ha vencido la resistencia de hombres más fuertes que usted.

Ella no había pensado en ese detalle. Se había imaginado que él le gritaría, incluso pensó que podría golpearla, pero no se le ocurrió pensar que podría privarla de comida y agua.

—Veo que la perspectiva no la entusiasma.

Tenía que idear un plan, pensó ella. Tenía que descubrir quién demonios era ese hombre. Más que nada, necesitaba tiempo.

—Déjeme en paz —dijo. Lo miró a los ojos, y añadió—: Estoy cansada.

—De eso no me cabe duda, pero no estoy especialmente inclinado a dejarla dormir.

—No tiene por qué preocuparse por mi comodidad. No creo que me vaya a sentir muy descansada después de pasar una noche atada al poste de la cama.

—¡Ah, eso! —dijo él.

Dio un rápido paso y con un movimiento de la muñeca le soltó las esposas.

—¿Por qué lo ha hecho? —preguntó ella con desconfianza.

—Me apetecía hacerlo. Además, no tiene ningún arma; no podría ganarme en una reyerta y no tiene ningún medio para escapar. Buenas noches, señorita De León.

Ella lo miró boquiabierta.

—¿Se marcha?

—Le he deseado las buenas noches.

Acto seguido giró sobre sus talones y salió de la habitación, dejándola mirando la puerta con la boca abierta.

Oyó girar una llave y luego otra, y entonces recuperó la serenidad.

—¡Por Dios, Caroline! —se dijo—. ¿En qué lío te has metido?

Le gruñó el estómago y deseó haber comido algo antes de salir huyendo esa noche. Su captor parecía ser un hombre de palabra, y si decía que no le iba a dar alimento ni agua, le creía.

Corrió hasta la ventana y se asomó a mirar. Él no le había mentido. El suelo estaba por lo menos a quince yardas, pero el alféizar era ancho por fuera, y si lograba encontrar alguna especie de recipiente podría ponerlo en el borde para que recogiera el agua de lluvia y el rocío. Ya había pasado hambre

antes, sería capaz de arreglárselas con eso, pero la sed era un asunto totalmente distinto.

En el escritorio encontró un pequeño tintero. El cielo continuaba despejado, pero siendo como era el clima en Inglaterra, había muchas posibilidades de que lloviera antes del amanecer, así que lo dejó en el alféizar por si
acaso.

Después volvió a sentarse en la cama, agarró su bolsa y puso todas sus
cosas dentro. Afortunadamente él no había mirado la Biblia con la suficiente atención como para ver lo que había escrito dentro. Su madre se la había
dejado antes de morir, y él habría querido saber por qué estaba escrito el
nombre de Cassandra Trent en la página de guarda. Y tras ver cómo había
reaccionado ante su pequeño diccionario, ¡santo cielo!, tendría problemas
para explicar eso.

Entonces tuvo una sensación extrañísima.

Se quitó los zapatos, dejándose las medias, se levantó y caminó en silencio hasta la pared que daba al pasillo. Avanzando pegada a la pared llegó
hasta la puerta, se inclinó y miró por el ojo de una de las cerraduras.

¡Ajá! Justo lo que había imaginado. Al otro lado la observaba un enorme
ojo azul grisáceo.

—Que tenga muy buenas noches —dijo en voz alta.

Entonces fue a por su papalina y la dejó colgada del pomo, tapando
las dos cerraduras. No quería dormir con su único vestido puesto, pero
lógicamente no se lo iba a quitar si cabía la posibilidad de que él estuviera
mirando.

Lo oyó maldecir una vez y luego otra. Después oyó sus pasos alejarse por
el pasillo.

Se quitó la ropa hasta quedarse solo con la camisola y la enagua y se
metió en la cama. Se puso a pensar mientras contemplaba el techo.

Pasado un momento, comenzó a toser.

3

en jarras (locución adverbial): 1. Dicho de los brazos: con las manos apoyadas en la cintura y los codos hacia fuera.

«No logro ni empezar a contar las veces que ha estado delante de mí con los brazos *en jarras*. De hecho, la sola idea me estremece.»

Del diccionario personal de Caroline Trent

Caroline tosió durante toda la noche. A las primeras luces del alba, continuaba tosiendo.

Y seguía tosiendo cuando el cielo ya estaba de un vivo color azul.

Solo paró de toser para ir a mirar su colector de agua. ¡Maldición! Nada. Le habrían sentado bien unas gotitas de líquido. La garganta le ardía como si estuviera en llamas.

Pero aunque le doliera la garganta, su plan había funcionado como un ensalmo. Cuando abrió la boca para intentar hablar, el sonido que le salió habría avergonzado a una rana.

Aunque, mejor dicho, la rana se habría sentido avergonzada si le hubiera salido ese sonido. Estaba afónica. No cabía duda de que había logrado enmudecer temporalmente. Ese hombre podía hacerle todas las preguntas que quisiera, que ella no iba a poder contestarle ninguna.

Solo para asegurarse de que él no pensara que se estaba fingiendo afónica, fue hasta el espejo, abrió bien la boca y ladeó la cabeza de forma que le diera la luz del sol en la garganta.

Estaba de un vivo color rojo y se veía realmente mal. Y con las ojeras y bolsas que se le habían formado bajo los ojos por estar despierta toda la noche, aún tenía peor aspecto.

Casi se puso a brincar de alegría. Si lograba idear una manera de aparentar que tenía fiebre, parecería más enferma. Podría poner la cara cerca de una vela, y así tal vez se le calentaría la piel de manera anormal, pero si él entraba lo pasaría fatal intentando explicarle por qué tenía una vela encendida esa luminosa mañana.

No, la garganta y su mudez tendrían que bastar. Y si no bastaban, ya no le quedaba ninguna otra opción, porque los pasos de él ya resonaban fuerte por el pasillo.

Se echó a correr hasta la cama, se metió bajo las mantas y se cubrió con ellas hasta el mentón. Tosió un par de veces, se pellizcó las mejillas, para dar la impresión de que las tenía arreboladas, y tosió un poco más.

Continuó tosiendo.

La llave giró en la cerradura. Continuó tosiendo. La garganta le dolía como si se fuera a morir, pero quería hacer una buena actuación en el momento en que él entrara.

Giró la llave en la otra cerradura. ¡Maldición! Se había olvidado de que había dos. Pues a seguir tosiendo. ¡Cof, cof, cof!

—¡Por Dios! ¿Qué es ese ruido infernal?

Caroline miró hacia la puerta, y si no hubiera estado ya muda, se habría quedado sin habla. Su captor se veía apuesto y peligroso en la oscuridad, pero a la luz del día su belleza dejaba pequeña a la de Adonis. Se veía algo más corpulento, y también más fuerte, como si su ropa apenas pudiera contener la potencia de su cuerpo. Llevaba el pelo negro peinado con pulcritud, aunque un mechón rebelde le caía sobre la ceja izquierda. Y sus ojos eran grises y límpidos, aunque eso era lo único inocente en ellos; daban la impresión de haber visto muchísimas cosas a lo largo de su vida.

Él la agarró del hombro y el calor de su contacto atravesó la tela del vestido; ahogó una exclamación ante la impresión, y se apresuró a disimularlo con otra tos.

—Creo que anoche le dije que me he hartado de su actuación.

Ella se apresuró a negar con la cabeza, se puso las dos manos en el cuello y volvió a toser.

—Si por un instante piensa que me voy a creer...

Ella abrió bien la boca y con un dedo se señaló la garganta.

—No le voy a mirar la garganta...

Ella volvió a señalar, y esta vez se metió el dedo en la boca.

—¡Ah! Muy bien.

Apretando los labios en una fina línea, giró sobre sus talones y fue a sacar una vela de su candelabro en la pared. Ella lo miró con no disimulado interés mientras él encendía la vela y caminaba de vuelta hasta la cama. Se sentó en el borde, a su lado, y con el peso hundió esa parte del colchón. Ella rodó un poco hacia él y alargó la mano para detener el descenso.

La mano chocó con su muslo.

Con otro acceso de tos, casi voló hacia el otro lado de la cama.

—¡Vamos, por el amor de Dios! —espetó él—. Me han tocado mujeres más atractivas e interesadas que usted. No tiene nada que temer. Puede que la deje morir de hambre para sonsacarle la verdad, pero no la voy a violar.

Curiosamente, ella le creyó. Dejando de lado su inclinación al rapto, no parecía ser el tipo de hombre que tomaría a una mujer en contra de su voluntad. De un modo extraño, ese hombre le inspiraba confianza. Podría haberla golpeado, incluso podría haberla matado, pero no lo hizo. Percibía que él tenía un código de honor y una moralidad que brillaban por su ausencia en sus tutores.

—¿Y bien? —dijo él.

Ella se deslizó por la cama hacia su lado y colocó recatadamente las manos en el regazo.

—Abra la boca.

Ella se aclaró la garganta, como si hubiera sido necesario, y abrió la boca. Él acercó la llama de la vela a su cara y se inclinó a mirar. Pasado un momento se enderezó, y ella cerró la boca y lo miró expectante.

Él tenía el ceño fruncido.

—Da la impresión de que alguien le hubiera raspado la garganta con una navaja, pero supongo que eso ya lo sabe.

Ella asintió.

—Me imagino que se ha pasado toda la noche despierta tosiendo.

Ella volvió a asentir.

Él cerró los ojos, los tuvo así una fracción de segundo más de lo necesario, y luego dijo:

—Tiene usted mi admiración. Provocarse este dolor solo para evitar contestar unas pocas preguntas demuestra una auténtica consagración a la causa.

Caroline lo miró adoptando su mejor expresión de sentirse insultada.

—Por desgracia, ha escogido una mala causa —añadió él.

Esta vez ella solo consiguió mirarlo sin expresión, como si no entendiera, lo cual era totalmente sincero. No tenía ni idea de a qué causa se refería.

—Estoy seguro de que puede hablar.

Ella negó con la cabeza.

Él acercó la cara a la suya y la miró tan fijamente que se movió nerviosa.

—Inténtelo. Hágalo por mí.

Acercó otro poco más la cara, hasta casi dejar la nariz apoyada en la de ella.

«¡No!», articuló ella, y si le hubiera salido algo de voz habría sido un grito, pero no le salió ningún sonido.

—Es verdad que no puede hablar —dijo él, en un tono que indicaba verdadera sorpresa.

Ella intentó mirarlo con una expresión de «¿Qué cree que intentaría decirle si pudiera hablar?», pero descubrió que esa era una expresión demasiado compleja para expresarla con un simple gesto facial.

Él se irguió de repente.

—Volveré dentro de un rato.

Y girando sobre sus talones se dirigió hacia la puerta. Ella no pudo hacer otra cosa que mirarle la espalda hasta que salió de la habitación.

Lanzando un suspiro de irritación, Blake abrió la puerta de su despacho y entró. ¡Maldición! Ya estaba mayor para ese tipo de cosas. A sus veintiocho años podía decir que todavía era relativamente joven, pero siete años al servicio del Ministerio de Guerra agotaban a cualquiera antes de tiempo. Había visto morir a amigos, a su familia siempre le extrañaban sus largas y continuas desapariciones y su prometida...

Cerró los ojos, abrumado por el sufrimiento y el remordimiento. Marabelle ya no era su prometida. De hecho, no era la prometida de nadie y no tenía la menor posibilidad de serlo, enterrada como estaba en la parcela de su familia en un camposanto de los Cotswolds.

Tan joven, hermosa y condenadamente inteligente... Había sido extraordinario que se enamorara de una mujer cuyo intelecto superaba al suyo. Marabelle era una especie de prodigio, un genio para los idiomas, y debido a eso en el Ministerio de Guerra decidieron reclutarla siendo tan joven.

Y entonces ella lo reclutó a él, su vecino de casi toda la vida y propietario, junto con ella, de la mejor cabaña sobre un árbol de toda Inglaterra y su pareja en las clases de baile. Se criaron juntos y luego se enamoraron, pero ella murió sola.

No, pensó, eso no era cierto. Marabelle solamente murió; fue él quien se quedó solo.

Tras su muerte él continuó trabajando para el Ministerio de Guerra, y de eso ya hacía varios años. Se decía que para vengar su muerte, pero muchas veces se preguntaba si no lo hacía simplemente porque no sabría dedicarse a otra cosa. Y sus superiores no querían dejarlo marchar. Tras la muerte de Marabelle él se volvió temerario; ya no le importaba demasiado si vivía o moría, así que corría riesgos estúpidos en nombre de su país, y dichos riesgos habían dado sus frutos. Jamás había fracasado en ninguna de sus misiones.

Claro que también había sido herido de bala, envenenado y arrojado por la borda de un barco, pero eso no molestaba tanto al Ministerio de Guerra como la perspectiva de perder a su agente más brillante.

Últimamente, sin embargo, había intentado dejar atrás la rabia. Aunque le sería imposible enterrar su dolor, creía que podía poner fin al odio que sentía hacia el mundo que le había arrebatado a su verdadero amor.

La única manera de conseguirlo era dejar de trabajar para el Ministerio de Guerra e intentar llevar una vida normal.

Pero antes tenía que llegar al final de ese último caso. El responsable de la muerte de Marabelle había sido un traidor como Oliver Prewitt. A ese traidor lo ejecutaron, y él estaba decidido a conseguir que Prewitt también acabara en la horca.

Y para ello tenía que sonsacarle información a Carlotta de León. ¡Maldita fuera esa mujer! No creía ni por un segundo que de la noche a la mañana hubiera contraído una extraña enfermedad que le impedía hablar. No, lo más probable era que la muchacha se hubiera pasado toda la noche sentada en la cama tosiendo hasta dejarse la garganta en carne viva.

Aunque eso había valido la pena, aunque solo fuera para verle la expresión de horror cuando intentó gritar «¡No!» sin poder emitir ningún sonido.

Él se rio. Era de esperar que la garganta le ardiera como si tuviera ahí las llamas del infierno. Se lo merecía.

De todos modos, tenía que hacer su trabajo. Esa misión sería la última que haría para el Ministerio de Guerra, y aunque no deseaba otra cosa que retirarse a la paz y quietud de Seacrest Manor, también quería que esa misión tuviera un éxito rotundo.

Carlotta de León *hablaría*, y a Oliver Prewitt *lo colgarían*.

Y entonces Blake Ravenscroft se convertiría en un simple y aburrido caballero terrateniente, destinado a vivir su vida en solitaria tranquilidad. Tal vez se aficionaría a pintar. O a criar perros de caza. Las posibilidades eran infinitas, e infinitamente aburridas.

Pero, por el momento, tenía que hacer su trabajo. Con implacable resolución, tomó tres plumas, un tintero y varias hojas de papel. Si Carlotta no podía decirle todo lo que sabía, bien podría escribirlo, ¡maldita sea!

Caroline sonreía de oreja a oreja. Hasta el momento, la mañana había sido todo un éxito. Su captor ya estaba convencido de que no podía hablar, y Oliver...

Se le ensanchó aún más la sonrisa al pensar en lo que estaría haciendo Oliver en ese preciso instante. Seguramente, sacudiendo su estúpida cabeza, gritando como un loco y arrojando algún que otro florero a la cabeza de su hijo. Ningún florero valioso, eso sí. Oliver sabía calcular muy bien la intensidad de sus rabietas para no romper nada que tuviera algún valor económico.

Pobre Percy. Casi sintió lástima por él. Casi. Le resultaba difícil hacer acopio de compasión por ese patán que había intentado violarla la noche anterior. Se estremeció al pensar en cómo se sentiría si lo hubiera logrado.

De todos modos, tenía la impresión de que si Percy conseguía algún día liberarse del dominio de su padre, podría convertirse en un ser humano medianamente decente. No uno al que ella deseara ver con frecuencia, por supuesto, pero sí uno que no andaría por ahí atacando a mujeres inocentes solo por obedecer órdenes.

Justo entonces oyó los pasos de su captor en el pasillo. Se apresuró a poner cara seria y se colocó una mano en el cuello. Cuando él entró, ella estaba tosiendo.

—Le traigo un regalo —dijo él, en un tono sospechosamente alegre.

Ella ladeó la cabeza.

—Mire esto. Papel, plumas y tinta. ¿No lo encuentra fascinante?

Ella pestañeó, fingiendo que no entendía. ¡Ah, vaya! No había pensado en eso. De ninguna manera podría convencerlo de que no sabía escribir; se notaba a las claras que era una mujer educada. Y no hacía falta decir que no sería capaz de torcerse la muñeca en los tres segundos siguientes.

—Pero claro —dijo él, con exagerada solicitud—, necesita algo para apoyar el papel. ¡Qué desconsiderado he sido al no tener en cuenta sus necesidades! A ver, permítame que le traiga el cartón con el papel secante del escritorio. —Fue a recogerlo y volvió—. Ya está, lo pondremos aquí, sobre la falda. ¿Está cómoda?

Ella lo miró indignada. Prefería su ira a ese sarcasmo.

—¿No? Venga, permítame que le ahueque los almohadones.

Se inclinó y ella, que ya estaba harta de esa actitud empalagosa, tosió fuerte echándole varias gotas de saliva en la boca y la nariz. Cuando él se enderezó y la miró indignado, ella le respondió con una expresión de absoluto pesar.

—Olvidaré lo que acaba de hacer —dijo él entre dientes—, lo que debería agradecerme eternamente.

Caroline se limitó a mirar los utensilios para escribir que tenía sobre la falda, tratando de idear un nuevo plan con desespero.

—¿Empezamos, entonces? —dijo él.

Ella sintió picor en la sien derecha y levantó la mano para rascarse. La mano derecha. Entonces se le ocurrió una idea. Siempre había preferido la mano izquierda para escribir, pero sus profesores la habían regañado para obligarla a hacerlo con la mano derecha. La llamaban rara y atea. Un tutor especialmente religioso le había dicho, incluso, que era un engendro del demonio. Y ella intentaba aprender a escribir con la mano derecha, vaya si lo intentaba, pero aunque lograba sujetar la pluma de forma natural, nunca había logrado escribir más que unos garabatos ininteligibles.

Pero todos los demás escribían con la mano derecha, como insistían sus maestros, y ella no querría ser diferente, ¿verdad?

Tosió para ocultar su sonrisa. Nunca se había sentido más feliz por ser *diferente*. Ese hombre suponía que escribía con la mano derecha, como lo hacían él y todos sus conocidos. Pues bien, estaría encantada de hacer lo que él quería. Alargó la mano derecha, tomó una pluma, la mojó en el tintero y lo miró con cara de aburrimiento, esperando la primera pregunta.

—Me alegra que haya decidido cooperar —dijo él—. No me cabe duda de que descubrirá que es lo más beneficioso que puede hacer por su salud.

Ella lanzó un bufido y puso los ojos en blanco.

—Empecemos, entonces —dijo él, mirándola con intensidad—. ¿Conoce a Oliver Prewitt?

No serviría de nada negar eso. Esa noche él la había visto salir de su casa. De todos modos, no tenía ningún sentido desperdiciar su arma secreta en una pregunta tan sencilla, así que asintió.

—¿Cuánto tiempo hace que lo conoce?

Eso tenía que pensarlo. No tenía ni idea de cuánto tiempo llevaba Carlotta de León trabajando con Oliver, si es que de verdad trabajaba con él, pero claro, lo más probable era que el hombre que tenía delante, sentado y de brazos cruzados, tampoco lo supiera.

«Lo mejor es decir la verdad», decía siempre su madre, así que no vio ningún motivo para desviarse de esa norma. Le sería más fácil no confundirse con sus historias si se atenía a la verdad todo cuanto le fuera posible. Vamos a ver, había vivido un año y medio con Oliver y Percy, pero los conocía desde hacía más tiempo. Levantó la mano enseñando cuatro dedos, porque seguía deseando reservar la escritura para una pregunta más interesante y compleja.

—¿Cuatro meses?

Negó con la cabeza.

—¿Cuatro años?

Asintió.

—¡Por Dios! —exclamó Blake.

Y ellos sin tener ni idea de que Prewitt llevara tanto tiempo llevando y trayendo información mientras hacía contrabando... Habían creído que fueron dos años, puede que dos y medio. Cuando pensaba en todas las misiones fallidas..., por no hablar de las vidas perdidas por la traición de Prewitt. ¡Cuántos de sus colegas habían muerto...! Y su amadísima...

Se estremeció de rabia y sentimiento de culpa.

—Dígame el tipo de relación que mantenía con él —le ordenó, en tono seco.

«¿Que le diga?», articuló ella.

—¡Escríbalo! —rugió él.

Ella hizo una inspiración profunda, como preparándose para una tarea dificilísima, y comenzó a escribir, con sumo cuidado.

Blake pestañeó, y luego volvió a pestañear.

—¿En qué maldito idioma está escribiendo?

Ella se echó hacia atrás, ofendida.

—Para que conste, no sé español, así que tenga la amabilidad de escribir la respuesta en inglés. O, si lo prefiere, en francés o en latín.

Ella lo señaló con un dedo, haciendo un movimiento que él no logró interpretar.

—Repito —gruñó entre dientes—. ¡Escriba el tipo de relación que mantenía con Oliver Prewitt!

Ella señaló cada uno de sus garabatos (porque él no se atrevería a llamarlos «palabras») moviendo el dedo lentamente, como si quisiera enseñarle algo nuevo a un niño pequeño.

—¡Señorita De León!

Ella lanzó un suspiro y articuló algo, apuntando hacia sus garabatos.

—No sé leer los movimientos de los labios, mujer.

Ella se encogió de hombros.

—Vuelva a escribirlo.

A ella le relampaguearon de irritación los ojos, pero tomó la pluma y obedeció.

Los garabatos que hizo eran peores que los anteriores.

Blake cerró las manos en sendos puños para no retorcerle el cuello.

—Me niego a creer que no sepa escribir.

Ella abrió la boca, ofendida, y pasó el dedo enérgicamente por los trazos de tinta.

—Llamar escribir a eso, señora, es un insulto a las plumas y a la tinta del mundo entero.

Ella se cubrió la boca con una mano y tosió. ¿O se rio?

Entrecerrando los ojos, Blake se levantó y fue hasta el tocador. Alcanzó la libretita llena de palabras rebuscadas y la agitó en el aire.

—Si tiene una letra tan horrible, ¡explíqueme esto! —estalló.

Ella lo miró como si no entendiera, y eso lo enfureció aún más. Volvió con paso decidido hasta la cama y se inclinó, acercando la cara a la suya.

—Estoy esperando —gruñó.

Ella se echó hacia atrás y articuló algo que él no logró descifrar.

—Simplemente no lo entiendo.

Su voz ya había abandonado el terreno de la furia y entrado en el del peligro.

Ella comenzó a hacer todo tipo de movimientos extraños, apuntándose a sí misma y negando con la cabeza y el dedo.

—¿Quiere decir que usted no escribió estas palabras?

Ella asintió con energía.

—¿Quién las escribió?

Ella articuló algo que él no entendió, aunque tuvo la sensación de que ella quería hacerse entender.

Suspirando con cansancio caminó hasta la ventana para respirar un poco de aire fresco. No tenía ninguna lógica que ella no supiera escribir de forma inteligible, y si era verdad que no sabía, ¿quién escribió esas palabras en la libreta? ¿Y qué significaban? Cuando todavía podía hablar, ella le había dicho que solo eran unas palabras escogidas para ampliar su vocabulario, lo cual era mentira, estaba claro. De todos modos...

Pensó un momento y se le ocurrió una idea.

—Escriba el alfabeto —le ordenó.

Ella puso los ojos en blanco.

—¡Ahora mismo! —rugió.

Ella frunció el ceño con fastidio y comenzó la tarea.

Entonces él vio el tintero en el borde del alféizar.

—¿Qué significa esto? —preguntó mientras lo levantaba.

«Agua», articuló ella.

Curioso cómo se las arreglaba a veces para hacerse entender.

Lanzando un bufido, volvió a colocarlo en el borde del alféizar.

—Cualquier idiota habría visto que no iba a llover.

Ella se encogió de hombros.

—¿Ha terminado?

Ella asintió, arreglándoselas para parecer muy enfadada y muy aburrida al mismo tiempo.

Blake volvió a acercarse a la cama y miró el papel. La «m», la «n» y la «o» eran apenas legibles, y la «c» quizá podría descifrarla si su vida dependiera de ello, pero aparte de eso...

Se estremeció. Nunca más. Nunca más arriesgaría su vida ni su cordura, como en este caso, por el bien de la Madre Inglaterra. Les había jurado a sus superiores del Ministerio de Guerra que no continuaría, pero ellos lo engatusaron hasta que aceptó ocuparse de ese último caso. La razón era que él vivía muy cerca de Bournemouth, le dijeron; podría observar las actividades de Prewitt sin despertar sospechas. Tenía que ser Blake Ravenscroft, insistieron. Ningún otro podría hacer ese trabajo.

Así que aceptó, pero jamás se le pasó por la mente que acabaría viéndoselas con una atractiva espía medio española con la peor letra de la historia.

—Me gustaría conocer a su institutriz —masculló—, y entonces me daría el placer de matarla de un disparo.

La señorita De León emitió otro sonido extraño, y esta vez él tuvo la certeza de que era risa. Para ser una espía traidora, tenía un sentido del humor decente.

Se dirigió a la puerta.

—Usted no se mueva —dijo, apuntándola.

Ella se plantó las manos en las caderas y lo miró como si fuera estúpido.

—Volveré enseguida.

Salió de la habitación y, justo antes de echar a andar por el pasillo, recordó que tenía que cerrar con llave la puerta. ¡Maldición! Se estaba ablandando. Eso se debía a que ella no tenía pinta de espía, pensó para justificarse. Notaba algo distinto en ella. La mayoría de las personas a las que conocía en su trabajo se veían agotadas y con la mirada vacía, como si hubieran visto demasiado, pero esos ojos azul turquesa, si se pasaba por alto que estaban algo enrojecidos por la falta de sueño, eran unos ojos... unos ojos...

Se puso rígido y expulsó el pensamiento de la cabeza. Los ojos de ella no eran de su incumbencia. No tenía derecho a pensar en ninguna mujer.

Cuatro horas más tarde, ya estaba dispuesto a reconocer que había fracasado. La había obligado a tragar seis teteras de té, seis, y solo había conseguido que ella comenzara a hacer gestos extraños con las manos, que él interpretó finalmente como «Salga de la habitación para poder usar el orinal».

Pero no le volvió la voz, y si lo había hecho, ella era una experta en ocultarlo.

Fue lo bastante idiota para volver a intentar el método de la pluma y la tinta. Ella movía la mano con elegancia y agilidad, pero lo más parecido que lograba encontrar a los trazos que hacía sobre el papel eran las huellas que dejaría una pata de pollo.

Además, ¡maldita sea!, daba la impresión de que estuviera intentando hacerse la simpática. Peor aún, lo estaba consiguiendo.

Harto del asunto, se sentó en la mesa para quejarse sobre sus escasas dotes de comunicación. Mientras él despotricaba, ella alcanzó una de las hojas de papel con garabatos, la dobló hasta formar una extraña pajarita y la lanzó en dirección a él. La pajarita voló limpiamente por el aire y, al apartarse él de su paso, fue a caer con suavidad en el suelo.

—Muy bien —dijo, admirado a su pesar, pues siempre le habían gustado esos artilugios.

Ella sonrió con orgullo, alcanzó otra hoja, hizo una pajarita más y la lanzó en dirección a la ventana, por la que salió volando.

Aunque debería haberla reprendido por hacerlo perder así el tiempo, deseó ver cómo le iba a la pajarita ahí fuera. Se bajó de la mesa y fue a asomarse a la ventana, alcanzando a ver la figura de papel justo cuando caía en espiral en medio de un rosal.

—La flora ha acabado con ella —dijo, girándose a mirarla.

Ella lo miró enfadada, se bajó de la cama y fue a asomarse a la ventana.

—¿La ve?

Ella negó con la cabeza.

Él se puso a su lado.

—Ahí —dijo, apuntando—, en el rosal.

Ella se enderezó, se apartó de la ventana y, plantándose las manos en las caderas, lo miró con sarcasmo.

—¿Se atreve a burlarse de mis rosales?

Ella movió dos dedos imitando el movimiento de unas tijeras.

—¿Piensa que hace falta podarlos?

Ella asintió con energía.

—Una espía a la que le gusta la jardinería —murmuró para sí mismo—. ¿Nunca acabarán las sorpresas?

Ella se puso una mano ahuecada detrás de la oreja para indicarle que no lo había oído.

—Supongo que usted haría mejor ese trabajo —bromeó él.

Ella volvió a asentir y dio un paso hacia la ventana para volver a mirar los rosales. Pero él no vio su movimiento y se acercó a la ventana al mismo tiempo. Chocaron y él la sujetó cerca de los hombros para impedir que se cayera.

Y entonces cometió el error de mirarla a los ojos.

Unos ojos dulces y luminosos que, Dios lo amparara, eran totalmente receptivos.

Acercó un poco la cara, deseando besarla más de lo que deseaba respirar. Ella entreabrió los labios, y se le escapó una dulce exclamación de sorpresa. Él se acercó un poco más. La deseaba. Deseaba a Carlotta. Deseaba a...

Carlotta.

¡Maldición! ¿Cómo había podido olvidarlo, aunque solo fuera un segundo? Era una espía. Una traidora. Una mujer carente de escrúpulos y moralidad. La apartó de un empujón y se dirigió a la puerta.

—Esto no volverá a ocurrir —dijo, en tono seco.

Ella estaba tan pasmada que no reaccionó de ninguna manera.

Blake soltó una maldición en voz baja y salió, dando un portazo y cerrando la puerta con llave.

¿Qué demonios iba a hacer con ella?

Peor aún, ¿qué demonios iba a hacer consigo mismo?

Negando enérgicamente con la cabeza, bajó corriendo la escalera. Era ridículo. No tenía ningún interés por las mujeres a menos que no fuera para saciar sus necesidades más básicas, y hasta para *eso*, Carlotta de León era totalmente inadecuada.

Al fin y al cabo, no tenía el menor deseo de despertar con el cuello rebanado. O mejor dicho, no despertar, que sería lo más probable.

Tenía que recordar quién era ella.

Y tenía que recordar a Marabelle.

4

pócima (sustantivo): 1. Bebida medicinal preparada por la persona que la recomienda. 2. Remedio de curandero.

«Parece que no tiene mucha fe en sus *pócimas*, pero de todos modos me obliga a tomarlas.»

Del diccionario personal de Caroline Trent

Blake la dejó sola el resto del día. Sentía tanta rabia que no se fiaba de sí mismo si estaba cerca de ella. Ella y su maldita garganta afónica lo enfurecían, aunque, a decir verdad, la mayor parte de su furia era consigo mismo.

¿Cómo pudo pasarle por la mente la idea de besarla, aunque solo fuera un segundo? Ella podía ser medio española, pero también era medio inglesa, y eso la convertía en una traidora.

Y fue un traidor el que asesinó a Marabelle.

Como para reflejar su estado de ánimo, empezó a llover cuando comenzaba a ponerse el sol, y en lo único que se le ocurrió pensar fue en el tintero que ella había dejado en el alféizar para recoger agua.

Soltó un bufido. Como si se fuera a morir de sed con todo el té que la había obligado a beber esa tarde. De todos modos, mientras cenaba en silencio ese anochecer, no pudo evitar pensar en ella ahí arriba encerrada. Tenía que estar muerta de hambre; no había comido nada en todo el día.

—¿Qué te pasa? —se preguntó en voz alta.

¿Sentir compasión por esa astuta espía? ¡Bah! ¿Acaso no le dijo que la iba a matar de hambre? Jamás hacía promesas que no cumplía.

Pero lo cierto es que era una muchacha delgada y esos ojos, que seguía viendo en su imaginación, no se los podía quitar de la cabeza. Unos ojos grandes, tan luminosos que prácticamente brillaban, y que si los mirara en ese momento, pensó con una mezcla de irritación y remordimiento, se verían hambrientos.

—¡Maldición! —masculló, levantándose tan rápido que volcó la silla hacia atrás.

Bien podría darle un panecillo para cenar. Tenía que haber un método mejor que matarla de hambre para lograr que le diera la información que necesitaba. Tal vez si le daba un pequeño bocado de tanto en tanto, ella sentiría tanta gratitud que comenzaría a sentirse en deuda. Había sabido de casos en que los cautivos comienzan a mirar a sus captores como a héroes, y a él no le importaría que esos ojos turquesa lo miraran con un poco de veneración.

Tomó un panecillo de la panera, pero luego lo cambió por otro más grande. Y tal vez un poco de mantequilla. Eso no haría ningún daño. Y mermelada. No, ahí puso el límite; mermelada, no. Era una espía, al fin y al cabo.

Caroline estaba sentada en el borde de la cama, sumida en la contemplación de la llama de una vela con los ojos medio cerrados, cuando oyó que unos pasos se detenían al otro lado de la puerta. Sonó el clic del pestillo de una cerradura, luego el de la otra, y ahí estaba él, llenando con su presencia el vano de la puerta.

¿Cómo era posible que cada vez que lo veía estuviera más guapo que antes? No era justo; toda esa belleza desperdiciada en un hombre, y aun más en uno tan pesado.

—Le he traído un trozo de pan —dijo él con voz ronca, pasándole algo.

Oyó el fuerte gruñido que lanzó su estómago cuando tomó el panecillo.

«Gracias», articuló.

Él se sentó al pie de la cama a observarla zamparse el panecillo con muy poca preocupación por los modales o el decoro.

—De nada. ¡Ah! Casi se me olvida. También le traje mantequilla.

Ella miró con tristeza el trocito de pan que le quedaba en la mano y suspiró.

—¿La quiere de todos modos?

Ella asintió, tomó el recipiente y metió el último trocito de pan en la mantequilla. Se lo llevó a la boca y lo masticó lentamente, saboreándolo. ¡Cielos!

«Creía que me iba a matar de hambre», articuló.

Él negó con la cabeza, indicando que no la había entendido.

—El «gracias» lo he captado, pero eso otro ha escapado a mi comprensión. A no ser que le haya vuelto la voz y quiera decir esa frase en voz alta...

Ella negó con la cabeza, lo que en principio no era mentira. No había intentado hablar desde que él se había marchado y no quería saber si la había recuperado o no. Le había parecido mejor continuar ignorante sobre ese asunto.

—Una lástima —masculló él.

Ella puso los ojos en blanco, se dio una palmadita en el estómago y le miró las manos esperanzada.

—Solo ha traído un panecillo.

Caroline miró el pequeño recipiente, se encogió de hombros y metió un dedo. ¡Quién sabía cuándo volvería a darle algo para comer! Tenía que alimentarse como fuera, aunque eso significara comer mantequilla a secas.

—¡Vamos, por el amor de Dios! —dijo él—. No coma eso. No puede sentarle bien.

Caroline lo miró con sarcasmo.

—¿Cómo está?

Ella agitó las manos para decir «así y asá».

—¿Aburrida?

Ella asintió.

—Estupendo.

Ella lo miró enfurruñada.

—No tengo la menor intención de entretenerla. No es una huésped en esta casa.

Ella puso los ojos en blanco y soltó un suave bufido.

—Mientras no comience a esperar comidas de siete platos...

Caroline se preguntó si el pan y la mantequilla contarían como dos platos. En ese caso, él le debía cinco.

—¿Hasta cuándo va a continuar esta comedia?

Ella pestañeó.

«¿Qué?», articuló.

—Seguro que ha recuperado la voz.

Ella negó con la cabeza, se tocó la garganta y puso una cara tan lastimera que él se echó a reír.

—Duele, ¿eh?

Ella asintió.

Blake se pasó la mano por el pelo, algo malhumorado al darse cuenta de que esa engañosa mujer lo había hecho reír más en un día de lo que lo había hecho en todo el año.

—¿Sabe? Si no fuera una traidora, me resultaría simpática.

Ella se encogió de hombros.

—¿Nunca se ha tomado el tiempo para pensar sobre sus actos? ¿Lo que han provocado? ¿Las personas a las que ha hecho daño?

La miró con intensidad. No sabía por qué, pero estaba decidido a encontrar una conciencia en esa joven espía. Podría haber sido una buena persona, estaba seguro, pues era inteligente, graciosa...

Sacudió la cabeza para expulsar esos rebeldes pensamientos. ¿Es que acaso se veía como su salvador? No la había traído aquí para redimirla; lo único que deseaba era la información que condenaría a Oliver Prewitt. Después la entregaría a las autoridades.

Aunque era muy probable que ella también acabara en la horca. Esa idea daba que pensar, y en cierto modo no le parecía bien.

—¡Qué desperdicio! —masculló.

Ella arqueó las cejas, interrogante.

—Nada.

Caroline levantó y bajó los hombros en un movimiento que tenía mucho de francés.

—¿Qué edad tiene? —le preguntó de repente.

Ella levantó las dos manos abiertas, las cerró y volvió a abrirlas.

—¿Solo veinte? —preguntó él con incredulidad—. No es que parezca mayor, pero pensé...

Al instante ella levantó una mano, con los dedos abiertos como una estrella de mar.

—¿Veinticinco, entonces?

Ella asintió, pero eso lo hizo con la cara vuelta hacia la ventana.

—Debería estar casada y tener unos cuantos críos agarrados de su falda, en vez de andar por ahí traicionando a la Corona.

Ella bajó los ojos y estiró los labios, en una expresión que solo podía definirse como triste. Después giró las manos en un movimiento interrogante y lo señaló.

—¿Yo?

Ella asintió.

—¿Yo qué?

Ella señaló hacia su dedo anular de la mano izquierda.

—¿Por qué no estoy casado?

Ella asintió con energía.

—¿No lo sabe?

Ella lo miró sin expresión, y pasado un momento negó con la cabeza.

—Casi me casé —dijo él, intentando decirlo en un tono frívolo, aunque cualquier idiota habría detectado la tristeza en su voz.

«¿Qué pasó?», articuló Caroline.

—Ella murió.

Caroline tragó saliva y colocó una mano sobre la de él, en gesto de compasión.

«Lo siento.»

Él le apartó la mano y cerró los ojos. Al cabo de un momento los abrió y en ellos no había ninguna emoción.

—No, no lo siente —dijo.

Ella volvió a poner la mano en la falda y guardó silencio, esperando a que él dijera algo. No le parecía correcto hurgar en su aflicción, pero él no dijo nada.

Sintiéndose incómoda por el silencio, se levantó y caminó hasta la ventana. La lluvia golpeaba el cristal, y se preguntó cuánta agua habría recogido su pequeño recipiente. No creía que demasiada, pero la verdad es que no necesitaba el agua con todo el té que le había hecho beber. De todos modos quería ver si su plan había dado resultado. A muy corta edad había aprendido a entretenerse sola de las maneras más simples, además de contemplar el cielo nocturno para ver sus cambios de mes en mes. Tal vez si él la dejaba ahí durante un tiempo, podría tomar mediciones semanales del agua de lluvia. Eso le serviría para tener la mente ocupada al menos.

—¿Qué va a hacer? —preguntó él.

Ella no contestó, ni siquiera con gestos, y agarró el borde inferior de la ventana.

—Le he preguntado qué va a hacer.

El sonido de su voz se acompañó con el de sus pasos y ella comprendió que estaba acercándose pero no se giró a mirarlo. Levantó la ventana y metió en la habitación el vaso, mojándose el vestido.

—Tontita —dijo él, poniendo sus manos sobre las de ella.

Se giró a mirarlo, sorprendida. No había imaginado que él llegara a tocarla.

—Se va a empapar. —Cerró la ventana mientras la apartaba con un suave empujón—. Y entonces se pondrá enferma de verdad.

Ella negó con la cabeza y señaló hacia el tintero que tenía en el alféizar.

—No puede tener sed.

«Solo curiosidad.»

—¿Qué? No la he entendido.

«So-lo cu-rio-si-dad», articuló ella, muy lentamente, con la esperanza de que él pudiera leerle el movimiento de los labios.

—Si dijera eso en voz alta —dijo él arrastrando la voz—, podría entender lo que dice.

Frustrada, ella golpeó el suelo con el pie, pero notó que pisaba algo mucho menos plano y duro que el suelo.

—¡Aaay! —aulló él.

¡Ay, Dios! Su pie.

«Lo siento, lo siento, lo siento. No fue mi intención.»

—Si cree que soy capaz de entender eso, está más loca de lo que pensé al principio —gruñó él.

Ella se mordió el labio inferior con pesar; después se colocó la mano sobre el corazón.

—¿Quiere convencerme de que solo ha sido un accidente?

Ella asintió con energía.

—No le creo.

Ella frunció el ceño y lanzó un suspiro de impaciencia. Esa mudez ya comenzaba a resultarle molesta, pero no sabía de qué otra manera actuar. Exasperada, adelantó un pie y lo señaló.

—¿Qué significa eso?

Ella movió el pie, luego lo puso en el suelo y se lo pisó con el otro.

Él la miró totalmente desconcertado.

—¿Intenta convencerme de que es una especie de masoquista? Lamento decepcionarla, pero nunca me he aficionado a ese tipo de cosas.

Ella agitó los puños un momento, después lo señaló a él y luego a su pie.

—¿Quiere que le dé un pisotón en el pie? —preguntó él con incredulidad.

Ella asintió.

—¿Por qué?

«Lo siento.»

—¿De verdad lo siente? —preguntó él, con voz peligrosamente ronca.

Ella asintió.

Él se le acercó más.

—¿De verdad, de verdad?

Ella asintió.

—¿Y está decidida a demostrármelo?

Ella volvió a asentir, aunque hizo el movimiento con menos convicción.

—No le voy a pisar el pie —murmuró él.

Ella pestañeó.

Él le acarició la mejilla, consciente de que eso era una locura, pero sin poder evitarlo. Deslizó las yemas de los dedos hasta su cuello, deleitándose en el calor de su piel.

—Va a tener que compensármelo de otra manera.

Ella intentó retroceder, pero él ya le había pasado la mano por la nuca y la tenía bien sujeta.

—Un beso —murmuró—. Solo uno.

Ella entreabrió los labios, y su expresión de sorpresa fue tan inocente que él pudo convencerse, aunque solo fuera por un instante, de que no era Carlotta de León. No era una traidora ni una espía. Era simplemente una mujer, una mujer atractiva que estaba en su casa y en sus brazos.

Salvó la distancia que separaba su cara de la de ella y le rozó los labios con los suyos. Ella no se movió, pero él sintió salir de sus labios una suave exclamación de sorpresa. Ese sonido, el primero que salía de sus labios en todo el día aparte de la tos, lo hechizó, y profundizó el beso, acariciándole la suave piel de los labios con la lengua.

Sabía a dulce y salado, tal como debe saber una mujer, y estaba tan impresionado que no se dio cuenta de que ella no le correspondía el beso. No tardó en percibir que ella estaba inmóvil en sus brazos, lo que lo enfureció. Lo fastidiaba desearla tanto, y quería que ella padeciera la misma tortura.

—Bésame —gruñó, con la boca sobre la de ella—. Sé que lo deseas. Lo he visto en tus ojos.

Ella no reaccionó al instante, pero pasado un segundo él sintió bajar lentamente sus pequeñas manos por la espalda. Entonces ella se le acercó más, y cuando él sintió su cálido cuerpo apretado contra el suyo, pensó que iba a explotar.

Ella no movía la boca con el mismo ardor que él, pero entreabrió los labios, invitándolo tácitamente a profundizar el beso.

—¡Por Dios! —murmuró él cuando tuvo que interrumpirlo para inspirar aire—. Carlotta...

Ella se puso rígida y trató de apartarse.

—Todavía no —gimió él.

Tenía que poner fin a eso. No debía continuar por donde le suplicaba su cuerpo, pero no estaba preparado para soltarla. Seguía necesitando sentir su calor, acariciarle la piel, tocarla para recordar que estaba vivo y...

Ella se apartó de repente y retrocedió varios pasos, hasta quedar con la espalda apoyada en la pared.

Soltando una maldición en voz baja, Blake se puso las manos en las caderas y trató de recuperar el aliento. Cuando la miró, vio que ella tenía los ojos muy abiertos, como si estuviera desesperada, y negaba enérgicamente con la cabeza.

—¿Tan desagradable ha sido? —gruñó.

Ella volvió a negar con la cabeza, moviéndola apenas, pero con rapidez. «No puedo», logró articular.

—Bueno, yo tampoco puedo —dijo él, odiándose—, pero lo he hecho de todos modos. Así pues, ¿qué demonios significa eso?

Ella abrió aún más los ojos, pero aparte de eso, no articuló palabra ni hizo ningún otro gesto en respuesta.

Él la miró un largo rato y finalmente dijo:

—La dejaré sola, entonces.

Ella asintió con lentitud.

Él se preguntó por qué le costaba tanto marcharse, pero mascullando unas cuantas maldiciones, se dirigió hacia la puerta.

—Volveré a verla por la mañana.

Se cerró la puerta y Caroline se quedó varios segundos mirando el espacio donde él había estado. Al fin murmuró:

—¡Ay, Dios mío!

A la mañana siguiente Blake bajó a la cocina antes de ir a ver a su *huésped*. Ese día tenía que hacerla hablar; la tontería estaba durando demasiado.

Cuando llegó a la cocina, la señora Mickle, su ama de llaves y cocinera, estaba muy ocupada removiendo algo que acababa de añadir a la olla.

—Buenos días, señor.

—¡Ah! Así es como suena una voz femenina —masculló él—. Casi lo había olvidado.

—¿Disculpe?

—Nada, no tiene importancia. ¿Me haría el favor de hervir agua para un té?

—¿Más té? Creí que prefería el café.

—Lo prefiero. Pero hoy deseo tomar té.

Estaba seguro de que la señora Mickle sabía que había una mujer alojada arriba, pero llevaba varios años trabajando para él y tenían un acuerdo tácito: él le pagaba bien y la trataba con el mayor respeto, y ella no hacía preguntas ni cotilleaba. Tenía el mismo acuerdo con todos sus criados.

Ella asintió y sonrió.

—Entonces, ¿quiere otra tetera *grande*?

Blake le sonrió con sarcasmo. Su acuerdo tácito no significaba que a la señora Mickle no le gustara hacerle bromas siempre que podía.

—Una muy grande —contestó.

Mientras ella se ocupaba del té, salió en busca de Perriwick, su mayordomo. Lo encontró abrillantando una cubertería de plata que no necesitaba que la abrillantaran más.

—Perriwick —lo llamó—, necesito enviar un mensaje a Londres. Inmediatamente.

Perriwick asintió con pomposidad.

—¿Al marqués?

Blake asintió. La mayoría de sus mensajes urgentes eran para James Sidwell, el marqués de Riverdale. Perriwick sabía muy bien cómo hacer llegar sus mensajes a Londres por la ruta más rápida.

—Si me lo entrega, me encargaré de que salga del distrito ahora mismo.

—Primero tengo que escribirlo —dijo Blake, distraído.

Perriwick frunció el ceño.

—¿Me permite sugerirle que escriba sus mensajes antes de pedirme que los envíe, señor? Eso significaría aprovechar de una forma mucho más eficiente su tiempo y el mío.

Blake esbozó una media sonrisa.

—Eres condenadamente insolente para ser un criado.

—Tan solo deseo que su casa sea dirigida de forma eficaz, señor.

Blake sacudió la cabeza, maravillado por la capacidad de Perriwick de mantener el rostro serio.

—Solo tienes que esperar un momento. Lo escribiré ahora mismo.

Se inclinó sobre un escritorio, sacó papel, pluma y tinta, y escribió:

J:

Tengo a la Srta. De León y agradecería tu ayuda con ella
inmediatamente.

B

James conocía a la espía medio española y había tratado con ella; sabría cómo hacerla hablar. Mientras tanto, él tendría que continuar acosándola con té y resignarse a esperar a que recuperara la voz. No tenía ninguna otra opción. Mirar su letra hacía que le dolieran demasiado los ojos.

Cuando Blake llegó a la puerta de la habitación de Carlotta, la oyó toser.

—¡Maldición! —masculló.

Mujer loca... Seguro que notó que había recuperado la voz y decidió volver a enmudecer tosiendo. Equilibrando la bandeja con habilidad, giró las llaves en las cerraduras y empujó la puerta.

—Siga tosiendo, que estoy escuchando —dijo, arrastrando la voz.

Ella estaba sentada en la cama, asintiendo, y su pelo castaño claro se veía algo enredado. No tenía buen aspecto.

—No me diga que ahora está enferma de verdad —gimió.

Ella asintió con una expresión que indicaba que estaba a punto de echarse a llorar.

—¿Así que reconoce que ayer se fingió enferma?

Ella pareció cohibida y agitó la mano de una manera que quería decir «más o menos».

—O fingió o no fingió.

Ella asintió pesarosa, pero se señaló la garganta.

—Sí, ya sé que ayer no podía hablar, pero los dos sabemos que eso no fue por casualidad, ¿verdad?

Ella bajó los ojos.

—Interpretaré eso como un «sí».

Ella señaló hacia la bandeja.

«¿Té?», articuló.

—Sí. —Dejó la bandeja en la mesilla y le colocó la mano en la frente—. Se me ocurrió que le serviría para recuperar la voz. ¡Maldición! Tiene fiebre.

Ella suspiró.

—Se lo merece.

«Lo sé», articuló ella, con cara de absoluto arrepentimiento.

En ese momento a él casi le cayó simpática.

—Venga —dijo, sentándose en el borde de la cama—, será mejor que beba un poco de té.

«Gracias».

—¿Se lo sirve usted?

Ella asintió.

—Estupendo. Siempre he sido torpe para este tipo de cosas. Marabelle siempre decía...

Se interrumpió. ¿Cómo se le había podido ocurrir hablar de Marabelle con esa espía?

«¿Quién es Marabelle?», logró articular.

—Nadie —dijo él, en tono seco.

«¿Su prometida?», articuló ella, moviendo con sumo cuidado los labios para pronunciar bien.

Él no contestó. Simplemente se levantó y se dirigió a la puerta.

—Bébase el té —le ordenó—. Y tire del cordón si comienza a sentirse mal.

Dicho esto salió de la habitación, cerró la puerta con un fuerte golpe y giró violentamente las llaves en las cerraduras.

Caroline miró la puerta y pestañeó. ¿De qué iba todo eso? Ese hombre era tan voluble como el viento. En un momento ella juraría que le estaba tomando simpatía, y al siguiente...

Bueno, pensó, tomando la tetera y vertiendo té en la taza, él creía que ella era una espía traidora. Eso explicaba que se mostrara brusco con tanta frecuencia.

Aunque bebió un largo trago del humeante té y suspiró de placer, eso no explicaba por qué la besó. Tampoco explicaba por qué ella se lo permitió.

¿Se lo permitió? ¡Demonios! Lo disfrutó. Ese beso había sido algo que no había experimentado jamás en su vida, una sensación muy parecida a la seguridad que había conocido cuando sus padres vivían, algo que no había vuelto a experimentar desde entonces. Pero ese beso le produjo, además, la sensación de que se había encendido una chispa, algo nuevo y diferente, emocionante y peligroso, algo hermoso y desenfrenado.

Se estremeció al pensar qué habría ocurrido si él no la hubiera llamado Carlotta. Eso fue lo que la sacó del trance y le devolvió la sensatez.

Alargó la mano para servirse más té y al hacerlo rozó una servilleta que cubría un plato. ¿Qué era eso? La levantó.

¡Pastelillos de masa quebrada! Eso era lo que contenía el plato.

Tomó uno y lo dejó deshacerse en la boca, preguntándose si él sabría que le había traído también comida. Dudaba de que él hubiera preparado la bandeja con el té. Tal vez su ama de llaves había puesto los pastelillos en la bandeja sin que él se lo pidiera.

Lo mejor sería comérselos rápido, se dijo. ¿Quién podía saber en qué momento volvería?

Se metió otro pastelillo en la boca y se rio en silencio, haciendo volar trocitos por toda la cama.

Blake se desentendió totalmente de ella el resto del día, y a la mañana siguiente solo fue a su habitación para ver si había empeorado y para llevarle otra bandeja con té. Ella tenía aspecto de estar aburrida y hambrienta, y complacida por verlo, pero él se limitó a dejar la bandeja en la mesilla y colocarle la mano en la frente para comprobar si tenía fiebre. Tenía la piel algo caliente, pero no ardiente, así que le dijo que tirara del cordón si se sentía mal y salió de la habitación.

Observó que la señora Mickle había añadido un plato con pequeños sándwiches, pero no tuvo el valor de llevárselo. No tenía ningún sentido hacerla pasar hambre, decidió. Sin duda el marqués de Riverdale no tardaría en llegar y ella no podría guardar silencio si los dos la interrogaban.

No había nada que hacer, aparte de esperar.

James Sidwell, el marqués de Riverdale, llegó al día siguiente por la tarde. Detuvo su carruaje delante de Seacrest Manor justo antes de la puesta de sol, y se apeó de un salto, elegantemente vestido como siempre, con su pelo castaño oscuro algo largo para lo que dictaba la moda. Tenía una reputación como para hacer sonrojar al mismo demonio, pero daría su vida por Blake, y este lo sabía.

—Tienes un aspecto horrible —dijo con sinceridad.

Blake sacudió la cabeza de un lado a otro.

—Después de pasar estos últimos días encerrado con la señorita De León, me considero un digno candidato para el manicomio.

—¿Tan terrible ha sido?

—Te juro, Riverdale, que te besaría.

—Espero que no llegues a hacerlo.

—Casi me ha vuelto loco.

James lo miró de reojo.

—¿Sí? ¿Cómo?

Blake lo miró enfurruñado. El sugerente tono de Riverdale daba muy cerca del clavo.

—No puede hablar.

—¿Desde cuándo?

—Desde que se pasó la mitad de la noche tosiendo para quedarse afónica.

James se rio.

—Nunca he dicho que no fuera ocurrente.

—Y no sabe escribir, la condenada.

—Eso lo encuentro difícil de creer. Su madre era hija de un barón. Y su padre está muy bien relacionado en España.

—Permíteme que lo diga de otra manera. Sabe escribir, pero te desafío a descifrar los garabatos que hace sobre el papel. Además, tiene una libreta llena de palabras extrañísimas, y te juro que no logro encontrarles ningún sentido.

—Será mejor que me lleves a verla. Es posible que la convenza para que le vuelva la voz.

Blake sacudió la cabeza y puso los ojos en blanco.

—Es toda tuya. De hecho, puedes seguir tú con esta maldita misión a partir de aquí. Si no hubiera puesto nunca los ojos en ella...

—Vamos, vamos, Blake.

—Les dije que deseaba retirarme de todo esto —masculló él, subiendo a toda prisa la escalera—. ¿Me hicieron caso? No. ¿Y qué obtengo? Ni emoción ni fama ni fortuna. No, solo a *ella*.

James lo miró pensativo.

—Si no te conociera bien, pensaría que estás enamorado.

Blake soltó un bufido y desvió la cara para que James no viera el ligero rubor que sintió subir a las mejillas.

—Y si no disfrutara tanto de tu compañía, te retaría a duelo por lo que has dicho.

James lanzó una carcajada, observándolo cuando se detuvo ante la puerta y giró las llaves en las cerraduras.

Blake abrió la puerta y entró con paso decidido. Se detuvo con las manos en las caderas mirando a la señorita De León con expresión belicosa.

Ella estaba recostada en la cama, leyendo un libro como si no tuviera ni una sola preocupación en el mundo.

—Ha llegado Riverdale —espetó—, así que ahora verá cómo se le acaba el jueguecito.

Se giró a mirar a James, dispuesto a ver cómo la hacía picadillo. Pero la expresión de James, siempre tan controlado y educado, era de absoluta sorpresa.

—No sé qué decirte —dijo James entonces—, aparte de que esta joven no es Carlotta de León.

5

gemiquear (verbo): 1. Gemir o lloriquear con poca fuerza, o con voz débil como un niño. 2. Piar lastimeramente como un pollo.

«Si me quedara algo de voz, debería *gemiquear*.»

Del diccionario personal de Caroline Trent

¡Dios mío! —exclamó Caroline, olvidándose de que debía estar muda.

—¿Y desde cuándo demonios ha recuperado la voz? —le preguntó su captor.

—Eh... Esto... Desde no hace mucho rato.

—Vamos, Blake —dijo el otro hombre—, te convendría moderar el lenguaje. Hay una dama presente.

—¡Vete a hacer puñetas! —explotó Blake—. ¿Sabes cuánto tiempo he perdido con esta mujer? La verdadera Carlotta de León ya debe de estar a medio camino de China.

Caroline tragó saliva con nerviosismo. Así que era Blake. Le sentaba bien ese nombre, corto y rotundo. ¿Sería su nombre de pila o su apellido?

—Y puesto que no es la mujer que dijo que era —continuó él, estremeciéndose de furia—, ¡¿quién demonios es?!

—En ningún momento he dicho que sea Carlotta de León —dijo ella.

—¡Demonios si no lo ha hecho!

—Simplemente no dije que no lo era.

—¿Quién es, pues?

Caroline pensó un momento qué respuesta dar, y decidió que su único recurso era ser totalmente sincera.

—Me llamo Caroline Trent —dijo, mirando a Blake a los ojos, por primera vez desde que los dos hombres entraron en la habitación—. Oliver Prewitt es mi tutor.

Los dos hombres se quedaron mirándola en silencio, sorprendidos. Pasado un momento, Blake miró a su amigo y rugió:

—¡¿Por qué demonios no sabíamos que Prewitt tenía una pupila?!

El otro hombre soltó una maldición en voz baja, y luego otra en voz más alta.

—Que me cuelguen si lo sé. Alguien va a tener que responder por esto.

Entonces Blake volvió la mirada hacia ella.

—Si es usted la pupila de Prewitt, ¿dónde ha estado estas dos últimas semanas? Hemos vigilado la casa día y noche, y sabemos sin duda alguna que usted no estaba ahí.

—Estuve en Bath. Oliver me envió a cuidar de su anciana tía. Se llama Marigold.

—Me importa un rábano cómo se llama.

—Ya me lo imaginaba —masculló ella—. Tan solo pensé que debía decir algo.

Blake la agarró por los hombros y la miró fijamente.

—Va a tener que explicárnoslo todo, señorita Trent.

—Suéltala —le dijo su amigo en voz baja—. No te enfades.

—¿Que no me enfade? —rugió Blake, en un tono que indicaba que ya no le quedaba paciencia—. ¿Te das cuenta de que...?

—Piénsalo. Lo que ha dicho tiene lógica. Prewitt recibió un buen cargamento la semana pasada y necesitaba alejarla. Es evidente que ella es lo bastante inteligente para olerse lo que hacía.

Caroline sonrió de oreja a oreja ante el cumplido, pero vio que a Blake no parecía importarle su intelecto en absoluto.

—Esa fue la cuarta vez que Oliver me envió a visitar a su tía —dijo con el fin de ser útil.

—¿Lo ves? —dijo el amigo de Blake.

Caroline sonrió tímidamente a Blake, con la esperanza de que él aceptara la ramita de olivo que le ofrecía, pero él se limitó a ponerse las manos en las caderas, muy enfadado, y añadió:

—¿Y qué demonios vamos a hacer ahora?

El otro hombre no supo qué contestar, así que ella aprovechó el silencio para preguntar:

—¿Quiénes son ustedes?

Los dos se miraron como tratando de decidir si revelar o no sus identidades. Entonces el recién llegado hizo un gesto de asentimiento casi imperceptible y dijo:

—Yo soy James Sidwell, marqués de Riverdale, y él es Blake Ravenscroft, segundo hijo del vizconde de Darnsby.

Caroline sonrió con sarcasmo ante esa retahíla de títulos.

—¡Qué elegantes! Mi padre trabajaba en la construcción.

El marqués soltó una carcajada y luego se giró hacia Blake diciendo:

—¿Por qué no me dijiste que era tan divertida?

Blake lo miró enfurruñado.

—¿Cómo iba a saberlo? No ha dicho dos palabras desde la noche que la capturé.

—Eso no es cierto del todo —protestó Caroline.

—¿Quiere decir que ha estado haciendo discursos y yo no me he enterado?

—No, eso no. Tan solo quise decir que he estado bien entretenida.

El marqués se cubrió la boca con una mano, probablemente para sofocar la risa.

Caroline gimió para sus adentros. Esa era otra de una larga lista de frases que siempre le salían mal. ¡Santo Dios! El señor Ravenscroft debió de pensar que se había referido al beso.

—Lo que quise decir fue..., bueno, no tengo ni idea de qué quise decir, pero tiene que reconocer que le gustó mi pajarita de papel. Al menos hasta que se estrelló en el rosal.

—¿Pajarita de papel? —preguntó el marqués, desconcertado.

—Fue... ¡Ah, vamos! No tiene importancia, para ninguno de los dos. Les pido disculpas si les he provocado alguna molestia —añadió, suspirando y moviendo la cabeza con tristeza.

Blake daba la impresión de que podría arrojarla alegremente por la ventana.

—Lo que pasa es que...

—¡¿Qué?! —exclamó Blake.

—Controla tu genio, Ravenscroft —dijo el marqués—. Ella podría sernos de utilidad.

Caroline tragó saliva; eso de «serles de utilidad» se le antojaba bastante siniestro. Y aunque el marqués había demostrado ser más amable y amistoso que el señor Ravenscroft, daba la impresión de ser igual de implacable cuando la ocasión lo justificaba.

—¿Qué sugieres, Riverdale? —preguntó Blake en voz baja.

El marqués se encogió de hombros.

—Podríamos pedir un rescate por ella. Y cuando Prewitt venga a recogerla...

—¡No! —exclamó Caroline, y tuvo que llevarse la mano a la garganta por el dolor que le provocó el grito—. No volveré a esa casa. No me importa lo que esté en juego. No me importa si a causa de eso Napoleón se apodera de Inglaterra. No me importa si eso significa que los dos pierdan sus trabajos o lo que sea que hacen para el Gobierno. No volveré ahí jamás. —Y por si ellos aún no lo habían entendido, repitió—: ¡Jamás!

Blake se sentó al pie de la cama y la miró con expresión seria.

—Entonces, señorita Trent, le sugiero que comience a hablar. Ahora mismo.

Caroline se lo contó todo. Les explicó lo de la muerte de su padre y lo de los cinco tutores. Les contó lo de los planes de Oliver para apoderarse de su fortuna, lo del intento de violación por parte de Percy y que necesitaba mantenerse oculta las próximas seis semanas. Habló tanto que volvió a quedarse afónica y tuvo que escribir el último tercio de la historia.

Blake observó con amargura que, escribiendo con la mano izquierda, tenía una letra preciosa.

—Creí que dijiste que no sabía escribir —comentó James.

Blake lo miró con expresión amenazadora.

—No deseo hablar de ello. Y usted deje de sonreír —añadió, apuntando a Caroline.

—Deberías permitir que la muchacha se sienta orgullosa por haberte superado en ingenio —dijo James.

Caroline volvió a sonreír, sin hacer el menor intento de disimular la sonrisa.

—Continúe con su historia —le gruñó Blake.

Ella continuó escribiendo, y él fue leyendo su historia, sintiendo una rabia y una repugnancia tremendas por el trato que le había dado Oliver Prewitt. Cierto que la muchacha lo había hecho pasar por un infierno los días pasados, pero no podía negar, aunque fuera a regañadientes, el respeto que le tenía por habérselas arreglado para ganarle continuamente. Que el hombre que debería haber cuidado de ella como su tutor, la hubiera tratado tan mal, lo hacía estremecerse de furia.

Cuando ella terminó de escribir la historia de su vida, le preguntó:

—¿Qué sugiere que hagamos con usted?

—¡Por el amor de Dios, Ravenscroft! —dijo el marqués—. Dale un poco de té. ¿No ves que no puede hablar?

—Ve tú a buscar el té.

—No la voy a dejar sola contigo. No sería decoroso.

—¡Ah! ¿Y sí lo sería que tú te quedaras con ella? —Blake lanzó un bufido—. Tu reputación es más negra que la muerte.

—Sí, claro, pero...

—¡Fuera! —gritó Caroline—. Los dos.

Ambos se giraron a mirarla, como si hubieran olvidado que el tema de su discusión continuaba presente en la habitación.

—Le ruego que nos disculpe —dijo el marqués.

Ella escribió «Querría estar un rato sola», le enseñó el papel y luego se apresuró a añadir «milord».

—Llámeme James —contestó él—. Todos mis amigos me tutean.

Ella lo miró con sarcasmo, dándole a entender que dudaba mucho de que la extraña situación en que se encontraban se pudiera calificar de amistad.

—Y él es Blake —añadió James—. ¿Debo suponer que los dos ya os tratáis por el nombre de pila?

Ella escribió: «Hasta este momento no sabía su nombre».

—¡Qué vergüenza, Blake! ¡Esos modales!

—Voy a olvidar lo que acabas de decir —gruñó Blake—, porque si no, tendré que matarte.

Caroline se rio a su pesar, porque lo cierto es que el enigmático hombre que la había secuestrado tenía un sentido del humor similar al suyo. Lo volvió a mirar, dudosa; al menos esperaba que eso lo hubiera dicho en broma.

Le echó otra mirada, ya preocupada. La mirada que él le dirigía al marqués en ese momento habría matado a Napoleón, o como mínimo le hubiera hecho una herida muy dolorosa.

—No le haga caso —dijo James alegremente—. Tiene un genio de mil demonios. Siempre lo ha tenido.

—¿Pero qué dices? —replicó Blake en tono muy enfadado.

—Lo conozco desde que teníamos doce años —continuó James—. Compartíamos habitación en Eton.

—¿Sí? —dijo ella, probando de nuevo su voz, que le salió muy ronca—. ¡Qué bien para ambos!

James se echó a reír.

—Lo que no aparece en esa frase, lógicamente, es que nos merecemos el uno al otro. Vamos, Ravenscroft, dejemos sola a la pobre muchacha. Seguro que deseará lavarse, vestirse y hacer todas esas cosas que les gusta hacer a las mujeres.

Blake avanzó un paso.

—Ya está vestida. Y es necesario que le preguntemos sobre...

James lo interrumpió levantando una mano.

—Tenemos todo el día para atormentarla.

Caroline tragó saliva. No le gustó nada lo que eso daba a entender.

En cuanto los dos salieron, se levantó de un salto, se lavó la cara y se puso los zapatos. Se desperezó, disfrutando del placer de estirar los músculos. Había estado dos días echada en la cama, y no estaba acostumbrada a tanta inactividad.

Arregló su apariencia lo mejor que pudo, lo que no era decir mucho, ya que hacía cuatro días que llevaba la misma ropa. El vestido estaba arrugadísimo, pero se veía bastante limpio, así que se peinó, haciéndose una sola trenza gruesa y después fue a abrir la puerta. Le encantó comprobar que no estaba cerrada con llave. No le costó nada encontrar la escalera, así que bajó corriendo a la planta baja.

—¿Va a alguna parte?

Ella levantó la vista, sorprendida. Blake estaba apoyado con insolencia en la pared, con la camisa arremangada y de brazos cruzados.

—Té —murmuró—. Usted dijo que podía tomar té.

—¿Dije eso?

—Si no lo dijo, tuvo la intención de hacerlo.

Él curvó los labios en una reticente sonrisa.

—Sí que tiene un don para las palabras...

Ella lo obsequió con una empalagosa sonrisa.

—Estoy practicando. Al fin y el cabo no he empleado ninguna durante días.

—No me busque las cosquillas, señorita Trent. Mi paciencia pende de un hilo muy fino.

—Yo creí que el hilo ya se había roto —replicó ella—. Además, si yo debo llamarlo Blake, usted bien podría llamarme Caroline.

—Caroline. Le sienta mucho mejor que Carlotta.

—Estoy de acuerdo. No tengo ni una sola gota de sangre española. Un poquitín de francesa —añadió, consciente de que estaba parloteando, pero los nervios por su presencia le impedían detenerse—, pero nada de española.

—Imagino que se da cuenta de que nos ha desbaratado la misión.

—Le aseguro que esa no ha sido mi intención.

—No me cabe la menor duda, pero va a tener que compensarlo.

—Si compensarlo significa que Oliver pase el resto de su vida en prisión, puede contar conmigo.

—La prisión es poco probable. La horca lo es mucho más.

Ella tragó saliva y desvió la mirada. Acababa de darse cuenta de que a través de esos hombres podía enviar a Oliver a la muerte. Lo odiaba, sí, pero no le hacía ninguna gracia provocar la muerte de nadie.

—Va a tener que desprenderse de su sentimentalismo —dijo él.

Ella lo miró sorprendida. ¿Tan transparente era?

—¿Cómo ha sabido lo que estaba pensando?

Él se encogió de hombros.

—Cualquier persona con conciencia se encuentra ante ese dilema cuando empieza a trabajar en esto.

—¿A usted le pasó?

—Por supuesto. Pero lo superé muy pronto.

—¿Qué ocurrió?

Él arqueó una ceja.

—Hace demasiadas preguntas.

—Ni la mitad de las que usted me hizo a mí.

—Yo tenía permiso del Gobierno para hacer todas esas preguntas.

—¿Debido a la muerte de su prometida?

Él la miró con una furia tan intensa que tuvo que desviar la mirada.

—No me haga caso —murmuró.

—No vuelva a mencionarla.

Ella retrocedió un paso, involuntariamente, al detectar el sufrimiento en su voz.

—Lo siento.

—¿Qué?

—No lo sé —contestó ella, sin atreverse a mencionar a su prometida otra vez, dada su reacción—. Lo que sea que le ha hecho sufrir tanto.

Blake la miró con interés. Parecía sincera, y eso lo sorprendía. Él había sido muy poco amable con ella durante esos días, pero antes de que se le ocurriera una respuesta, el marqués entró en el vestíbulo.

—Desde luego, Ravenscroft —dijo James—, ¿no puedes contratar unos cuantos criados más?

Blake sonrió al ver al elegante marqués de Riverdale equilibrando una bandeja con el servicio de té.

—Si encontrara a otro en el que pudiera confiar lo contrataría al instante. En todo caso, en cuanto haya acabado con mis deberes en el Ministerio de Guerra, la discreción de mis criados ya no será tan importante.

—¿Continúas decidido a retirarte, entonces?

—¿Tienes que preguntarlo?

—Creo que eso significa que sí —le dijo James a Caroline—, aunque con Ravenscroft nunca se sabe. Tiene la horrible costumbre de contestar las preguntas con preguntas.

—Sí, me he fijado —murmuró ella.

Blake se apartó de la pared.

—¿James?

—¿Blake?

—Cállate.

James sonrió de oreja a oreja.

—Señorita Trent, ¿le parece que nos retiremos al salón? El té debería devolverle un poco la voz. Cuando hayamos logrado que hable sin dolor, tendremos que decidir qué demonios hacemos con usted.

Cuando Caroline se alejó tras James, Blake cerró los ojos, oyendo su voz rasposa mientras decía: «Debería llamarme Caroline. Ya le he dicho al señor Ravenscroft que puede llamarme por mi nombre de pila».

Decidió esperar allí uno o dos minutos antes de seguirlos. Necesitaba un momento de soledad para aclarar sus pensamientos. O al menos intentarlo. No lograba pensar claramente tratándose de *ella*. ¡Qué oleada de alivio sintió cuando se enteró de que Carlotta de León no era Carlotta de León!

Caroline. Su nombre era Caroline. Caroline Trent. Y él no estaba ardiendo de deseo por una traidora.

Sacudió la cabeza con disgusto. Como si ese fuera el único problema que tuviera en esos momentos... ¿Qué demonios debía hacer con ella? Caroline era inteligente, muy inteligente en realidad. Eso ya había quedado claro. Y odiaba a Oliver Prewitt lo bastante como para colaborar con ellos para llevarlo ante la justicia. Podría costar un poco convencerla de superar su repugnancia por el espionaje, aunque no demasiado. Al fin y al cabo, Prewitt le había ordenado a su hijo que la violara. No era probable que Caroline pusiera la otra mejilla después de una cosa así.

La solución evidente era tenerla ahí, en Seacrest Manor, su casa. Seguro que tenía muchísima información que ellos podrían aprovechar en contra de Prewitt. Dudaba de que estuviera al tanto de los manejos ilegales de ese hombre, pero con un buen interrogatorio, entre él y James lograrían descubrir pistas que ella ni sabía que conocía. Además, como mínimo, podría hacerles el plano de Prewitt Hall, una información valiosísima si decidían allanar la casa.

Entonces, si ella era una adición tan valiosa para su equipo, ¿por qué se sentía tan reticente a pedirle que se quedara en su casa? Sabía la respuesta, pero no quería mirar hasta el fondo de su alma para reconocerla.

Maldiciéndose por ser tan cobarde, giró sobre sus talones y salió por la puerta principal. Necesitaba tomar el aire.

—¿Por qué crees que nuestro buen amigo Blake tarda tanto en venir?

Al oír la voz de James, Caroline levantó la vista de la taza en que acababa de servirle té.

—No es mi *buen amigo*, por cierto.

—Bueno, yo no lo llamaría tu «enemigo».

—No, no es eso. Simplemente no creo que los amigos aten al poste de una cama a sus amigos.

James se atragantó con el té.

—Caroline, no tienes ni idea.

—Es algo discutible, en todo caso —dijo ella, mirando por la ventana—. Ha salido.

—¡¿Qué?! —exclamó James, levantándose de un salto y caminando hasta el otro lado del salón—. ¡Maldito cobarde!

—Imagino que no me tendrá miedo a mí —bromeó ella.

James volvió la cabeza para mirarla, y la atravesó con la mirada de tal forma que se sintió incómoda.

—Tal vez sí —murmuró en voz baja, como hablando consigo mismo.

—¿Milord?

Él sacudió la cabeza, como para aclarar sus pensamientos, pero sin dejar de mirarla.

—Te dije que me llamaras James. —Sonrió travieso—. O «querido amigo», si encuentras que James es demasiado familiar.

Ella soltó un bufido muy femenino.

—Las dos cosas son demasiado familiares, como bien sabe, pero dada mi situación, creo que es estúpido hilar tan fino en algo así.

—Una mujer realmente práctica —dijo él sonriendo—. La mejor clase.

—Sí, bueno, mi padre era constructor —bromeó ella—. Hay que ser práctico para triunfar en ese tipo de negocios.

—¡Ah, sí, claro! Ya lo has comentado. ¿Qué tipo de construcción?

—Naval.

—Comprendo. Entonces debes de haberte criado cerca de la costa.

—Sí, en Portsmouth, hasta que mi... ¿Por qué me mira de esa forma?

—Disculpa. ¿Te estaba mirando?

—Sí.

—Lo que pasa es que me recuerdas a una persona que conocí hace tiempo. No en la apariencia física. Tampoco en los gestos ni en la manera de gesticular. El parecido es más... —Ladeó la cabeza, buscando la palabra apropiada—. Es más un parecido espiritual, si es que eso existe.

—¡Ah! —dijo ella, porque no se le ocurrió nada más inteligente—. Comprendo. Espero que fuera una persona agradable.

—¡Ah, sí! Muchísimo. Pero no le des importancia. —Atravesó la sala y fue a sentarse en el sillón que había junto al de Caroline—. He pensado muchísimo en nuestra situación.

Ella bebió un trago de té.

—¿Sí?

—Sí. Creo que debes quedarte aquí.

—No tengo ningún problema al respecto.

—¿Ni siquiera por tu reputación?

Caroline se encogió de hombros.

—Como ha dicho, soy una mujer práctica. El señor Ravenscroft ya ha comentado que sus criados son discretos, y mi otra opción es volver a casa de Oliver, así que...

—Lo que no es una opción en absoluto —interrumpió él—, a no ser que quieras acabar casada con el idiota de su hijo.

Ella asintió con energía.

—O puedo volver a mi primer plan.

—¿Que era...?

—Buscar trabajo en una posada.

—Esa no es la opción más segura para una mujer sola.

—Lo sé, pero no tenía otra opción.

James se frotó la mandíbula, pensativo.

—Aquí en Seacrest Manor estarás segura. De ninguna manera te vamos a devolver a Prewitt.

—El señor Ravenscroft aún no ha aceptado que me quede. Y esta es su casa.

—Aceptará.

Caroline pensó que estaba demasiado seguro, pero claro, él no sabía nada del beso que se habían dado. Tenía la impresión de que Blake estaba molesto con todo ese asunto.

De repente James se giró para mirarla.

—Vamos a necesitar tu ayuda para llevar ante la justicia a tu tutor.

—Sí, el señor Ravenscroft ya me lo dijo.

—¿No te dijo que lo llamaras Blake?

—Sí, pero no sé, me parece demasiado...

«Íntimo.» La palabra le quedó suspendida en la mente, como la imagen que tenía de su cara. Cejas oscuras, pómulos cincelados con elegancia, una sonrisa que rara vez aparecía, pero ¡ah!, cuando lo hacía...

Sí, era muy vergonzoso, pensó, que una sonrisa suya la hiciera sentirse tan aturdida.

¡Y ese beso! ¡Por Dios! Le hizo sentir cosas que de ninguna manera podían ser buenas para su cordura. Acercó la cara a la suya y ella se quedó simplemente paralizada, embobada por su mirada con esos párpados medio entornados. Si él no hubiera estropeado el momento llamándola Carlotta, solo Dios sabía qué le habría permitido hacer.

Lo más asombroso fue que él también pareció disfrutar del beso. Percy siempre decía que era la tercera muchacha más fea de todo Hampshire, pero claro, Percy era un idiota, y su gusto siempre se dirigía a las rubias rollizas...

—¿Caroline?

Ella levantó la vista.

—Estás en las nubes.

—¡Ah! Lo siento mucho. Solo iba a decir que el señor..., esto, quiero decir, Blake, ya habló conmigo sobre lo de ayudarles a arrestar a Oliver. Debo decir que me ha desconcertado saber que él podría acabar en la horca por mi colaboración, pero si, como ha dicho, está implicado en actividades de alta traición...

—Lo ha hecho. Estoy seguro.

Caroline frunció el ceño.

—Es un hombre despreciable. Fue muy cruel al ordenarle a Percy que me violara, pero que esté poniendo en peligro a miles de soldados británicos, no logro imaginármelo.

James sonrió.

—Práctica y patriota. Caroline Trent, eres un premio.

Ojalá Blake pensara lo mismo, pensó ella.

Dejó con fuerza la taza en el platillo. No le gustaba nada la dirección que tomaban sus pensamientos cuando se trataba de Blake Ravenscroft.

—¡Ah, mira! —dijo James mientras se levantaba—. Vuelve nuestro anfitrión errante.

—¿Disculpe?

James hizo un gesto hacia la ventana.

—Parece que ha cambiado de opinión. Tal vez ha llegado a la conclusión de que nuestra compañía no es tan mala.

—O igual ha sido la lluvia —replicó ella—. Ha comenzado a lloviznar.

—Pues sí. La Madre Naturaleza está claramente de nuestra parte.

Un minuto después entró Blake en el salón con el oscuro pelo mojado.

—Riverdale —espetó—, he estado pensando en ella.

—*Ella* está aquí —dijo Caroline con sarcasmo.

Si Blake la oyó, no hizo el menor caso.

—Tiene que marcharse.

Antes de que ella alcanzara a protestar, James ya se había cruzado de brazos y dicho:

—No estoy de acuerdo.

—Es muy peligroso. No permitiré que una mujer arriesgue su vida.

Caroline no supo si sentirse halagada u ofendida. Se decidió por «ofendida», ya que su oposición parecía deberse más a una mala opinión sobre el sexo femenino que a una avasalladora preocupación por su bienestar.

—¿No cree que esa es una decisión que debo tomar yo? —dijo.

—No —intervino él, reconociendo por fin su presencia.

—Blake suele mostrarse muy protector con las mujeres —dijo James, casi como un comentario aparte.

Blake lo miró furioso.

—No permitiré que la maten.

—No lo harán —replicó James.

—¿Cómo lo sabes?

James se echó a reír.

—Porque, mi querido muchacho, estoy seguro de que tú no lo permitirás.

—No me trates con superioridad —gruñó Blake.

—Mis disculpas por lo de «querido muchacho», pero sabes que lo que digo es cierto.

—¿Ocurre algo aquí que yo deba saber? —terció Caroline, mirando del uno al otro.

—No —dijo Blake, sin añadir nada más.

¿Qué demonios debía hacer con ella?, pensó, mirando hacia un punto por encima de su cabeza. Era demasiado peligroso que se quedara en su casa. Tenía que conseguir que se marchara antes de que fuera demasiado tarde.

Pero ya le había despertado esa parte de él que quería mantener impertérrita. La parte que amaba. Y en cuanto al motivo de que no deseara que se quedara, era muy sencillo: lo asustaba. Había gastado muchísima energía emocional manteniéndose a distancia de las mujeres que despertaban en él algo que no fuera desinterés o lujuria.

Caroline era inteligente, ingeniosa y graciosa. También era condenadamente atractiva. Y él no la quería tener a menos de diez millas a la redonda de Seacrest Manor. Ya había intentado amar, y eso estuvo a punto de matarlo.

—¡Maldición! —dijo al final—. De acuerdo, se queda entonces. Pero quiero que ambos sepáis que no lo apruebo en absoluto.

—Hecho que has dejado meridianamente claro —dijo James arrastrando la voz.

Blake hizo como si no lo hubiera oído, y se atrevió a mirar a Caroline. Al instante vio que debería haberlo evitado. Ella le sonrió, le sonrió de verdad, y la sonrisa le iluminó la cara. Y estaba tan condenadamente dulce, y...

Soltó una maldición en voz baja. Estaba seguro de que era un grave error que ella se quedara. Esa manera que tenía de sonreírle, como si creyera que podría iluminar los recovecos más profundos de su corazón...

¡Por Dios! ¡Y tanto que lo asustaba!

6

inconsecuencia (sustantivo): 1. Falta de consecuencia en lo que se dice o hace.

«Hay pocas cosas más inquietantes que la *inconsecuencia* en una persona, a excepción, tal vez, del azoramiento que se siente al decir la palabra.»

Del diccionario personal de Caroline Trent

Caroline se sintió tan feliz de que le hubieran permitido continuar en Seacrest Manor, que solo se dio cuenta a la mañana siguiente de algo esencial: no tenía ninguna información que dar. No sabía absolutamente nada acerca de las actividades ilegales de Oliver.

En resumen, no les serviría para nada.

Pero claro, ellos aún no lo sabían. Puede que Blake y James creyeran que ella tenía guardados todos los secretos de Oliver bien ordenaditos en el cerebro, pero la verdad era que no sabía nada. Sus *anfitriones* no tardarían en darse cuenta de ello, y entonces ella volvería al punto de partida.

La única manera de evitar que la arrojaran a la intemperie era hacerse de utilidad. Tal vez si ayudaba en los quehaceres de la casa y en el jardín, Blake le permitiría continuar en Seacrest Manor tras descubrir que no tenía nada que ofrecer al Ministerio de Guerra. Al fin y al cabo, no necesitaba un hogar permanente, sino solo un lugar para ocultarse durante seis semanas.

—¿Qué hago, qué hago? —murmuró, caminando sin rumbo por la casa mientras buscaba algo en que ocupar su tiempo.

Tenía que encontrar algo que le llevara el tiempo suficiente, algo que hiciera necesaria su presencia unos cuantos días al menos, tal vez una semana. Pasado ese tiempo ya debería haber convencido a Blake y a James de que era una huésped amable y entretenida.

Entró en la sala de música y pasó la mano por la lisa y suave madera del piano. Era una lástima que no supiera tocarlo; su padre siempre tuvo la intención de que recibiera clases, pero murió antes de poder poner en marcha sus planes. Y no hacía falta decir que sus tutores no se molestaron jamás en buscarle un profesor.

Levantó la tapa y pasó los dedos por las teclas de marfil, sonriendo ante el sonido, que le alegró la mañana. Claro que a eso no se le podía llamar música sin insultar a los grandes compositores, pero igualmente se sentía mejor por haber hecho un poco de ruido.

Lo único que necesitaba hacer para alegrar de verdad su día era dejar entrar un poco de luz en la sala. Era evidente que aún no había entrado nadie en la sala de música, porque las cortinas seguían bien cerradas. O tal vez nadie usaba esa sala con regularidad y dejaban las cortinas cerradas para proteger el piano de la luz solar. Puesto que nunca había tenido un instrumento musical, no podía saber cuánta luz solar resultaría dañina.

Fuera como fuese, decidió que la luz del sol durante una mañana no podría ser demasiado dañina, así que fue hasta la ventana y abrió las cortinas de damasco. Al hacerlo fue recompensada por una espléndida vista.

Rosas. Cientos de rosas.

—No sabía que esta maravilla estaba justo debajo de mi cuarto —murmuró.

Abrió la ventana y sacó la cabeza para mirar hacia arriba. Esos tenían que ser los rosales que veía desde su ventana.

Un examen más detenido le demostró que tenía razón. Los rosales estaban muy descuidados, tal como recordaba, y vio una mancha blanca en medio de uno de ellos, justo fuera del alcance de su mano, que tenía todo el aspecto de ser su pajarita de papel. Se inclinó un poco más hacia fuera para verla mejor. Mmm... Sería más fácil alcanzarla desde fuera.

A los pocos minutos, tenía la pajarita en la mano y estaba contemplando los rosales desde el otro lado.

—Estáis muy necesitados de una buena poda —dijo en voz alta.

Alguien le dijo una vez que las flores respondían bien a la conversación, así que siempre seguía fielmente ese consejo. No era difícil hablar con las flores teniendo tutores como los suyos. Comparadas con ellos, las flores respondían de forma muy favorable.

Se puso las manos en las caderas, ladeó la cabeza y miró alrededor. El señor Ravenscroft no era el tipo de hombre que la echaría a la calle por limpiarle el jardín, ¿verdad? Y Dios sabía que ese jardín necesitaba cuidados. Aparte de los rosales, había una madreselva que exigía una buena poda, setos que había que recortar y un arbusto de hermosas flores violeta, cuyo nombre desconocía, al que le iría muy bien estar a pleno sol.

Sí, ese jardín la necesitaba sin duda alguna.

Tomada la decisión, entró en la casa y se presentó al ama de llaves, que curiosamente no mostró la menor sorpresa ante su presencia. A la señora Mickle la entusiasmó su idea de arreglar el jardín y la ayudó a localizar un par de guantes, una pala y unas tijeras de podar con unos mangos muy largos.

Con gran entusiasmo y energía, emprendió la tarea de podar los rosales, eliminando una rama aquí, recortando otra allá, sin parar de hablar consigo misma y con las flores.

—Ya está, estarás mucho más feliz sin (clip) esta rama, y seguro que te irá mejor si (clap) te alivio de esta.

Pero pasado un rato comenzó a sentir que las tijeras le pesaban, así que decidió dejarlas sobre la hierba para desenterrar el arbusto de flores violeta y trasladarlo a un lugar más soleado. Consideró que sería más sensato cavar un hoyo antes de trasladarlo, así que observó con cuidado el terreno hasta encontrar un lugar apropiado que se viera desde las ventanas.

Justo cuando estaba entretenida con esta tarea vio otras plantas. Tenían flores de colores rosa y blanco, pero le dio la impresión de que podrían producir muchas más flores. El jardín sería un maravilloso cuadro de colores si alguien se encargaba de cuidarlo.

—Esas tendrían que recibir más sol —comentó en voz alta.

Así que cavó otros cuantos hoyos y otros pocos por si acaso.

—Con estos debería bastar.

Lanzando un suspiro de satisfacción, fue hasta el arbusto de flores violeta y comenzó a cavar para desenterrarlo.

Blake se había ido a acostar de mal humor y por la mañana despertó sintiéndose aún peor. Esa misión, la última si él tenía voz y voto en el asunto, había resultado un fracaso. Una pesadilla. Un desastre ambulante de ojos color turquesa.

¿Por qué el estúpido hijo de Prewitt había tenido que escoger esa noche para atacar a Caroline Trent? ¿Por qué ella había tenido que salir corriendo de la casa en plena oscuridad justo la noche en que él esperaba ver a Carlotta de León? Y lo peor de todo, ¿cómo demonios tenía que concentrarse en la tarea de llevar a Oliver Prewitt ante la justicia cuando ella andaba suelta por la casa y se la encontraba por todas partes?

Era una tentación constante, y un doloroso recordatorio de lo que le habían arrebatado. Alegre, inocente y optimista, era todo lo que había echado en falta su corazón durante mucho tiempo. Desde que asesinaron a Marabelle, para ser exactos. Toda esa maldita situación demostraba la existencia de un poder superior, uno cuya única finalidad era volverlo totalmente loco.

Salió con paso decidido de su habitación, con una expresión del humor más negro.

—Siempre alegre, por lo que veo.

Levantó la vista y vio a James en el extremo del pasillo.

—¿Es que acechas en los rincones a la espera de fastidiarme? —gruñó.

James se echó a reír.

—Hay personas más importantes que tú para fastidiar, Ravenscroft. Tan solo iba de camino a desayunar.

—He estado pensando en ella.

—No me sorprende.

—¿Qué demonios quieres decir con eso?

James se encogió de hombros, con una expresión de absoluta inocencia.

Blake bajó la mano con fuerza sobre el hombro de su amigo.

—Dímelo.

James se quitó la mano del hombro.

—Simplemente, que la miras de una manera especial.

—No seas estúpido.

—Tengo muchos defectos, pero el de ser estúpido nunca ha sido uno de ellos.

—Estás loco.

James dejó pasar eso.

—Creo que es una muchacha buena y simpática. Tal vez deberías intentar conocerla mejor.

Blake lo miró furioso.

—No es el tipo de mujer a la que uno intenta conocer *mejor* —espetó, enfatizando la última palabra—. La señorita Trent es una dama.

—No he dicho que no lo sea. ¡Vaya, vaya! ¿Qué creíste que quería decir?

—Riverdale —masculló Blake, en tono amenazador.

James se limitó a agitar una mano.

—Tan solo pensé que hace mucho tiempo que no cortejas a una mujer, y ella está alojada aquí, en Seacrest Manor...

—No tengo ningún interés romántico en Caroline —gruñó Blake—. Y aunque lo tuviera, sabes que no me casaré nunca.

—«Nunca» es una palabra muy fuerte. Ni siquiera yo ando diciendo por ahí que no me casaré nunca, y tengo más motivos que tú para evitar la institución del matrimonio.

—No empieces, Riverdale.

James lo miró fijamente a los ojos.

—Marabelle murió.

—¿Crees que no lo sé? ¿Crees que no lo tengo presente todos los malditos días de mi vida?

—Tal vez ya vaya siendo hora de que dejes de tenerlo presente todos los malditos días de tu vida. Han pasado cinco años, Blake. Casi seis. Deja de hacer penitencia por un crimen que tú no cometiste.

—¡Demonios que no! Yo debería habérselo impedido. Yo sabía que era peligroso. Sabía que ella no debería...

—Marabelle era muy suya —dijo James, con sorprendente dulzura—. No podrías habérselo impedido. Ella tomaba sus decisiones. Siempre.

—Juré protegerla —dijo Blake en voz baja.

—¿Cuándo? —preguntó James, como si tal cosa—. No recuerdo haber asistido a vuestra boda.

Blake no tardó ni un segundo en tenerlo aplastado contra la pared.

—Marabelle era mi prometida. Me prometí a mí mismo protegerla y, en mi opinión, esa promesa me comprometió más que cualquier juramento ante Dios e Inglaterra.

—Marabelle ya no está. Caroline, sí.

Blake lo soltó con brusquedad.

—Dios nos asista.

—Tenemos que esconderla en Seacrest Manor hasta que esté libre de la tutoría de Prewitt —dijo James, friccionándose el hombro que le había presionado Blake—. Es lo mínimo que podemos hacer después de que la raptaste y la ataste al poste de la cama. Me habría gustado verlo, por cierto.

Blake lo miró con una ferocidad que habría matado a un tigre.

—Además —añadió James—, podría resultarnos útil.

—No deseo utilizar a una mujer. La última vez que hicimos eso en nombre del Ministerio de Guerra, acabó muerta.

—¡Por el amor de Dios, Ravenscroft! ¿Qué podría ocurrirle aquí en Seacrest Manor? Nadie sabe que está aquí, y no vamos a enviarla a hacer ninguna operación. Estará bien. Sin duda más segura que si la enviamos lejos a arreglárselas por su cuenta.

—Estaría mejor si la enviáramos a casa de alguno de mis parientes —gruñó Blake.

—¡Ah! ¿Y cómo vas a explicarlo? Alguien querrá saber cómo llegó a tu poder la pupila de Oliver Prewitt, y entonces quedará en nada toda esperanza de mantener esto en secreto.

Blake volvió a gruñir con irritación. James tenía razón. No podía permitir que se conociera su conexión con Caroline Trent. Si quería protegerla de

Prewitt, tendría que ser en su casa. O eso, o la obligaba a marcharse. Se estremeció al pensar en lo que le ocurriría si andaba sola por las calles de Portsmouth, que era el lugar adonde iba cuando él la raptó. Era una ciudad portuaria difícil, llena de marineros, y sin duda no era el lugar más seguro para una jovencita.

—Veo que aceptas mis argumentos —dijo James.

Blake asintió.

—Muy bien, entonces. ¿Vamos a desayunar? Se me hace la boca agua al pensar en una de las tortillas francesas de la señora Mickle. Mientras comemos podemos hablar del asunto con nuestra encantadora huésped.

Blake bajó la escalera detrás de James, pero cuando llegaron abajo no vieron ni la más pequeña señal de Caroline.

—¿Crees que se habrá quedado dormida? —preguntó James—. Imagino que estará muy cansada después de su terrible experiencia.

—No fue una terrible experiencia.

—Para ti tal vez no, pero esa pobre muchacha fue secuestrada.

—Esa «pobre muchacha», como la llamas tan dulcemente, me tuvo dando vueltas a su alrededor varios días. Si alguien sufrió una experiencia terrible, fui yo.

Mientras hablaban de la ausencia de Caroline, entró la señora Mickle en el comedor, llevando una fuente de huevos escalfados.

—¡Ah! —dijo, sonriendo—. Está aquí, señor Ravenscroft. He conocido a su huésped.

—¿Ha estado aquí?

—¡Qué muchacha tan encantadora! ¡Y qué amable!

—¿Caroline?

—Es muy agradable conocer a una jovencita con ese temperamento tan dulce. Está claro que le enseñaron modales.

Blake arqueó una ceja.

—La señorita Trent fue criada por unos lobos.

La señora Mickle soltó la fuente con los huevos.

—¿Qué?

Blake cerró los ojos, cualquier cosa con tal de no ver las yemas de los huevos sobre sus botas tan bien abrillantadas.

—Lo que quise decir, señora Mickle, es que bien podrían haberla criado lobos, dada la manada de tutores a la que se ha visto sometida.

El ama de llaves ya estaba arrodillada en el suelo limpiando el desastre con una servilleta.

—¡Ah, pobre criaturita! No tenía ni idea de que hubiera tenido una infancia tan difícil. Esta noche tendré que prepararle un pudín especial.

Blake entreabrió los labios consternado, pensando cuándo fue la última vez que la señora Mickle había hecho eso por él.

James, que estaba sonriendo de oreja a oreja en la puerta, entró y preguntó:

—¿Sabe dónde está la señorita Trent, señora Mickle?

—Creo que trabajando en el jardín. Se llevó todo un equipo de trabajo.

—¿Equipo? ¿Qué clase de equipo? —preguntó Blake, mientras por su cabeza pasaban horribles imágenes de árboles mutilados y plantas destrozadas—. ¿De dónde lo ha sacado?

—Se lo di yo.

Blake giró sobre sus talones y salió.

—¡Que Dios nos asista!

No estaba preparado para lo que vio.

Hoyos.

Enormes hoyos repartidos por todo su césped antes inmaculado. O por lo menos pensaba que era inmaculado. Dicha fuera la verdad, nunca le había prestado demasiada atención, pero sí sabía que no se veía así, con montones de tierra esparcidos por la hierba. No vio a Caroline, pero sabía que tenía que estar por ahí.

—¿Qué ha hecho? —espetó.

Una cabeza asomó por detrás de un árbol.

—¿Señor Ravenscroft?

—¿Qué ha hecho? Esto es un desastre. Y tú deja de reírte —le dijo a James, que no había emitido ni el menor sonido.

Caroline salió de detrás del árbol, con el vestido todo cubierto de tierra.

—Estoy arreglando su jardín.

—¿Está arreglando mi...? ¿Está qué? Esto no me parece un arreglo en absoluto.

—No se verá demasiado bien hasta que acabe mi trabajo, pero cuando esté terminado...

—¿Su trabajo? Lo único que veo es una docena de hoyos.

—Dos docenas.

—Yo en tu lugar no habría dicho eso —comentó James, desde una distancia prudente.

Caroline hundió la punta de la pala en la tierra y colocó una mano en la empuñadura.

—Cuando oiga mi explicación, seguro que lo entenderá.

—¡No entiendo nada!

—No, claro —suspiró ella—. Los hombres no suelen entender.

Blake paseó la mirada por el jardín, moviendo frenético la cabeza de un lado a otro para intentar calcular los daños.

—Tendré que llamar a un experto de Londres para que arregle esto. ¡Por Dios, mujer, me va a costar una fortuna!

—No sea idiota. Todos los hoyos estarán tapados al atardecer. Simplemente voy a trasladar las plantas con flores a una zona soleada. Les irá mucho mejor. A excepción de las *Impatiens*, claro —añadió, apuntando hacia unas hermosas flores rosas y blancas plantadas junto a la casa—; esas prefieren la sombra.

—Oye, Ravenscroft —dijo James—, tal vez deberías escucharla.

—Recibían demasiado sol —continuó Caroline—. Los capullos se quemaban antes de poder abrirse.

James se giró hacia Blake.

—A mí me parece que sabe lo que hace.

—No me importa si tiene un doctorado en horticultura. No tenía ningún derecho a destrozarme el jardín.

Caroline se puso la mano libre en la cadera. Ya empezaba a irritarla su actitud.

—No creo que su jardín le haya interesado demasiado hasta que yo he comenzado a trabajar en él.

—¿Por qué dice eso?

Ella soltó un bufido.

—Cualquiera que tenga un mínimo gusto por la jardinería se habría espantado al ver sus rosales; por no hablar de los setos, que necesitan una buena poda...

—No va a tocar mis setos —refunfuñó él.

—No pensaba hacerlo. Igualmente han crecido tanto que no alcanzaría. Iba a pedirle a usted que lo hiciera.

Blake miró a James.

—¿De verdad he aceptado que se quede?

James asintió.

—¡Maldición!

—Solo quise ser útil —dijo ella, enervada por el insulto.

Él la miró boquiabierto, y luego dirigió su mirada a los hoyos.

—¿Útil?

—Pensé que sería educado ganarme la estancia aquí.

—¿Ganarse la estancia? ¡Le va a llevar diez años ganarse la estancia después de este destrozo!

Caroline había hecho un esfuerzo por dominar su genio. De hecho, se estaba felicitando mentalmente por mantenerse tan serena ante su ira.

Pero se le acabó la paciencia. Resistiendo el impulso de agitar la pala delante de él, soltó:

—Señor, es usted el hombre más grosero y maleducado de la Creación.

—Supongo que podrá expresarlo con un mayor repertorio de vocabulario.

—Ya lo creo —gruñó ella—, pero estoy en presencia de una persona educada.

—¿Se refiere a Riverdale? —dijo Blake riendo y ladeando la cabeza hacia su sonriente amigo—. Es una de las personas menos educadas que conozco.

—Sin embargo —terció el marqués—, tendrías que estar de acuerdo con la opinión que tiene la dama sobre tu carácter, Ravenscroft. —Miró a Caroline—. Es un bruto.

—Dios me libre de los dos —masculló Blake.

—Lo menos que podría hacer —dijo Caroline, sorbiendo ligeramente por la nariz—, es darme las gracias.

—¿Las gracias?

—De nada —se apresuró a decir ella—. Ahora, ¿podría ayudarme a llevar las plantas a su nueva ubicación?

—No.

—A mí me encantaría —dijo James, avanzando.

—Es usted muy amable, milord —dijo ella, con una sonrisa radiante.

Blake miró enfurruñado a su amigo.

—Tenemos trabajo que hacer, Riverdale.

—¿Sí?

—Trabajo importante —repuso Blake, casi rugiendo.

—¿Qué podría ser más importante que ayudar a una dama que está trabajando bajo un sol abrasador?

Caroline miró a Blake con una sonrisa interrogante y ojos traviesos.

—Sí, señor Ravenscroft, ¿qué podría ser más importante?

Blake se la quedó mirando con incredulidad. Era una huésped en su casa, ¡por el amor de Dios! ¡Una huésped! Y no solo le había llenado de agujeros el jardín, sino que además lo regañaba como si fuera un escolar testarudo. Y Riverdale, que debería comportarse como su mejor amigo, se había puesto de su parte y estaba sonriendo como un idiota.

—Me he vuelto loco —masculló—. O vosotros estáis locos, o todo el mundo está loco.

—Yo voto por ti —bromeó James—. Yo estoy muy cuerdo, y en la señorita Trent no se ve ningún signo de que esté desquiciada.

Blake levantó los brazos y echó a andar, alejándose.

—No me lo creo. Sencillamente no me lo creo. Haced hoyos por todo el jardín. Añadid si queréis otra ala a la casa. ¿Qué me importa a mí? ¡Yo solo soy el dueño!

Cuando Blake desapareció tras la esquina, Caroline miró a James con preocupación.

—¿Hasta qué punto está enfadado?

—¿En una escala del uno al diez?

—Bueno, si usted cree que su mal humor cabría en esa escala...

—No cabría.

Ella se mordió el labio inferior.

—Eso me temía.

—Pero yo no me preocuparía —la tranquilizó James, agitando una mano—. Se le pasará, ya verás. Ravenscroft no está acostumbrado a que le trastoquen su vida. Es un poco gruñón, pero no es irracional del todo.

—¿Está seguro?

James comprendió que esa era una pregunta retórica, así que le quitó la pala de las manos.

—Ya está; dime qué necesitas que haga.

Ella le explicó que debía cavar alrededor del arbusto de flores violeta para desenterrarlo, y se arrodilló a observar el trabajo.

—Con cuidado, no sea que rompa las raíces —le dijo. Pasado un momento, preguntó—: ¿Por qué cree usted que siempre se enfada tanto conmigo?

James no contestó de inmediato; detuvo el movimiento de la pala y se quedó inmóvil un instante, sopesando su respuesta.

—No está enfadado contigo —dijo al final.

Ella se rio.

—Está claro que no nos referimos a la misma persona.

—Lo digo en serio. —Puso el pie en el borde de la pala y empujó, hundiéndola un poco más—. Te tiene miedo.

A Caroline le vino un acceso de tos, tan fuerte que él tuvo que darle una palmada en la espalda.

Cuando ella dejó de toser y recuperó el aliento, añadió:

—¿Disculpe?

Estuvieron un largo rato en silencio, y de pronto James dijo:

—Estuvo comprometido para casarse.

—Lo sé.

—¿Sabes lo que ocurrió?

Ella negó con la cabeza.

—Solo sé que ella murió.

—Blake la amaba más que a su vida.

Caroline tragó saliva, sorprendida por la opresión en el corazón que le produjo esa afirmación.

—Se conocían de toda la vida —continuó él—. Trabajaban juntos para el Ministerio de Guerra.

—¡Ay, no! —dijo ella, cubriéndose la boca con una mano.

—A Marabelle la asesinó un traidor. Estaba sustituyendo a Blake en una misión. Él estaba en cama con una infección de garganta o algo así. —Se interrumpió para quitarse unas gotas de sudor de la frente—. Blake le prohibió que fuera, se lo prohibió terminantemente, pero ella no era el tipo de mujer que hace caso de un ultimátum. Simplemente se rio de él y le dijo que cuando volviera esa noche iría a verlo.

Caroline tragó saliva, pero eso no le sirvió para deshacer el nudo que se le había formado en la garganta.

—Por lo menos su familia se pudo consolar con el hecho de que muriera por su país.

James negó con la cabeza.

—No lo sabían. Se les dijo, como a todos, que murió en un accidente de caza.

—Esto... No sé qué decir.

—No hay nada que decir. Ni nada que hacer. Ese es el problema. —James desvió la cara y se quedó mirando un punto del horizonte un momento. Después le preguntó—: ¿Recuerdas que te dije que me recordabas a alguien?

—Sí —dijo ella, y de pronto su expresión se convirtió en una de horror—. ¡Ay, no!

James asintió.

—No sé por qué, pero me la recuerdas.

Ella se mordió el labio y se miró los pies. ¡Por Dios! ¿Sería por eso que Blake la había besado? ¿Porque le recordaba en algo a su difunta prometida? De repente se sintió muy poca cosa. Y muy poco deseable.

—Eso no significa nada —dijo James, visiblemente preocupado por su expresión de infelicidad.

—Yo no me arriesgaría jamás así —dijo ella con firmeza—. No lo haría si amara a alguien. —Tragó saliva—. O si alguien me amara.

James le acarició la mano.

—Te has sentido muy sola estos últimos años, ¿verdad?

Pero ella no estaba de humor para comentarios compasivos.

—¿Qué le pasó a Blake cuando ella murió? —preguntó en tono firme.

—Se quedó destrozado. Bebió durante tres meses seguidos. Se sentía culpable.

—Sí, de eso no me cabe duda. Es el tipo de hombre que se siente responsable de todo el mundo, ¿verdad?

James asintió.

—Pero supongo que ahora reconoce que no fue culpa suya.

—Tal vez de forma racional, pero no de corazón.

Estuvieron un buen rato mirando el suelo en silencio, hasta que Caroline lo rompió con una voz inusualmente tímida. —¿Cree de verdad que él me encuentra parecida a ella?

James negó con la cabeza.

—No. No te le pareces en nada. Marabelle era muy rubia, tenía los ojos azul claro y...

—Entonces, ¿por qué ha dicho...?

—Porque es muy raro encontrar una mujer con tanto carácter. —Al ver que ella no decía nada, sonrió y añadió—: Eso ha sido un cumplido, por cierto.

Caroline curvó los labios en un gesto que estaba a medio camino entre una mueca y una sonrisa sarcástica.

—Gracias, pero sigo sin entender por qué se comporta de un modo tan agresivo.

—Considera la situación desde su punto de vista. Primero pensó que eras una espía, una traidora, de la misma especie de gusano que asesinó a Marabelle. Luego se encuentra en la posición de ser tu protector, lo que le recuerda que le falló a su prometida.

—¡Pero si no le falló!

—Claro que no, pero él no lo sabe. Además, es evidente que te encuentra atractiva.

Caroline se ruborizó y al instante se sintió furiosa consigo misma por hacerlo.

—Creo que eso es lo que más lo asusta —dijo James—. ¿Y si, en el peor de los casos, se enamorara de ti?

Caroline no veía que eso fuera el peor de los casos, pero se guardó el comentario para sí misma.

—¿Imaginas cuánto llegaría a pensar que eso sería como traicionar a Marabelle? No podría vivir consigo mismo.

Ella no supo qué decir, así que se limitó a señalar hacia un hoyo y le dijo:

—Ponga la planta ahí, por favor.

James asintió.

—No le dirás nada de lo que hemos hablado, ¿verdad?

—Claro que no.

—Estupendo —dijo él, y procedió a mover el arbusto.

7

diacrítico (adjetivo): 1. Que sirve para distinguir o dar un valor distintivo.

«No se puede negar que una absoluta falta de orden es el signo *diacrítico* del jardín del señor Ravenscroft.»

Del diccionario personal de Caroline Trent

Al atardecer Caroline ya tenía el jardín con el aspecto que, en su opinión, debe tener un jardín. James estaba de acuerdo con ella y la felicitó por su excelente gusto para diseñar jardines. Blake, en cambio, no fue capaz de decir ni el más mínimo cumplido, ni siquiera a regañadientes. En realidad, el único sonido que emitió fue una especie de gemido ahogado bastante parecido a «Mis rosas».

—Sus rosas ya se habían vuelto salvajes —contestó ella, exasperada con él.

—Me gustaban salvajes —replicó él.

Y ahí quedó todo, aunque él la sorprendió encargando dos vestidos para sustituir el que había traído de Prewitt Hall. Ese pobre vestido parecía un harapo, con todo lo que había sucedido: primero el trayecto a caballo cuando él la secuestró, luego había dormido con él puesto durante varios días y por último lo había arrastrado por el lodo. No sabía cuándo ni dónde se las había arreglado él para conseguir dos vestidos nuevos, pero le quedaban bastante bien de talla, así que le dio las gracias con su sonrisa más simpática y no se quejó de que el borde le arrastraba un poco por el suelo.

Decidió cenar en su habitación, ya que no se sentía con ánimo para enzarzarse en otra batalla de voluntades con su extravagante anfitrión. Además, había conseguido hilo y aguja de la señora Mickle, y quería estar sola para acortar los vestidos.

Dado que era pleno verano, tenía abundante luz natural porque el sol se ponía mucho después de la hora de la cena. Cuando se le cansaron los dedos, dejó a un lado la costura y fue a asomarse a la ventana. Los setos estaban muy bien recortados y las rosas podadas a la perfección; entre ella y James habían hecho un excelente trabajo en el jardín. Sentía un orgullo de sí misma que no experimentaba desde hacía mucho tiempo. Hacía años, muchos años, que no tenía el placer de comenzar y terminar una tarea que le interesara.

Pero no estaba convencida de que Blake hubiera llegado a valorarla como a una huésped útil y agradable. Así que al día siguiente tendría que buscarse otra tarea, a ser posible una que le llevara un poco más de tiempo.

Él le había dicho que podía quedarse en Seacrest Manor hasta que cumpliera los veintiún años, por lo tanto, que la colgaran si le permitía encontrar una manera de incumplir esa promesa.

A la mañana siguiente Caroline comenzó a explorar la casa con el estómago lleno. La señora Mickle, que se había convertido en su mejor aliada, se la encontró en la sala de desayuno y la obsequió con una gran cantidad de exquisiteces: tortillas, salchichas, pastel de riñones... En fin, entre los platos que cubrían el aparador había algunos que ni siquiera conocía. Daba la impresión de que había preparado comida para todo un regimiento.

En cuanto terminó de desayunar salió a recorrer la casa en busca de una nueva tarea que la mantuviera ocupada mientras vivía allí. Se asomó a varias habitaciones y finalmente llegó a la biblioteca. No era tan grande como las de algunas propiedades, pero contenía varios cientos de libros. Los lomos de piel brillaban a la luz de la mañana y la sala estaba impregnada de olor a limón de la madera recién abrillantada. Un examen más minucioso le reveló que los libros estaban alineados en los estantes sin ningún orden.

Voilà!

—Está claro que necesita tener los libros por orden alfabético —dijo en voz alta a la sala.

Sacó un montón de libros, los dejó en el suelo y les echó una mirada a los títulos.

—No sé cómo se las ha arreglado tanto tiempo con este caos.

Dejó más libros en el suelo.

—Claro que no hay ninguna necesidad de que ordene todo esto ahora mismo —dijo, haciendo un amplio gesto con una mano—. Puedo hacerlo cuando haya sacado todos los libros de los estantes. Al fin y al cabo, estaré aquí cinco semanas más.

Se detuvo a mirar el título de un libro escogido al azar. Era un tratado de matemáticas.

—Fascinante —murmuró, pasando las páginas para echarle una mirada a ese texto incomprensible—. Mi padre siempre me decía que debería aprender más aritmética.

Se echó a reír. Era increíble con qué lentitud se puede llegar a trabajar cuando uno está realmente concentrado.

Cuando Blake bajó a desayunar se encontró con todo un festín; jamás había visto nada parecido desde que se había instalado en Seacrest Manor. Su desayuno solía consistir en un plato de huevos fritos, una o dos rodajas de jamón y unas tostadas frías. Eso también estaba ahí, pero acompañadas por carne asada, lenguado de Dover y diversos tipos de pastelillos y tartas.

Era evidente que la señora Mickle había encontrado un estímulo que se llamaba Caroline Trent.

Decidió no enfadarse por ese favoritismo al que estaba jugando su ama de llaves y simplemente se llenó el plato para disfrutar de la abundancia. Estaba masticando la tarta de fresas más exquisita del mundo cuando entró James en la sala.

—Buenos días —saludó el marqués—. ¿Dónde está Caroline?

—Que me cuelguen si lo sé, pero falta la mitad del jamón, así que ya debe de haber pasado por aquí.

James lanzó un silbido.

—La señora Mickle se ha superado a sí misma esta mañana, ¿eh? Deberías haber hecho bajar a Caroline antes.

Blake lo miró enfadado.

—Bueno, tienes que reconocer que tu ama de llaves nunca había hecho nada parecido antes.

A Blake le tentó la idea de contestarle con una frase muy sarcástica, pero antes de que se le ocurriera algo mínimamente ingenioso, oyeron un ruido tremendo seguido por un grito femenino de... ¿sorpresa? ¿Dolor? Fuera lo que fuese, provenía de Caroline, no cabía duda. Aterrado y con el corazón golpeándole en el pecho, llegó corriendo a la biblioteca y abrió la puerta.

Y pensar que se había horrorizado cuando vio su jardín lleno de agujeros el día anterior... Lo que estaba viendo ahora era mucho peor.

—¿Pero qué demonios...? —dijo, y era tal su conmoción que la voz le salió en un susurro.

—¿Qué ha pasado? —preguntó James, frenando con un patinazo detrás de él—. ¡Ay, caramba! ¿Pero qué demonios...?

Caroline estaba sentada en el centro de la biblioteca, rodeada de libros. O tal vez sería más exacto decir que estaba tumbada en el suelo *cubierta* de libros. A su lado había un taburete alto con peldaños plegables volcado, y en todas las mesas montones de libros, así como otros tantos sobre la alfombra.

De hecho, en los estantes no quedaba ni uno solo. Daba la impresión de que la huésped de Blake se las había arreglado para invocar un torbellino con la única finalidad de destrozarle la biblioteca.

Caroline los miró y pestañeó.

—Supongo que los dos sentís un poco de curiosidad.

—Esto... Sí —contestó Blake, pensando que debería gritarle algo.

Pero no sabía el qué, y todavía estaba demasiado sorprendido para inventarse un buen discurso.

—Se me ocurrió ordenarle los libros.

—Sí —dijo él, intentando calcular la magnitud del desastre—. Se ven muy bien ordenados.

Detrás de él, James soltó un bufido de risa.

Caroline se plantó las manos en las caderas.

—¡No me tome el pelo!

—Ravenscroft ni soñaría con tomarte el pelo —dijo James—. ¿Verdad?

Blake negó con la cabeza.

—Ni lo soñaría.

Caroline los miró enfurruñada.

—Uno de ustedes podría ofrecerme una mano para levantarme.

Blake estaba a punto de hacerse a un lado para dejar pasar a Riverdale, cuando este lo hizo avanzar de un empujón. Así que no le quedó más remedio que tenderle una mano para no quedar como un grosero.

—Gracias —dijo ella, poniéndose de pie con torpeza—. Lamento lo de... ¡Ay!

Lanzando una exclamación de dolor, cayó en sus brazos, y él pudo olvidar quién era y lo que había hecho, para simplemente disfrutar su contacto.

—¿Se ha hecho daño? —le preguntó con la voz ronca, curiosamente reticente a soltarla.

—El tobillo. Debo de habérmelo torcido cuando me caí.

Él la miró con expresión traviesa.

—Esto no será otra treta para que la dejemos continuar aquí, ¿verdad?

—¡Por supuesto que no! —exclamó ella, ofendida—. Como si yo me fuera a hacer daño a propósito para... —Lo miró cohibida—. ¡Ah, sí! Casi me destrocé la garganta el otro día, ¿verdad?

Él asintió, y le temblaron las comisuras de la boca al reprimir una sonrisa.

—Sí, bueno, yo tenía un buen motivo —continuó ella—. ¡Ah! Creo que era una broma.

Él volvió a asentir.

—Es difícil saberlo.

—¿Difícil saber qué?

—Cuándo habla en broma. La mayor parte del tiempo está muy serio.

—No podrá pisar con ese pie hasta que se le cure el tobillo —dijo él en tono seco—. Al menos hasta que remita la hinchazón.

—No ha contestado a mi pregunta —dijo ella dulcemente.

—No me ha hecho ninguna pregunta.

—¿No? Supongo que no, pero usted ha cambiado de tema.

—A un caballero no le gusta hablar de su seriedad.

—Sí, lo sé —suspiró ella—. Les gusta hablar de caballos, perros de caza y de cuánto dinero perdieron jugando a las cartas la noche anterior. Aún no he conocido a un caballero realmente responsable. Aparte de mi querido padre, claro.

—No todos somos tan malos —dijo él, girándose a mirar a James, para que lo ayudara a defender a los de su sexo.

Pero James había desaparecido.

—¿Qué le ha ocurrido al marqués? —preguntó ella, alargando el cuello para mirar.

—Que me cuelguen si lo sé. —Se ruborizó al recordar sus modales—. Perdone mi lenguaje.

—No tenía ningún problema para maldecir delante de Carlotta de León.

—La verdadera Carlotta de León podría enseñarme unas cuantas cosas sobre maldecir.

—No soy tan delicada como parezco —dijo ella, encogiéndose de hombros—. No me van a arder las orejas porque diga de vez en cuando «maldición». Dios sabe que no se me ha caído la lengua por decirlo yo misma.

Sin querer, a él se le curvaron los labios en una sincera sonrisa.

—¿Quiere decir, señorita Caroline Trent, que no es una dama de la cabeza a los pies?

—Nada de eso —repuso ella en tono de burla—. Soy toda una dama, pero... eh... de vez en cuando empleo un lenguaje no demasiado correcto.

A él le salió una inesperada carcajada.

—Mis tutores no eran siempre los más reservados de los hombres.

—Comprendo.

Ella ladeó la cabeza y lo miró pensativa.

—Debería reírse con más frecuencia.

—Son muchas las cosas que debería hacer con más frecuencia.

Caroline no supo cómo tomarse ese comentario.

—Esto... ¿Deberíamos tratar de encontrar al marqués?

—Es evidente que no desea que lo encuentren.

—¿Por qué no?

—No tengo ni idea —dijo él, en el tono de que lo sabía muy bien—. Riverdale es bastante experto en desaparecer cuando le apetece.

—Supongo que eso es muy útil en su profesión.

Blake no contestó. No quería hablar con ella del trabajo que hacían para el Ministerio de Guerra. Las mujeres solían encontrar fascinantes sus proezas, cuando en realidad no tenían nada de eso. En la muerte no hay nada fascinante.

Caroline rompió el largo silencio.

—Ahora puede soltarme.

—¿Puede caminar?

—Por supuesto que... ¡Ay!

Aún no había dado un paso cuando volvió a gritar de dolor. Al instante Blake la levantó en brazos.

—La llevaré al salón.

—¡Pero mis libros! —protestó ella.

—Creo que son *mis* libros —dijo él con una sonrisa—, y encargaré a uno de los criados que vuelva a ponerlos en los estantes.

—No, por favor, no lo haga. Yo lo haré.

—Si me disculpa que lo diga, señorita Trent, ni siquiera puede caminar. ¿Cómo piensa reordenar una biblioteca?

Mientras él la sacaba de la sala, ella giró la cabeza para mirar el desastre que había dejado.

—¿No podría dejarlos así unos cuantos días? Le prometo que me encargaré del desastre cuando se me haya curado el tobillo. Tengo unos planes fabulosos para su biblioteca, ¿sabe?

—¿Sí? —preguntó él, dudoso.

—Sí. Pensaba poner todos sus tratados científicos juntos, y agrupar las biografías en un estante, y, bueno, seguro que se hace una idea. Así le será mucho más fácil encontrar sus libros.

—Sin duda será mucho más fácil que ahora, con todos repartidos por el suelo.

Caroline lo miró enfurruñada.

—Le voy a hacer un favor enorme. Si no puede darme las gracias, por lo menos no sea tan desagradecido.

—Muy bien, le declaro mi gratitud eterna.

—Eso no ha sonado demasiado sincero —masculló ella.

—No lo ha sido, pero tendrá que servir. Hemos llegado. —La colocó en el sofá—. ¿Le ponemos la pierna en alto?

—No lo sé. Jamás me había torcido un tobillo. ¿Eso es lo que hay que hacer?

Él asintió y apiló unos cuantos cojines mullidos debajo de su pierna.

—Esto reduce la hinchazón.

—¡A la porra la hinchazón! Es el dolor lo que quiero reducir.

—Van de la mano.

—¡Ah! ¿Cuánto tiempo tendré que estar así?

—Por lo menos el resto del día: Tal vez mañana también.

—Mmm... Me parece horrible. Supongo que usted no podría traerme una taza de té.

Blake retrocedió un paso y la miró.

—¿Tengo cara de criada?

—No, claro que no —repuso ella, reprimiendo una sonrisa—. Pero la señora Mickle se fue al pueblo después de preparar ese maravilloso desayuno, y quién sabe dónde estará su mayordomo. Además, no creo que su ayuda de cámara traiga el té.

—Si yo puedo traerlo, él también, ¡maldita sea! —masculló él.

—¡Ah, estupendo! —exclamó ella, dando palmas—. Entonces, ¿me haría el favor de ir a buscarme un poco de té?

—Supongo que no me queda más remedio. ¿Y cómo demonios se las ha arreglado para entablar tan buena relación con mis criados en un solo día?

Ella se encogió de hombros.

—En realidad, solo conozco a la señora Mickle. ¿Sabía que tiene una nieta de nueve años que vive en el pueblo? Le compró una muñeca preciosa para su cumpleaños. Me habría gustado tener una muñeca como esa cuando era niña.

Blake sacudió la cabeza pasmado. La señora Mickle llevaba casi tres años trabajando para él y jamás le había dicho que tuviera una nieta.

—Volveré enseguida con el té.

—Gracias. Y no olvide preparar suficiente para usted también.

Él se detuvo en la puerta.

—No la acompañaré.

Caroline se entristeció.

—¿No?

—No. Esto... —Lanzó un gemido. Se había enfrentado a los peores delincuentes del mundo, y en cambio se sentía impotente ante la expresión de pena de ella—. Muy bien, la acompañaré a tomar el té, pero solo un rato.

—Maravilloso. Ya verá qué bien se lo pasará. Y descubrirá que el té hace maravillas en su temperamento.

—¿Mi temperamento?

—Olvídelo, no he dicho nada —masculló ella.

Cuando Blake llegó a la cocina no encontró a la señora Mickle por ninguna parte. Después de llamarla a gritos durante un minuto, recordó que Caroline le había dicho que se había ido al pueblo.

—¡Maldita sea! —masculló, sin saber muy bien si se refería a Caroline o a la señora Mickle.

Puso a hervir agua y revisó los armarios en busca de té. A diferencia de muchos hombres de su posición, sabía moverse en una cocina. Los soldados y los espías tenían que aprender a cocinar si querían comer, y él no era una excepción. Lógicamente, en su repertorio no entraban comidas para gastrónomos, pero sí sabía preparar té y servirlo con pastelillos, sobre todo si la señora Mickle ya los había horneado. Lo único que tenía que hacer era ponerlos en un plato.

Encontraba muy extraño estar haciendo eso por Caroline Trent. Hacía mucho tiempo que no cuidaba de nadie aparte de sí mismo, y encontraba reconfortantes los sonidos que hacía el agua de la tetera al acercarse al hervor. Reconfortantes y al mismo tiempo inquietantes. Preparar té y ocuparse del esguince de su tobillo no eran actos íntimos en sí mismos, pero lo hacían intimar más con ella.

Resistió el impulso de darse una palmada en la cabeza. Se estaba volviendo demasiado filosófico. No estaba intimando con Caroline Trent y no tenía el menor deseo de hacerlo. Se habían dado un beso, sí, por un impulso idiota que él había tenido. En cuanto a ella, lo más seguro era que no hubiera sabido qué otra cosa hacer. Apostaría su casa y su fortuna a que nunca antes la habían besado.

Cuando hirvió el agua, la vertió en una tetera de porcelana y aspiró el fragante aroma del té en cuanto comenzó a infusionar. La puso en la bandeja, junto al plato con pastelillos, añadió un pequeño jarro con leche, un azucarero y, agarrando la bandeja, salió en dirección al salón.

La verdad es que no le importaba llevarle el té; de hecho, encontraba relajante ocuparse de tareas triviales de vez en cuando. Pero la señorita Trent tendría que meterse en su tozuda cabecita que él no le iba a hacer de criada ni iba a satisfacer todos sus caprichos mientras viviera en Seacrest Manor.

No deseaba actuar como un dulce cachorrillo, ni que Caroline pensara que actuaba como un dulce cachorrillo y, lógicamente, no deseaba que James lo viera actuando como un dulce cachorrillo.

Aunque no fuera en absoluto un dulce cachorrillo, si James lo veía actuando así, no lo dejaría vivir en paz.

Dobló la última esquina y entró en el salón, pero cuando sus ojos se posaron en el sofá, en vez de ver a Caroline vio un desastre en el suelo.

Entonces oyó una tímida vocecita:

—Fue un accidente, lo juro.

8

trasegar (verbo): 1. Beber en cantidad; beber un trago largo.

«He descubierto que, cuando un caballero está malhumorado, a veces el mejor antídoto es invitarlo a *trasegar* una taza de té.»

Del diccionario personal de Caroline Trent

Las flores recién cortadas estaban desparramadas por el suelo, un valiosísimo florero estaba volcado (aunque, por fortuna, no se había roto) y el agua se iba extendiendo por su nueva y carísima alfombra de Aubusson.

—Solo quise olerlas —explicó Caroline, despatarrada en el suelo.

—¡Tenía que quedarse quieta! —exclamó él.

—Bueno, ya lo sé, pero...

—¡Nada de peros! —rugió, mirándole el tobillo para comprobar que no lo tuviera torcido de algún modo horrible.

—No hay ninguna necesidad de gritar.

—¡Gritaré si...! —Se interrumpió, se aclaró la garganta y continuó en un tono más calmado—: Gritaré si me da la maldita gana, y hablaré así si me da la maldita gana. Y si quiero susurrar...

—Le aseguro que ya he entendido lo que ha querido decir.

—¿Me permite recordarle que esta es *mi* casa y que en ella puedo hacer lo que me dé la maldita gana?

—No tiene por qué recordármelo —repuso ella con amabilidad.

Ese tono amistoso y sumiso lo enfureció.

—Señorita Trent, si va a continuar aquí...

—Estoy muy agradecida de que me permita quedarme aquí.

—No me importa su gratitud...

—De todos modos, es un placer para mí ofrecérsela.

Él apretó los dientes.

—Tenemos que establecer unas cuantas normas.

—Bueno, sí, claro, el mundo necesita unas cuantas normas. Si no, se armaría el caos y entonces...

—¡Haga el favor de dejar de interrumpirme!

Ella echó la cabeza un poco hacia atrás.

—Creo que ha sido usted el que me ha interrumpido a mí.

Blake contó hasta cinco.

—No haré caso de eso.

Ella curvó los labios en un gesto que una persona optimista podría llamar «sonrisa».

—¿Cree que podría echarme una mano?

Él se la quedó mirando fijamente, sin comprender.

—Necesito ponerme de pie —explicó ella—. Se me está... —No terminó la frase; no le iba a decir a ese hombre que se le estaba mojando el trasero—. Está todo mojado —murmuró finalmente.

Blake gruñó algo para sí mismo y casi estampó contra la mesita la bandeja que, al parecer, había olvidado que tenía en las manos. Antes de que ella lograra pestañear por el estrépito, le pasó la mano derecha por delante para ayudarla a levantarse.

—Gracias —dijo, con la mayor dignidad que logró reunir, que no era mucha.

La ayudó a volver al sofá.

—No vuelva a levantarse.

—No, señor —dijo ella, llevándose la mano a la sien en una alegre imitación de la posición de firmes.

Eso no mejoró el malhumor de él.

—¿No puede tomarse nada en serio?

—¿Disculpe?

—Imitar la posición de firmes, tirarme al suelo todos los libros, hacer pajaritas de papel... ¿No sabe tomarse nada en serio?

Con los ojos entrecerrados, Caroline lo observó gesticular con los brazos mientras hablaba. Solo lo conocía desde hacía unos días, pero ya sabía que ese estallido de emoción no era típico en él. De todos modos, no le hacía ninguna gracia que le arrojara a la cara sus intentos de mostrarse amistosa y educada.

—¿Quiere saber cómo defino «serio»? —dijo, en tono enfadado—. «Serio» es que un hombre le ordene a su hijo que viole a su pupila. «Seria» es la situación de una mujer que no tiene ningún lugar adonde ir. Un florero volcado y una alfombra mojada no son cosas «serias». —Vio que él la miraba enfurruñado, así que añadió—: En cuanto al saludo militar, simplemente quería ser amistosa.

—No quiero que seamos amigos —dijo él entre dientes.

—Sí, eso ya lo veo.

—Usted está aquí por dos motivos, solo por dos motivos, y será mejor que no lo olvide.

—¿Tal vez podría aclararlos?

—Uno, para ayudarnos a capturar a Oliver Prewitt. Dos... —Se aclaró la garganta y se ruborizó—. Dos —repitió—, está aquí porque yo la secuestré sin que usted fuera culpable de nada y, por lo tanto, se lo debo.

—¡Ah! ¿Y, por lo tanto, no debo ayudar en las tareas de la casa ni en el jardín y tampoco entablar amistad con los criados?

Él se limitó a mirarla, sin contestar. Ella interpretó eso como una respuesta afirmativa y le hizo un gesto de asentimiento que habría enorgullecido a la misma reina.

—Comprendo. En ese caso, tal vez sea mejor que no me acompañe a tomar el té.

—¿Disculpe?

—Tengo una costumbre terrible, ¿sabe?

—¿Solo una?

—Solo una que le ofendería, señor —replicó ella, en un tono no especialmente simpático—. Cuando tomo el té acompañada tiendo a conversar con las personas. Y cuando converso con las personas, lo hago de una manera amable y amistosa. Y entonces...

—El sarcasmo no le sienta bien.

—Y entonces —continuó ella en voz más alta— ocurren las cosas más extrañas. No siempre, eso sí, y puede que no con usted, señor Ravenscroft, pero estoy segura de que no querría correr ese riesgo.

—¿El riesgo de qué?

—¡Vamos! De hacerse amigo mío.

—¡Por el amor de Dios! —masculló él.

—Simplemente acérqueme la bandeja, por favor.

Blake la miró un momento y al final hizo lo que le pedía.

—¿Quiere que le sirva una taza para que se la lleve?

—No —repuso él—. Me quedaré aquí.

—Las consecuencias podrían ser mortales.

—Yo creo que las consecuencias podrían ser más mortales para mis muebles si la dejo sola.

Caroline lo miró indignada y puso una taza en un platillo con un golpe.

—¿Leche?

—Sí. Azúcar, no. Y procure tratar con suavidad la porcelana. Este juego es una reliquia familiar. Ahora que lo pienso...

—¿Ahora que piensa qué? —espetó ella.

—Tendría que hacer algo con el desastre de la alfombra.

—Yo se la limpiaría —dijo ella dulcemente—, pero usted me ha ordenado que no ayude en la casa.

Él se levantó como si no la hubiera oído y fue hasta la puerta abierta.

—¡Perriwick! —gritó.

Perriwick se materializó como si Blake lo hubiera hecho aparecer por arte de magia.

—¿Sí, señor Ravenscroft?

—Nuestra huésped ha tenido un pequeño accidente —dijo él, agitando la mano hacia la mancha de agua de la alfombra.

—¿Nuestra huésped invisible, quiere decir?

Caroline observó al mayordomo con no disimulado interés.

—¿Disculpe? —dijo Blake.

—Si me permite el atrevimiento de hacer una deducción basada en su comportamiento de estos últimos días, señor Ravenscroft...

—Ve al grano, Perriwick.

—Estaba claro que no quería que se hiciera público que la señorita... esto... la señorita... eh... la llamaremos «señorita Invisible»...

—Señorita Trent —intervino Caroline.

—... que la señorita Trent está aquí.

—Sí, bueno, está aquí y ya está —dijo Blake, enfadado—. No tienes que fingir que no la ves.

—¡Ah, no, señor Ravenscroft! Ahora está muy visible.

—Perriwick, un día de estos te voy a estrangular.

—Eso no lo dudo, señor. Pero ¿me permite el atrevimiento de...?

—¿Qué, Perriwick?

—Solo deseaba preguntar si ahora la visita de la señorita Trent a Seacrest Manor debe hacerse pública.

—¡No! —exclamó Caroline—. Es decir, preferiría que se guardara esta información. Al menos durante las próximas semanas.

—Faltaría más —contestó Perriwick, haciendo una elegante reverencia—. Ahora, si me disculpan, me encargaré del accidente.

—Gracias, Perriwick —dijo Blake.

—Si me permite el atrevimiento, señor Ravenscroft...

—¿Qué pasa ahora, Perriwick?

—Simplemente deseaba sugerir que usted y la señorita Trent estarían más cómodos tomando el té en otra sala mientras yo limpio esta.

—¡Ah! Él no me va a acompañar a tomar el té.

—Lo haré —gruñó Blake.

—No veo por qué. Usted mismo ha dicho que no quiere tener nada que ver conmigo.

—Eso no es del todo cierto. Me gusta muchísimo fastidiarla.

—Sí, eso está muy claro.

Perriwick había estado moviendo la cabeza del uno al otro como si estuviera en un partido de bádminton. Y entonces el anciano sonrió.

—¡Tú calla! —exclamó Blake, apuntándolo.

Perriwick se llevó la mano al corazón en un teatral gesto de consternación.

—Si me permite el...

—Perriwick, eres el mayordomo más condenadamente atrevido de Inglaterra, y lo sabes.

—Solo quería preguntarle si quiere que lleve la bandeja del té a otra sala —contestó el mayordomo con cierto aire engreído—. Le sugerí que estarían más cómodos en otra parte, si lo recuerda.

—Es una idea excelente, Perriwick —terció Caroline, con una deslumbrante sonrisa.

—Señorita Trent, es evidente que usted es una mujer de modales refinados, buen humor y brillante intelecto.

—¡Vamos, por el amor de Dios! —masculló Blake.

—Por no hablar —continuó Perriwick— de su excelente gusto y elegancia. ¿Es usted la responsable del hermoso arreglo de nuestro jardín?

—Sí —contestó ella, encantada—. ¿Le ha gustado la nueva distribución?

—Señorita Trent, el jardín muestra la intervención de una persona con un excepcional sentido estético, auténtica inteligencia y un poquito de fantasía.

La cara de Blake decía a las claras que enviaría encantado a su mayordomo a Londres de una patada.

—Perriwick, la señorita Trent no tiene aspecto de que la vayan a canonizar.

—Por desgracia, no —admitió Perriwick—. Pero no es que se pueda decir que la Iglesia tiene un juicio impecable. Cuando pienso en algunas personas a las que han declarado santas, vamos, es que...

La risa de Caroline llenó el salón.

—Perriwick, es usted un encanto. ¿Dónde ha estado durante toda mi vida?

Él sonrió con modestia.

—Sirviendo al señor Ravenscroft, y antes de él a su tío.

—Espero que su tío haya sido algo más alegre que él.

—¡Ah! El señor Ravenscroft no siempre ha tenido tan mal genio. Vamos, cuando era joven...

—Perriwick —rugió Blake—, estás peligrosamente cerca de que te despida sin recomendación.

—¡Señor Ravenscroft! —exclamó Caroline, reprobadora—. No es posible que piense en des...

—No se preocupe, señorita Trent —interrumpió Perriwick—. Casi todos los días me amenaza con despedirme.

—Esta vez lo digo en serio —gruñó Blake.

—Eso también lo dice todos los días —le dijo Perriwick a Caroline, que lo recompensó con una risita.

—No lo encuentro gracioso —declaró Blake, pero al parecer no lo estaban escuchando.

—Llevaré esto a la otra sala —contestó Perriwick, poniendo las tazas en la bandeja—. El servicio estará en el salón verde, por si desean beber té.

—No he podido tomar ni un sorbo —murmuró Caroline, mirando al mayordomo mientras desaparecía por el pasillo—. ¡Oh!

Sin decir palabra, Blake la tomó en brazos y salió como un trueno del salón.

—Si quiere té, pues tendrá té —gruñó él—. Aunque tenga que seguir a ese maldito mayordomo hasta Bournemouth.

—No tenía ni idea de que usted pudiera ser tan simpático —dijo ella en tono sarcástico.

—No me enfade, señorita Trent. Por si no lo ha notado, mi paciencia pende de un hilo muy fino.

—¡Ah! Sí que lo he notado.

Blake la miró con incredulidad, caminando a largas zancadas por el pasillo, con ella agarrada a sus hombros.

—Es sorprendente que alguien no la haya asesinado ya.

Entró en el salón verde. No había señales del servicio de té.

—¡Perriwick! —gritó.

—¡Señor Ravenscroft! —contestó la voz del mayordomo.

—¿Dónde está? —preguntó Caroline sin poder evitarlo, girando la cabeza para mirar hacia atrás.

—Solo Dios lo sabe —masculló Blake, y gritó—: ¡¿Dónde demonios te has...?! ¡Ah! Ahí estás, Perriwick.

—Sigiloso como para asustar a un alma —comentó Caroline, sonriendo.

—Ese es uno de mis talentos más útiles —contestó Perriwick desde la puerta—. Me tomé la libertad de llevar el servicio de té al salón azul. Pensé que a la señorita Trent podría gustarle las vistas al mar.

—Eso me gustaría más que nada en el mundo —dijo ella, encantada—. Gracias, Perriwick. Siempre tan considerado.

Perriwick sonrió de oreja a oreja.

Blake frunció el ceño, enfurruñado.

—¿Hay alguna otra cosa que pueda hacer para su comodidad, señorita Trent?

—No necesita nada más —gruñó Blake.

—Está claro que...

—Perriwick, ¿no hay un incendio en el ala oeste?

Perriwick pestañeó, olisqueó y miró a su empleador con consternación.

—No entiendo, señor.

—Si no hay ningún incendio que apagar, seguro que podrás encontrar otra tarea que hacer.

—Sí, por supuesto, señor Ravenscroft.

Haciendo una pequeña reverencia, el mayordomo salió de la sala.

—No debería tratarlo tan mal —dijo Caroline.

—Usted no debería decirme cómo dirigir mi casa.

—No he hecho tal cosa. Tan solo quise sugerirle que fuera una persona más agradable.

—Eso es más impertinente todavía.

Ella se encogió de hombros, intentando desentenderse de que él la llevaba en brazos.

—Suelo ser impertinente.

—No es necesario estar mucho rato en su compañía para darse cuenta de eso.

Caroline guardó silencio. Tal vez no debería hablarle con tanta valentía a su anfitrión, pero muchas veces su boca formaba palabras sin haber recibido ninguna orden de su cerebro. Además, se había asegurado un lugar en Seacrest Manor para las próximas semanas. Blake Ravenscroft podía no quererla ahí, podía incluso tenerle antipatía, pero se sentía culpable por haberla secuestrado por error, y su sentido del honor le exigía darle un lugar donde alojarse hasta que estuviera a salvo de Oliver Prewitt.

Sonrió para sus adentros. Era realmente extraordinario contar con un hombre con sentido del honor.

Varias horas después, Caroline seguía en el salón azul, pero dicho salón azul ya solo guardaba un leve parecido con la sala que vio al entrar.

Perriwick, en su deseo de dar la mayor comodidad posible a la «hermosa y amable señorita Trent», le había traído varias bandejas con comida, una selección de libros y diarios, acuarelas y una flauta. Cuando ella le explicó que no sabía tocarla, él se ofreció a enseñarle.

Blake perdió al fin la paciencia cuando Perriwick se ofreció a trasladar el piano a ese salón o, mejor dicho, se ofreció a conseguir que lo trasladara él, puesto que era mucho más joven y fuerte. Eso ya estuvo lo bastante mal, pero cuando ella le preguntó a Perriwick si él la iba a entretener tocando el piano, este contestó: «¡Por Dios, no! No sé tocar, pero seguro que el señor Ravenscroft estaría feliz de entretenerla toda la tarde».

Llegados a ese punto, Blake levantó los brazos al cielo y salió con paso decidido del salón, mascullando que su mayordomo nunca se había mostrado tan cortés y atento con él.

Y ella ya no volvió a verlo. De todos modos, se las arregló para continuar feliz toda la tarde, comiendo pastelillos y hojeando la sección de economía del *London Times*. Se podría acostumbrar a una vida así, desde luego. Hasta el tobillo había dejado de dolerle tanto.

Estaba concentrada leyendo las páginas de sociedad, sin tener ni idea de quiénes eran esas personas (aunque comenzaba a sospechar que «el gallardo y peligroso Lord R.» podría ser su nuevo amigo James), cuando el marqués en persona entró en la sala.

—Ha estado ausente mucho tiempo —le dijo ella—. ¿Le apetece un pastelillo?

James paseó la mirada por la sala con curiosidad no disimulada.

—¿Hemos organizado otro festín sin que se me haya informado?

—Perriwick solo deseaba que yo estuviera cómoda —le explicó ella.

—¡Ah, sí! Parece que los criados están locos por ti.

—Y eso irrita a Blake.

—Estupendo —dijo él, tomando un pastelillo del plato—. ¿Adivinas qué he encontrado?

—No tengo ni idea.

Él le enseñó la página de un diario.

—A ti.

—¿Disculpe?

—Por lo visto tu tutor te anda buscando.

—Bueno, no me sorprende —comentó ella, alcanzando el diario—. Para él valgo muchísimo dinero. ¡Ah! Esto sí que es gracioso.

—¿Qué?

Ella señaló el dibujo de ella que aparecía bajo el titular: «Muchacha desaparecida».

—Esto —dijo— lo ha dibujado Percy.

—¿Percy?

—Sí. Debería haber imaginado que Oliver le ordenaría hacer un dibujo. Es increíblemente tacaño. No iba a gastar dinero en un dibujante profesional.

James ladeó la cabeza y miró el dibujo con más atención.

—No es un retrato demasiado bueno.

—No, pero imagino que Percy lo dibujó así a propósito. Es bastante buen dibujante, pero recuerde que desea tanto como yo que no me encuentren.

—Niño idiota —murmuró James.

Caroline lo miró sorprendida, segura de que había oído mal.

—¿Qué?

—Percy. Por lo que nos has contado, no veo probable que encuentre a nadie mejor que tú para casarse. Si yo fuera él, no me habría quejado de la prometida escogida por mi padre.

—Si usted fuera Percy —repuso ella con sarcasmo—, Percy sería mucho mejor hombre.

James se echó a reír.

—Además —continuó ella—, en opinión de Percy, yo no tengo ningún atractivo. Tengo un extraño interés por los libros y no puedo estarme quieta.

—Bueno, es que no puedes.

—¿Estarme quieta?

—Sí. Basta con que te mires el tobillo.

—Eso no tiene nada que ver con...

—Tiene todo que ver con...

—Vaya, vaya... —dijo alguien desde la puerta arrastrando la voz—. ¡Qué cómodos estamos!, ¿eh?

James levantó la vista.

—¡Ah! Buenos días, Ravenscroft.

—¿Y dónde has estado desaparecido desde esta mañana?

James le enseñó el billete del coche de postas con el que había vuelto de la ciudad.

—Fui a investigar a nuestra señorita Trent.

—No es «nuestra» señori...

—Disculpa —interrumpió James, sonriendo travieso—. A tu señorita Trent.

Caroline se ofendió.

—No soy...

—Esta es una conversación estúpida —interrumpió Blake.

—Eso opino yo —masculló Caroline, y apuntando hacia la página del diario, añadió—: Mire lo que ha traído el marqués.

—Creo haberte dicho que me llames James —le dijo él.

—«El marqués» va muy bien —gruñó Blake—. ¿Y qué demonios es eso?

James le pasó el diario.

Blake descalificó el dibujo al instante.

—No se parece en nada a ella.

—¿No le encuentras ningún parecido? —preguntó James, mirándolo con expresión angelical.

—No. Cualquier idiota vería que el dibujante le ha puesto los ojos demasiado juntos, y la boca está mal. Si de verdad quería captarla sobre el papel debería haberla dibujado sonriendo.

—¿Usted cree? —preguntó Caroline, encantada.

Blake frunció el entrecejo, visiblemente enfadado consigo mismo.

—Yo no temería que alguien vaya a encontrarla basándose en *esto* —continuó—. Además, nadie sabe que usted está aquí, y no espero a ningún invitado.

—Cierto —murmuró James.

—¿Y a quién le iba a importar? —añadió Blake—. No se ofrece ninguna recompensa.

—¡¿Ninguna recompensa?! —exclamó Caroline—. ¡Vamos! El muy sinvergüenza, tacaño...

James se echó a reír, y hasta Blake, malhumorado como estaba, no pudo dejar de esbozar una sonrisa.

—Bueno, no me importa —declaró ella—. Simplemente no me importa que no ofrezca ninguna recompensa. De hecho, me alegra. Me siento mucho más feliz aquí de lo que me he sentido nunca con cualquiera de mis tutores.

—Yo también estaría feliz si Perriwick y la señora Mickle me trataran así —dijo Blake con sarcasmo.

Caroline lo miró traviesa, y no pudo resistirse al fuerte impulso de hacerle una broma:

—¡Vamos, vamos! No me trate con desdén porque sus criados me tratan mejor que a usted.

Blake abrió la boca para decir algo y entonces se echó a reír.

Al instante Caroline sintió pasar por su interior una maravillosa satisfacción, como si su corazón hubiera reconocido que había hecho algo bueno al hacer reír a ese hombre. Ella lo necesitaba, y necesitaba el refugio de su casa, pero percibía que tal vez él también la necesitaba a ella un poco.

La de él era un alma herida, muchísimo más que la suya. Lo miró a los ojos sonriendo y murmuró:

—Ojalá se riera más a menudo.

—Sí, ya me lo ha dicho —refunfuñó él.

Ella tuvo el impulso de darle una palmadita en la mano.

—En esto tengo razón. Estoy de acuerdo en que me equivoco en muchas cosas, pero estoy segura de que en esto tengo razón. Una persona no puede aguantar demasiado tiempo sin reírse, como ha estado haciendo usted.

—¿Y cómo lo sabe?

—¿Que una persona no puede aguantar sin reírse, o que usted no se ha reído desde hace mucho tiempo?

—Las dos cosas.

Ella lo pensó un momento y al final dijo:

—En cuanto a usted, lo único que puedo decir es que lo sé. Siempre parece sorprendido cuando se ríe, como si no esperara ser feliz.

A él se le abrieron mucho los ojos, y sin pensarlo murmuró:

—No lo espero.

—Y en cuanto a su otra pregunta...

No terminó la frase. Por su cara pasó una sonrisa melancólica, y estuvo un buen rato en silencio, pensativa, buscando las palabras adecuadas.

—Sé cómo es no reírse —continuó al fin—. Sé cómo duele.

—¿Sí?

—Y sé que usted tiene que aprender a encontrar su risa y su paz donde sea, en lo que pueda. Yo la encuentro en... —Se ruborizó—. No tiene importancia.

—No. Dígamelo.

Caroline miró hacia ambos lados.

—¿Qué le ha ocurrido al marqués? Ha vuelto a desaparecer.

Blake se desentendió de la pregunta. James tenía un don para desaparecer cuando lo creía conveniente. Y a él no le extrañaría nada que su amigo estuviera haciendo de casamentero.

—Dígamelo —repitió.

Caroline fijó la mirada en un punto a la derecha de la cara de él, sin entender por qué se sentía tan impulsada a desnudarle su alma.

—Encuentro mi paz en el cielo nocturno. Eso es algo que me enseñó mi madre. Solo es un pequeño truco, pero... —Lo miró a los ojos—. Puede que usted lo encuentre una estupidez.

—No —dijo Blake, sintiendo algo muy cálido y muy extraño cerca del corazón—. Creo que eso podría ser lo menos estúpido que he oído en muchos años.

9

garrafal (adjetivo): 1. Notorio en un mal sentido, craso. 2. Se dice de algunas faltas graves de la expresión y de algunas acciones.

«Mi boca suele hacer gala de una *garrafal* desatención a la discreción, circunspección y buen juicio en general.»

Del diccionario personal de Caroline Trent

Al día siguiente Caroline ya tenía mucho mejor el tobillo, aunque de todos modos necesitaba un bastón para caminar. Terminar su trabajo en la biblioteca era impensable; apenas podía dar unos torpes pasos sin tener que mover montones de libros equilibrándose en un pie. Ni qué decir del desastre que podría provocar mientras tuviera un tobillo hinchado.

Recordó que la noche pasada, durante la cena, James le sugirió que dibujara un plano de la casa de Prewitt. Blake, que había estado muy callado durante toda la cena, se limitó a gruñir algo en sentido afirmativo cuando ella le preguntó qué le parecía la sugerencia.

Así pues, deseosa de dar una buena impresión a sus anfitriones, se sentó ante el escritorio del salón azul y comenzó a dibujar.

Pero trazar el plano de la casa le estaba resultando más difícil de lo que había imaginado, así que al poco rato el suelo empezó a llenarse de hojas de papel arrugadas con dibujos desechados por no poder considerarse aceptables. Cuando ya llevaba media hora de intentos infructuosos, se dijo en voz alta:

—Empiezo a sentir un nuevo respeto por los arquitectos.

—¿Cómo has dicho? —le preguntó una voz.

Levantó la vista, sintiéndose avergonzada por haber sido sorprendida hablando sola. Blake estaba en la puerta, y ella no supo distinguir si su expresión era divertida o enfadada.

—Estaba hablando sola —balbuceó.

Él sonrió, y ella sintió un enorme alivio al ver que estaba contento.

—Sí, eso está claro —dijo él—. Algo sobre los arquitectos, creo.

—He estado intentando hacer un plano de la planta baja de Prewitt Hall, para usted y el marqués, pero no consigo que me salga bien.

Él llegó hasta el escritorio y se inclinó por encima de su hombro para mirar el papel en el que estaba dibujando.

—¿Cuál es el problema?

—No recuerdo bien el tamaño de las habitaciones. Empecé...

Tragó saliva. Él estaba demasiado cerca, y su olor le traía el recuerdo de ese beso furtivo. Olía a sándalo, a menta y a otra cosa que no lograba identificar.

—¿Sí? —la animó él.

—Esto... Bueno, verá, es dificilísimo dar forma y tamaño a las habitaciones al mismo tiempo. —Pasó un dedo por el dibujo—. Comencé por dibujar todas las habitaciones del lado oeste del pasillo principal, y pensé que lo estaba haciendo bien...

Él se acercó un poco más y ella perdió el hilo de sus pensamientos.

—¿Qué pasó entonces?

Ella tragó saliva de nuevo.

—Entonces llegué a la última, la de la pared sur, y ahí me di cuenta de que no había dejado suficiente espacio. —Pasó un dedo, desnudo, porque no llevaba guantes, por la diminuta habitación que quedaba en la parte de atrás—. Esta parece un armario empotrado, cuando en realidad es más grande que esta. —Señaló otro cuadrado.

—¿Qué es esa habitación?

—¿Esta? —preguntó ella, sin quitar el dedo del cuadrado más grande.

—No, la que dices que debería ser más grande.

—¡Ah! Es el salón sur. No sé mucho de esa sala, aparte de que debería ser más grande de lo que la he dibujado. Tenía prohibido entrar ahí.

Al instante Blake aguzó los oídos.

—No me digas.

Ella asintió.

—Oliver la llamaba su «casa de los tesoros», lo que yo siempre encontraba bastante idiota, porque no es una casa, sino solo una habitación.

—¿Qué tipo de tesoros guarda ahí?

—Eso es lo extraño. No lo sé. Siempre que compraba algo, lo que hacía con frecuencia, yo pensaba que estaba usando mi dinero...

Se interrumpió y pestañeó; había perdido totalmente el hilo de lo que estaba diciendo.

—Cuando compraba algo... —la animó él, con una paciencia extraordinaria, en su opinión.

—¡Ah, sí! Cuando compraba algo le gustaba presumir de ello y lo admiraba durante semanas. Si adquiría un candelabro fino, por ejemplo, lo ponía en el comedor para exhibirlo y que Percy y yo también lo admiráramos. Y si compraba un jarrón muy valioso..., bueno, supongo que entiende lo que quiero decir. Es poco probable que comprara algo caro y lo dejara escondido para que nadie lo viera. —En vista de que él no decía nada, añadió—: No he hecho otra cosa que parlotear, ¿verdad?

Él observó el plano con detenimiento y luego la miró a los ojos.

—¿Y dices que tiene esta habitación cerrada con llave?

—Siempre.

—¿Y a Percy tampoco le permite entrar?

Ella negó con la cabeza.

—No creo que Oliver le tenga mucho respeto a Percy.

Blake soltó el aliento, sintiendo cómo le atravesaba una oleada de entusiasmo. Era en momentos como ese cuando recordaba lo que le había motivado a trabajar para el Ministerio de Guerra y por qué lo había hecho durante tantos años, aunque eso le hubiera arrebatado tanto.

Hacía mucho tiempo que había comprendido que le gustaba resolver problemas, armar las pequeñas piezas de un rompecabezas, hasta que aparecía en su mente el cuadro completo. Y Caroline Trent acababa de decirle dónde escondía Oliver Prewitt sus secretos.

—Caroline —dijo sin pensar—, podría besarte.

Ella levantó bruscamente la cabeza.

—¿Sí?

Pero él ya tenía la mente ocupada con sus planes, y no solo no la oyó, sino que ni siquiera se dio cuenta de que le había dicho que podría besarla. Estaba pensando en esa pequeña habitación de la esquina de Prewitt Hall, en cómo la vio cuando estaba vigilando la casa, en cuál sería la mejor manera de entrar ahí, y...

—¡Señor Ravenscroft!

Él pestañeó y la miró.

—Creo que te dije que me llamaras Blake.

—Y así lo he llamado. Tres veces.

—¡Ah! Lo siento muchísimo.

Y al instante volvió la atención al plano y se desentendió de ella de nuevo.

Frunciendo los labios en un gesto entre la diversión y la irritación, Caroline agarró su bastón, se levantó y se dirigió a la puerta. Él estaba tan sumido en sus pensamientos que no se daría cuenta de que ella se había ido. Pero justo cuando puso la mano en el pomo, oyó su voz.

—¿Cuántas ventanas tiene esta habitación?

Ella se giró, desconcertada.

—¿Disculpe?

—La habitación secreta de Prewitt. ¿Cuántas ventanas tiene?

—No lo sé exactamente. Nunca he entrado ahí, pero conozco bien la casa y el terreno, así que... Déjeme pensar. —Comenzó a mover los dedos, contando mentalmente las ventanas vistas desde fuera de la casa—. Vamos a ver: estos tres dedos para las del comedor, y dos para el... ¡Una! —exclamó.

—¿Solo una ventana? ¿Una habitación que hace esquina?

—No, quiero decir que solo hay una ventana por el lado oeste, pero por el lado sur... —Comenzó a contar de nuevo con los dedos—. Por la pared sur también tiene solo una.

—Excelente —dijo él, más bien para sí mismo.

—Pero le costará muchísimo entrar por ahí, si esa es su intención.

—¿Por qué?

—La casa no está construida en terreno plano. El terreno baja en pendiente hacia el sur y el oeste. Por lo tanto, en esa esquina hay bastante obra vista de relleno. Claro que, como yo estaba a cargo de los jardines, planté unos cuantos arbustos con flores para taparla, pero...

—Caroline.

—¡Ah, sí! —dijo ella, aturdida por la interrupción—. Lo que quiero decir es que las ventanas están muy altas respecto al suelo. Sería muy difícil trepar.

Él la obsequió con una sonrisa sesgada.

—Querer es poder, señorita Trent.

—¿De verdad lo cree así?

—¿Qué tipo de pregunta es esa?

Ella se ruborizó y desvió la mirada.

—Una bastante entrometida, supongo. Olvide que se la he hecho, por favor.

A eso siguió un largo silencio, durante el cual él la estuvo mirando de una manera que la hizo sentirse incómoda, hasta que al fin preguntó:

—¿A qué altura del suelo?

—¿Qué? ¡Ah, las ventanas! A unos diez o doce pies.

—¿A diez o a doce?

—No sabría decirlo con exactitud.

—¡Maldición! —masculló él.

Parecía tan decepcionado que ella se sintió como si acabara de perder una batalla por Gran Bretaña.

—No me gusta ser el punto débil —se dijo en voz baja.

—¿Qué has dicho?

Ella golpeó el suelo con el bastón.

—Venga conmigo.

Él le hizo un gesto indicándole que podía marcharse y volvió la atención al plano.

Caroline descubrió que no le gustaba que ese hombre no le hiciera caso. Dio un golpe fuerte con el bastón: ¡Toc!

Él levantó la vista, sorprendido.

—¿Qué pasa?

—Cuando le he dicho «venga conmigo», he querido decir ahora.

Blake se la quedó mirando un momento, perplejo por esa nueva actitud mandona. Después se cruzó de brazos, mirándola como un padre miraría a una hija, y dijo:

—Caroline, si vas a formar parte de esta operación la próxima semana o...

—Cinco semanas.

—Sí, sí, claro. Pero vas a tener que entender que no siempre se cumplirán tus deseos.

Ella encontró bastante condescendiente el tono, y le habría gustado decírselo, pero en lugar de eso espetó:

—Señor Ravenscroft, no tiene ni la más mínima idea sobre mis deseos.

Él se enderezó, irguiéndose en toda su estatura, y la miró con un destello pícaro en los ojos que ella no había visto antes.

—Bueno, eso no es del todo cierto —dijo.

Ella sintió arder las mejillas como si estuvieran en llamas.

—Boca estúpida —masculló—, siempre diciendo...

—¿Me hablas a mí? —preguntó él, sin disimular su arrogante sonrisa siquiera.

Bueno, no quedaba más remedio que ser descarada.

—Estoy muy avergonzada, señor Ravenscroft.

—¿Sí? No lo había notado.

—Si fuera un caballero —dijo entre dientes—, lo not...

—Pero es que no siempre soy un caballero —interrumpió él—. Solo lo soy cuando me apetece.

Estaba claro que en ese momento no le apetecía. Después de mascullar unas cuantas tonterías en voz baja, dijo:

—Se me ha ocurrido que podríamos salir para poder comparar la altura de estas ventanas con las de Prewitt Hall.

Él avanzó hacia ella al instante.

—Una idea excelente, Caroline. —Le ofreció el brazo—. ¿Necesitas ayuda?

Después de su vergonzosa reacción cuando él la besó unos días antes, ella opinaba que tocarlo siempre resultaría inconveniente, pero expresar eso en voz alta sería aún más vergonzoso, así que se limitó a negar con la cabeza, diciendo:

—No, soy lo bastante ágil con el bastón.

—¡Ah, sí! El bastón. Se parece muchísimo a uno que mi tío George compró en Oriente. ¿Dónde lo has conseguido?

—Perriwick me lo dio.

Blake sacudió la cabeza, abriéndole la puerta.

—Debería haberlo supuesto. Perriwick te daría la escritura de esta casa si supiera dónde encontrarla.

Ella le sonrió traviesa por encima del hombro y salió cojeando al pasillo.

—¿Y dónde dijo que está?

—Muchacha entrometida.... La tengo guardada con llave desde el día en que llegaste.

Caroline se quedó boquiabierta, por la sorpresa y la risa.

—¿Tan poco se fía de mí?

—De ti me fío, pero de Perriwick...

Cuando salieron al jardín por la puerta de atrás, Caroline ya tenía un ataque de risa, así que tuvo que sentarse en uno de los escalones de piedra.

—Tiene que reconocer —dijo, moviendo la mano en un gesto magnánimo— que el jardín se ve espléndido.

—Supongo que debo hacerlo —dijo él, con un gruñido que también escondía una risa, con lo que ella comprendió que no estaba enfadado con ella.

—Sé que solo han pasado dos días —continuó, mirando hacia las plantas—, pero estoy convencida de que las flores saldrán más sanas en su nueva ubicación. —Lo miró y vio en su cara una extraña expresión de ternura. Sintió un agradable calorcillo en el corazón y le entró la timidez—. Veamos las ventanas —se apresuró a decir, levantándose.

Caminó por la hierba y se detuvo frente a la ventana del salón azul donde habían estado junto al escritorio.

Él la estaba observando cuando ladeó la cabeza intentando calcular la altura de la ventana. La piel de su cara resplandecía con un saludable color rosado al aire de la mañana, y el sol de verano hacía parecer casi rubio su pelo. Se veía tan seria e inocente que le dolió el corazón.

Ella decía que él debía reírse más. Y tenía razón, comprendió. Había encontrado maravilloso reírse con ella esa mañana, pero eso no había sido nada comparado con la alegría que sintió cuando él la hizo reír a ella. Hacía tanto tiempo que no llevaba alegría a la vida de nadie que había olvidado lo agradable que era.

Experimentaba cierta sensación de libertad al permitirse ser un idiota de vez en cuando. Decidió no olvidarse de eso cuando por fin cortara sus lazos con el Ministerio de Guerra. Tal vez ya era hora de que dejara de ser tan condenadamente serio. Tal vez ya era hora de permitirse un poco de alegría. Tal vez...

Tal vez estaba solo fantaseando. Caroline podía ser divertida y alojarse en Seacrest Manor las próximas cinco semanas, pero después se marcharía. Además, no era el tipo de mujer con la que se tenía una aventura, sino el tipo de mujer con la que un hombre se casa.

Y él no se iba a casar. Jamás. Por lo tanto, tendría que dejarla en paz. De todos modos, pensó, con el típico razonamiento masculino, no había nada malo en mirarla.

Así pues, contempló su perfil con descaro mientras ella calculaba la altura de la ventana, levantando y bajando el brazo derecho, tomando medidas mentalmente. De pronto se giró a mirarlo y casi perdió el equilibrio sobre la esponjosa hierba. Abrió la boca, pestañeó, la cerró y volvió a abrirla para decir:

—¿Qué mira?

—A ti.

—¿A mí? ¿Por qué?

Él se encogió de hombros.

—No hay mucho más que mirar por aquí. Ya hemos decidido que es mejor para mi humor que no preste demasiada atención al jardín.

—¡Blake!

—Además, me gusta verte trabajar.

—Con su per... No estaba trabajando. Estaba midiendo mentalmente la altura de esta ventana.

—Y eso es trabajo. ¿Sabías que tienes una cara muy expresiva?

—No. Mmm... ¿Qué significa eso?

Blake sonrió. Era muy divertido ponerla nerviosa.

—Nada —contestó—. Tan solo he seguido tus procesos mentales mientras examinabas la ventana.

—¡Ah! ¿Tan evidentes son?

—No, no. Aunque creo que no te conviene ganarte la vida como jugadora profesional.

Ella se rio.

—No, claro que no, pero... —entrecerró los ojos— si puede seguir tan bien mis pensamientos, dígame: ¿en qué estaba pensando?

Blake se sintió invadido por un espíritu travieso, libre y despreocupado; sensación que no había experimentado desde la muerte de Marabelle, y aunque tenía muy claro que no podía llegar a nada con eso, fue incapaz de resistirse a avanzar unos pasos y decir:

—Estabas pensando que te gustaría volver a besarme.

—¡Pues no!

Él asintió.

—Sí.

—Ni se me ha pasado por la mente. Tal vez cuando estábamos junto al escritorio... —Se mordió el labio.

—Aquí, ahí, ¿qué importancia tiene?

—Estoy intentando serle de ayuda en su misión u operación, como quiera llamarla, y usted viene y me habla de besarme.

—No exactamente. En realidad, dije que me besaras tú.

Ella se quedó con la boca abierta.

—Debe de estar loco.

—Es muy posible —concedió él, cerrando la distancia que los separaba—. No he actuado así desde hace mucho tiempo.

Ella lo miró a la cara y le temblaron los labios al murmurar:

—¿No?

Él negó solemnemente con la cabeza.

—Ejerces un efecto muy extraño en mí, señorita Caroline Trent.

—¿En buen o mal sentido?

—A veces es difícil saberlo —dijo él, con una sonrisa sesgada—. Pero diría que en el bueno.

Se inclinó y le rozó los labios con los suyos.

—¿Qué me ibas a decir sobre la ventana? —susurró.

—Se me ha olvidado.

—Estupendo.

Volvió a besarla, esta vez con más intensidad, y con más emoción de la que creía que le quedaba en el corazón. Ella suspiró y se apoyó en él, permitiéndole rodearla con los brazos.

Caroline soltó el bastón, le echó los brazos al cuello y renunció a pensar con normalidad. Como él ya tenía los labios sobre los suyos y se sentía a gusto en sus brazos, no le encontró demasiado sentido a decidir si besarlo era conveniente o no. Su cerebro, que solo unos segundos atrás intentaba deducir si él le destrozaría o no el corazón, ya estaba ocupado en idear la forma de lograr que el beso continuara.

Se apretó más contra él, poniéndose de puntillas...

—¡Aaay!

Se habría caído si él no la hubiera estado sosteniendo.

—¿Caroline? —preguntó él, con expresión aturdida.

—Mi estúpido tobillo —masculló ella—. Me había olvidado de él...

Él la silenció poniéndole un dedo sobre los labios.

—Es mejor así.

—Yo creo que no —soltó ella.

Él tomó sus brazos con suavidad, se los desprendió del cuello y retrocedió. Con un ágil movimiento se agachó y recogió el bastón olvidado en el suelo.

—No quiero aprovecharme de ti —le dijo con amabilidad—, y dado el estado en que se encuentran mi mente y mi cuerpo en este momento, podría hacer eso precisamente.

Caroline deseó gritarle que no le importaba si se aprovechaba de ella, pero se contuvo. Habían llegado a un delicado equilibrio y no quería hacer nada que lo pusiera en peligro. Cuando estaba cerca de ese hombre sentía algo cálido, bueno, positivo, y si no vivía eso no se lo perdonaría jamás. Hacía mucho tiempo que no se sentía a gusto, como en casa, y, que Dios la amparara, también se sentía así en sus brazos, por lo que era ahí donde debía estar.

Pero él, simplemente, no lo comprendía todavía.

Hizo una respiración profunda. Era capaz de tener paciencia. ¡Vamos! Si hasta tenía una prima que se llamaba Paciencia; eso tenía que valer algo, ¿no? Claro que Paciencia vivía muy lejos, en Manchester, con su puritano padre, pero...

Casi se dio una palmada en la cabeza. ¿Cómo se le había ocurrido pensar en Paciencia Merriwether?

—Caroline, ¿estás bien?

Ella levantó la cabeza y pestañeó.

—Estoy bien. Estupendamente. Nunca me he sentido mejor. Tan solo estaba... tan solo estaba...

—¿Tan solo qué?

—Pensando. —Se mordió el labio inferior—. A veces pienso.

—Un pasatiempo digno de elogio —dijo él, asintiendo.

—Tiendo a desviarme del tema de vez en cuando.

—Lo he notado.

—¿Sí? ¡Oh! Lo siento.

—No lo sientas. Resulta encantador.

—¿Tú crees?

—Rara vez miento.

Ella curvó los labios en una ligera mueca.

—«Rara vez» no es muy tranquilizador.

—En mi profesión no se dura demasiado sin una mentirijilla ocasional.

—Mmm... Supongo que si está en juego la seguridad nacional...

—¡Ah, sí! —dijo él, con una expresión tan sincera que era imposible creerle.

—¡Hombres! —exclamó ella, puesto que no se le ocurrió nada más.

Y no lo dijo con mucho humor o amabilidad.

Blake se echó a reír, la tomó del brazo y la giró hacia la casa.

—Ahora bien, ¿querías decirme algo sobre las ventanas?

—¡Ah, sí! Puede que me equivoque, pero yo diría que el alféizar de la ventana del salón sur de Prewitt Hall está más o menos a la altura del tercer travesaño de esa ventana.

—¿Contando desde arriba o desde abajo?

—Desde arriba.

Blake examinó la ventana con ojo experto.

—Mmm... Eso significa que debe de estar a unos diez pies de altura. No es una tarea difícil, aunque sí algo molesta.

—Eso es una extraña manera de calificar tu trabajo.

Él se giró a mirarla con expresión cansina.

—Caroline, la mayoría de las cosas que hago son molestas.

—¿Sí? Yo había pensado que son interesantes, valientes, heroicas...

—No lo son. Créeme. Y no es una profesión.

—¿No?

—No —repuso él, con la voz algo forzada—. Es simplemente algo que hago. Algo que no continuaré haciendo mucho tiempo más.

—¡Ah!

Pasado un momento, Blake se aclaró la garganta y le preguntó:

—¿Cómo está ese tobillo?

—Bien.

—¿Segura?

—Sí. Simplemente no debería haberme puesto de puntillas. Lo más seguro es que mañana ya esté recuperada.

Blake se puso de cuclillas y, sorprendiéndola, le sujetó el tobillo y se lo palpó con suavidad.

—«Mañana» podría ser algo optimista —dijo, incorporándose—, pero la hinchazón ha bajado mucho.

—Sí.

Cerró la boca, porque de repente no se le ocurría qué decir. La situación era muy extraña. ¿Qué dice una mujer en una situación así? «Gracias por el agradable beso. ¿Podrías darme otro?»

No. Tuvo la certeza de que decir eso no resultaría apropiado, por muy sincera que fuera al hacerlo. «Paciencia, paciencia, paciencia», se dijo.

Blake la miró extrañado.

—Pareces algo molesta.

—¿Yo?

—Disculpa —dijo él al instante—. Solo me pareció que estabas muy seria.

—Estaba pensando en mi prima —soltó ella, y al instante se dio cuenta de que eso era lo más idiota que podría haber dicho.

—¿Tu prima?

Ella asintió, vagamente.

—Se llama Paciencia.

—Comprendo.

Ella sospechó que sí comprendía.

A él le temblaron las comisuras de la boca.

—Debe de ser todo un modelo de conducta para ti.

—No, nada de eso. Paciencia es una verdadera bruja —mintió.

En realidad, Paciencia Merriwether era una irritante combinación de reserva, piedad y decoro. No la conocía personalmente, pero en sus cartas siempre la sermoneaba hasta más no poder o, en su opinión, hasta olvidar la cortesía. Pero siempre perseveró en la correspondencia con ella porque las cartas de cualquier persona eran una agradable distracción del trato que le daban sus horribles tutores.

—Mmm... —murmuró él—. Encuentro bastante cruel cargar a una muchacha con un nombre como ese.

Caroline lo pensó un momento.

—Sí. Si ya es difícil vivir a la altura de las expectativas de los padres, ¿te imaginas tener que vivir a la altura del propio nombre? Aunque supongo que sería peor llamarse Fe, Esperanza o Caridad.

Él negó con la cabeza.

—No. Para ti, lo más difícil habría sido llamarte Paciencia.

Ella le golpeó el hombro con el puño, traviesa.

—Hablando de nombres raros, ¿cómo es que te pusieron el tuyo?

—¿Blake, quieres decir?

—Ella asintió.

—Era el apellido de soltera de mi madre. Es costumbre en mi familia poner de nombre al segundo hijo el apellido de soltera de la madre.

—¿Al segundo hijo?

Blake se encogió de hombros.

—El primero suele recibir algo importante del lado del padre.

Trent Ravenscroft, pensó Caroline. No sonaba nada mal. Sonrió.

—¿De qué sonríes?

Ella tragó saliva.

—¿Yo? De nada. Solo que, bueno...

—Dilo, Caroline.

Ella volvió a tragar saliva, haciendo trabajar el cerebro al triple de su velocidad. De ninguna manera podía decirle que estaba fantaseando con tener un hijo con él.

—Estaba pensando.

—¿Sí?

¡Ah, claro!

—Estaba pensando —repitió, con la voz más segura— que tienes suerte de que tu madre no tuviera uno de esos apellidos compuestos. ¿Te imaginas si hubieras tenido que llamarte algo así como Fortescue-Hamilton Ravenscroft?

Blake sonrió de oreja a oreja.

—¿Crees que me llamarían Fort o Ham, para abreviar?

—¿Y si hubiera sido galesa? —continuó ella riendo, disfrutando enormemente con el tema—. Tendrías un nombre casi sin ninguna vocal.

—Aberystwyth Ravenscroft —dijo él, tomando el nombre de un famoso castillo—. Tiene cierto encanto.

—Ya, pero todos te llamarían Stwyth, y parecería que están seseando.

Blake se rio.

—Una vez me enamoré de una muchacha llamada Sarah Wigglesworth, pero mi hermano me convenció de que debía mostrarme estoico y olvidarme de ella.

—Sí —murmuró ella, pensativa—. Podría ser difícil para un muchacho llamarse Wigglesworth Ravenscroft.

—Yo creo que David simplemente la quería para él. Antes de que pasaran seis meses ya estaban comprometidos.

—¡Ah, perfecto! —exclamó ella, riendo a carcajadas—. Pero ¿él no tiene que ponerle Wigglesworth a su hijo?

—No, solo los hijos segundos están obligados a seguir esa costumbre.

—Pero tu padre, ¿no es vizconde? ¿Por qué tuvo que seguir esa costumbre?

—En realidad mi padre era el hijo segundo. Su hermano mayor murió a los cinco años; entonces mi padre ya había nacido y le habían puesto el nombre.

Caroline sonrió.

—¿Qué nombre?

—Mi padre no tuvo tanta suerte como yo. El apellido de soltera de mi abuela era Petty.

Ella se cubrió la boca con una mano.

—¡Ay, Dios! ¡Oh! No debería reírme.

—Sí, debes. Todos nos reímos.

—¿Cómo lo llamas tú?

—Lo llamo «padre». Todos los demás simplemente lo llaman Darnsby, que es su título.

—¿Cómo lo llamaban antes de que entrara en posesión del título?

—Creo que les ordenaba a todos que lo llamaran Richard.

—¿Ese era uno de sus nombres?

Blake se encogió de hombros.

—No, pero él lo prefería a Petty.

—¡Uy, qué divertido! —exclamó ella, limpiándose una lágrima que le había provocado la risa—. ¿Y qué pasa si un Ravenscroft no tiene un segundo hijo?

Él se le acercó con un destello pícaro en los ojos.

—Seguimos intentándolo e intentándolo hasta que lo tenemos.

A Caroline le ardieron las mejillas.

—¿Sabes? —se apresuró a decir—. De repente me siento cansadísima. Creo que debería entrar a descansar un poco.

Y sin esperar respuesta, giró sobre su talón y se alejó cojeando, en realidad con bastante rapidez, teniendo en cuenta que llevaba un bastón.

Blake la observó hasta que desapareció dentro de la casa, reticente a deshacer la sonrisa que le había adornado la cara durante toda la conversación. Hacía mucho tiempo que no pensaba en cómo su familia ponía los nombres. El apellido de Marabelle era George, y siempre bromeaban que se casarían solo por ese único motivo.

George Ravenscroft. Casi había sido una persona real en su imaginación, con los rizos negro azabache de él y los ojos azul claro de Marabelle.

Pero no habría ningún George Ravenscroft.

—Lo siento, Marabelle —murmuró.

Le había fallado en muchos sentidos. No fue capaz de protegerla, y aunque había intentado ser fiel a su recuerdo, no siempre lo había conseguido tampoco.

Y ese día... ese día con su indiscreción se había pasado de la raya. No se había limitado a satisfacer simplemente las necesidades de su cuerpo. Había disfrutado muchísimo con Caroline; se había deleitado de verdad en el placer de su compañía.

—Lo siento, Marabelle —repitió.

Pero mientras iba caminando de vuelta a la casa, se oyó decir: «Trent Ravenscroft».

Sacudió la cabeza, pero el pensamiento no se marchó.

10

metafonía (sustantivo): 1. Cambio de timbre de una vocal por asimilación parcial del sonido de la vocal vecina. 2. La diéresis colocada sobre una vocal (p. ej., ü) para indicar que se hace ese cambio, especialmente en alemán.

«Sabiendo lo que sé acerca del señor Ravenscroft, debo dar las gracias a mi Hacedor por no haber nacido alemana, con una *diéresis* en mi apellido.»

Del diccionario personal de Caroline Trent

A media tarde, Caroline ya se había dado cuenta de dos cosas. Una, que James había vuelto a desaparecer, tal vez para ir a alguna parte a investigar a Oliver y sus traidoras actividades. Y dos, que estaba enamorada de Blake Ravenscroft.

Bueno, no del todo. Para ser más exactos, *creía* que *podría* estar enamorada de Blake Ravenscroft. En realidad, le costaba un poquitín creerlo, pero no encontraba ninguna otra explicación para los últimos cambios en su personalidad y actitud.

Estaba acostumbrada a ese defecto suyo de hablar demasiado sin pensar primero en lo que iba a decir, pero ese día no había parado de soltar tonterías. Además, había perdido el apetito, por no hablar de que, cada dos por tres, se sorprendía sonriendo como la más idiota de las idiotas.

Y por si eso fuera poco, a cada rato se sorprendía susurrando: «Caroline Ravenscroft». «Caroline Ravenscroft, madre de Trent Ravenscroft.» «Caroline Ravenscroft, esposa de...»

¡Vamos, basta!

Hasta ella perdía la paciencia consigo misma.

Pero si Blake le correspondía el sentimiento, no daba ninguna señal de ello. No andaba vagando por la casa declamando odas a su belleza, elegancia e ingenio. Y dudaba mucho de que estuviera sentado ante su escritorio en su despacho escribiendo ociosamente las palabras «señor y señora Blake Ravenscroft».

Y si lo estaba, no había ningún motivo para pensar que ella podría llegar a ser dicha «señora Ravenscroft». A saber cuántas mujeres de Londres se creían enamoradas de él. ¿Y si él se creía enamorado de alguna de ellas?

Eso era para moderar cualquier entusiasmo.

De todos modos, no podía restar importancia a los besos. Era evidente que él había disfrutado con ellos, pero claro, los hombres son diferentes de las mujeres. Ella había llevado una vida bastante protegida, pero le había quedado claro a edad muy temprana que un hombre podía desear besar a una mujer sin que el deseo contuviera ni una pizca de sentimiento.

Una mujer, en cambio..., bueno, no pretendía hablar en nombre de todas las mujeres, pero sabía que de ninguna manera ella podría besar a cualquier hombre con el sentimiento con el que había besado a Blake esa mañana.

Y eso la llevó de vuelta a su hipótesis principal: estaba enamorada de Blake Ravenscroft.

Mientras Caroline estaba ocupada explorando las tortuosas profundidades de su corazón, Blake se encontraba en su despacho, sentado en el borde del escritorio, arrojando dardos a un blanco fijado en la pared. Dicha actividad le sentaba a la perfección a su estado de ánimo.

—No —zuasss— la volveré a besar.

—No —¡toc!— lo disfruté.

—Bueno, de acuerdo, lo disfruté, pero solo —zuasss— en el plano físico.

Se puso de pie, con expresión decidida.

—Es una muchacha muy agradable, pero no significa nada para mí.

Apuntó, arrojó el dardo y, consternado, lo vio clavarse en la pared recién pintada, dejando un pequeño agujero en ella.

—¡Maldición, maldición, maldición! —masculló, caminando hacia la pared para sacar el dardo.

¿Cómo pudo haber errado el tiro? Jamás lo hacía. Arrojaba esos dardos casi todos los días y jamás fallaba.

—¡Maldición!

—Estamos algo malhumorados hoy, ¿eh?

Blake miró y vio a James en la puerta.

—¿Dónde demonios has estado?

—Haciendo progresos en nuestra investigación sobre Oliver Prewitt, lo que es más de lo que se puede decir de ti.

—He tenido las manos más que ocupadas con su pupila.

—Sí, eso me imaginé.

Blake arrancó el dardo y se soltaron unos trocitos de yeso que cayeron al suelo.

—Sabes lo que quiero decir.

—Por supuesto —dijo James, sonriendo con indolencia—, pero no estoy del todo seguro de que tú sepas lo que quisiste decir.

—Deja de ser tan pesado, Riverdale, y dime qué descubriste.

James se repantigó en un sillón de piel y se soltó la corbata.

—Estuve vigilando un poco la casa.

—¿Por qué no me dijiste que ibas a ir?

—Habrías querido acompañarme.

—Tienes toda la razón, ¡maldita sea! No...

—Alguien tenía que quedarse aquí con nuestra huésped.

—Nuestra «huésped» es una mujer adulta —replicó Blake con sarcasmo—. No se va a morir si dejamos que se las apañe sola unas cuantas horas.

—Cierto, pero al volver podrías encontrarte con que otra de tus habitaciones es un caos.

—No seas burro, Riverdale.

James empezó a mirarse atentamente las uñas.

—Tienes suerte de que no me ofenda ese comentario.

—Y tú tienes suerte de que no te haga tragar tu maldita lengua.

—Es conmovedor verte defender tanto a una mujer —dijo James, esbozando una indolente sonrisa.

—No la defiendo. Y deja de intentar provocarme.

James se encogió de hombros.

—En todo caso, uno puede espiar con más sigilo que dos. No quería llamar la atención.

—Riverdale, siempre pasas desapercibido.

—Sí, es increíble lo que llegan a decir las personas cuando no saben quién eres. O cuando ni siquiera saben que estás ahí —añadió, con una perversa sonrisa.

—¿Has descubierto algo?

—Nada de importancia, aunque es evidente que Prewitt lleva una vida muy por encima de sus ingresos. O al menos de lo que deberían ser sus ingresos.

Blake agarró otro dardo y apuntó.

—Hazte a un lado.

James se movió y observó sin mucho interés el vuelo del dardo desde la mano de Blake hasta la diana.

—Eso está mejor —murmuró Blake mientras giraba un poco la cabeza para mirarlo—. El problema es que no podemos suponer de forma automática que su dinero proviene de actividades ilegales. Si realmente lleva y trae mensajes para Carlotta de León, no cabe duda de que le pagan muy bien. Pero también sabemos que entra coñac y seda de contrabando; se gana la vida así desde hace años. Y también podría haber estado hurtando dinero de la herencia de Caroline.

—Me sorprendería que no lo hubiera hecho.

—Da la casualidad —dijo Blake entonces, esbozando una sonrisa algo engreída— de que he investigado un poco.

—¿Sí?

—Resulta que Prewitt tiene una oficina que mantiene cerrada siempre con llave. A Caroline no le permitía entrar ahí, ni a su hijo tampoco.

—Has dado en la diana —dijo James, con una ancha sonrisa.

—Exactamente. —Arrojó el dardo, y este se clavó bastante lejos de la diana—. Bueno, no siempre exactamente.

—Podría ser el momento de hacer una breve visita clandestina a Prewitt Hall —sugirió James.

Blake asintió. Nada deseaba más que concluir ese caso, retirarse del Ministerio de Guerra y emprender su nueva vida, respetable y aburrida.

—No podría estar más de acuerdo.

Encontraron a Caroline en la biblioteca, sentada debajo de una mesa.

—¿Qué demonios haces en el suelo? —le preguntó Blake.

—¿Qué? ¡Ah! Buenos días. —Salió a gatas de debajo de la mesa—. ¿Los criados sacan el polvo aquí? He estornudado como para armar una buena tormenta.

—No has contestado a mi pregunta.

—Tan solo estaba revisando unos montones de libros. Quiero encontrar todos los de historia.

—Creí que no ibas a continuar el trabajo aquí hasta que mejorara tu tobillo —dijo Blake, en un tono bastante acusador, en opinión de ella.

—No voy a poner los libros en los estantes todavía. Simplemente quiero agruparlos por temas. Y no uso para nada el tobillo, que está casi recuperado, por cierto. No he usado el bastón ni una sola vez desde esta mañana, y no me duele para nada. —Miró a James y sonrió de oreja a oreja—. ¡Ah! Es agradable volver a verle, milord.

El marqués sonrió y le hizo una reverencia.

—Siempre un placer, mi querida Caroline.

Blake frunció el entrecejo.

—Hemos venido con un propósito, señorita Trent.

—No se me ha pasado por la mente lo contrario. —Pasó la mirada a James—. ¿Ha notado que le gusta llamarme «señorita Trent» cuando está enfadado conmigo?

—Caroline —dijo Blake, con una voz que rezumaba advertencia.

—Claro que, cuando está realmente furioso, entonces me llama Caroline —añadió ella con alegría—. Tal vez le cuesta gruñir mi nombre completo.

James tenía una mano en la boca, probablemente para sofocar la risa.

—Caroline, necesitamos tu ayuda —dijo Blake, sin hacer el menor caso de las bromas.

—¿Sí?

—Ha llegado el momento de que reunamos pruebas contundentes contra Prewitt.

—Estupendo —contestó ella—. Me gustaría verlo pagar por sus delitos.

James se rio.

—Muchacha sanguinaria...

Ella lo miró con expresión dolida.

—¡Qué terrible decirme algo así! No soy sanguinaria en absoluto. Lo que pasa es que si Oliver ha hecho todas las cosas terribles de las que lo acusáis...

—Caroline, era una broma —dijo James.

—¡Ah, bueno! Entonces lamento haber reaccionado así. Tendría que saber que no sería tan cruel...

—Si podéis prescindir un momento de vuestra admiración mutua —dijo Blake con mordacidad—, tenemos que hablar de un asunto importante.

Caroline y James lo miraron con expresiones igual de enfadadas.

—Hemos decidido entrar en Prewitt Hall —le dijo Blake a Caroline—. Vamos a necesitar que nos expliques todos los detalles de los horarios y actividades de la familia y de los criados, para evitar que nos detecten.

—No vais a necesitar todos los detalles —dijo ella, encogiéndose de hombros, como si tal cosa—. Simplemente debéis ir esta noche.

Los dos se inclinaron a mirarla con ojos interrogantes.

—Oliver va a jugar a las cartas todos los miércoles por la noche. Jamás falta a una partida. Siempre gana. Yo creo que hace trampas.

James y Blake se miraron y ella casi vio cómo se ponían a trabajar sus cerebros, planeando la operación.

—Si lo recordáis, fue un miércoles por la noche cuando hui de ahí. Exactamente el miércoles de la semana pasada. Es evidente que Oliver eligió esa noche en que él iba a salir a jugar a las cartas para que Percy intentara violarme. No deseaba que le molestara con mis gritos.

—¿Percy estará en casa? —preguntó James.

Caroline negó con la cabeza.

—Casi siempre sale a emborracharse. Oliver no soporta el abuso de licores. Dice que debilitan a un hombre. Así que Percy se emborracha las noches de los miércoles, aprovechando que puede escapar del ojo vigilante de su padre.

—¿Y los criados? ¿Cuántos son? —preguntó Blake.

Caroline lo pensó un momento.

—Cinco en total. La mayoría van a estar en casa. La semana pasada Oliver les dio la noche libre a todos, pero estoy segura de que solo lo hizo para que ninguno corriera a defenderme cuando Percy me atacara. Es muy tacaño cuando se trata de alguien que no sea él, así que dudo que les dé la noche libre otra vez sin un buen motivo.

—Es bueno saber que consideró un buen motivo tu violación —masculló Blake.

Caroline lo miró sorprendida, y le complació ver lo furioso que parecía sentirse por ella.

—Pero si tenéis cuidado —continuó—, no tendríais que tener ningún problema para evitarlos. Podría resultar algo difícil encontrar el pasillo y orientarse en él, pero puesto que me vais a llevar...

—No te vamos a llevar —dijo Blake entre dientes.

—Pero...

—He dicho que no te vamos a llevar.

—Estoy segura de que si lo consi...

—¡No vas a ir! —explotó él, y hasta James pestañeó sorprendido por el volumen de su voz.

—Muy bien —repuso ella en tono enfadado.

Estaba convencida de que Blake cometía un error, pero no le pareció prudente ni beneficioso para su salud continuar manifestando su desacuerdo.

—No te olvides de que tienes un tobillo lesionado —le dijo James con amabilidad—. No podrías caminar con tu paso habitual.

Caroline tuvo la impresión de que James estaba de acuerdo con Blake y que al decirle eso solo quería hacerla sentirse mejor, sobre todo cuando acababa de decirles que tenía bien el tobillo, pero se lo agradeció.

—El ama de llaves es bastante sorda y se acuesta temprano —dijo—. No tendréis que preocuparos por ella.

—Excelente —dijo Blake—. ¿Y los demás?

—Hay dos criadas, pero viven en el pueblo y todas las noches se van a sus casas a dormir. Cuando Oliver salga a jugar a las cartas, ya hará rato que se habrán marchado. El mozo duerme en el establo, así que no os oirá si os acercáis a la casa por el otro lado.

—¿Y el mayordomo? —preguntó Blake.

—Farnsworth va a ser el más difícil. Tiene muy buen oído y es completamente leal a Oliver. Su habitación está en la segunda planta.

—Entonces no tendría que ser ningún problema —dijo James.

—Bueno, no, pero...

Se interrumpió y cerró la boca formando una línea de fastidio y tristeza con los labios. Blake y James estaban sumidos en una conversación entre ellos, y para la atención que le prestaban igual podría haber sido un mueble.

Y entonces, sin hacer un gesto de despedida siquiera, entraron en el despacho de James, y ella se quedó sentada entre los libros.

—Vaya grosería más...

—Esto... ¿Caroline?

Ella levantó la vista, esperanzada. Blake había asomado la cabeza por la puerta que comunicaba su despacho con la biblioteca. Tal vez había decidido que ella podía acompañarlos a Prewitt Hall al fin y al cabo.

—¿Sí?

—¿Sabes? Se me olvidó preguntarte por esa extraña libretita que llevas contigo.

—¿Disculpa?

—Esa con las palabras raras. ¿Tiene algo que ver con Prewitt?

—¡Ah, no! Te dije la verdad cuando me lo preguntaste la primera vez. Es un pequeño diccionario personal. Me gusta anotar palabras nuevas. El único problema es que muchas veces olvido lo que significan después de haberlas escrito.

—Podrías emplearlas dentro de un contexto. Esa es la mejor manera para recordar el significado.

Dicho eso giró sobre sus talones y desapareció.

Caroline tuvo que reconocer que eso de «emplearlas dentro de un contexto» era una buena idea, pero lo único que le produjo la buena idea fue un enorme deseo de emplear las palabras «insufrible», «arrogante» e «irritante» en una sola frase.

Seis horas después, Caroline se encontraba de pésimo humor. Blake y James se habían pasado toda la tarde en el despacho, planeando su *ataque* a Prewitt Hall.

Sin ella.

Ya se habían marchado, cabalgando al amparo de la oscuridad de esa noche sin luna. Hasta las estrellas estaban convenientemente oscurecidas detrás de las nubes.

¡Malditos los dos! Se creían invencibles, pero ella sabía que no lo eran. Cualquiera podría resultar herido.

Lo peor de todo era que actuaban como si aquel asunto fuera de lo más divertido. Habían hecho sus planes hablando con mucha animación, discutiendo acerca de las horas, medios de transporte y el mejor método. Y ni siquiera se habían molestado en cerrar la puerta que comunicaba con el despacho. Ella lo había oído todo desde la biblioteca.

Tal vez en ese momento ya estuvieran bien encaminados en dirección a Prewitt Hall, perfeccionando el plan para entrar por la ventana del salón sur.

Sin ella.

—Estúpidos, estúpidos —gruñó.

Flexionó el pie hacia uno y otro lado. No sintió ni el más mínimo dolor en el tobillo.

—Está claro que podría haberlos acompañado. No les habría retrasado en absoluto la marcha.

Los dos se veían muy atractivos vestidos totalmente de negro; vamos, como para parar el corazón. Mirándolos cuando ya estaban a punto de marcharse, ella se sintió como un auténtico adefesio. Se había puesto uno de los vestidos nuevos que le había comprado Blake, pero de todos modos se sentía como una anodina paloma al lado de esos dos gallardos cuervos.

Estaba sentada a una de las mesas de la biblioteca, sobre la que había dejado los montones de libros con las biografías. Su plan había sido pasar la noche poniéndolos por orden alfabético, tarea que estaba realizando en ese momento, tal vez con más vigor del que habría sido necesario.

Platón antes que Sócrates. Cromwell antes que Fawkes... «Ravenscroft y Sidwell antes que Trent.»

Dejó caer con fuerza la biografía de Milton sobre la de Maquiavelo. Eso no era justo. Deberían habérsela llevado con ellos. Ella les había dibujado el plano de la planta baja de Prewitt Hall, pero nada puede sustituir el conocimiento de primera mano. Sin ella corrían el peligro de equivocarse de habitación, o de despertar a un criado, o de —tragó saliva, de puro miedo— que los mataran.

La idea de perder a esos amigos recién encontrados le oprimió el corazón como si lo tuviera dentro de un trozo de hielo. Siempre se había sentido marginada, ajena a las familias con las que le había tocado vivir, y ahora que por fin había encontrado a dos personas que la necesitaban, aunque solo fuera en lo relativo a la seguridad nacional, no deseaba quedarse sentada de brazos cruzados mientras ellos se metían de cabeza en el peligro.

El propio marqués había dicho que ella era esencial para su investigación. En cuanto a Blake..., bueno, a él no le hacía mucha gracia reconocer que ella estaba participando en su trabajo para el Ministerio de Guerra, pero aun así le dijo que había hecho un buen trabajo al informarlos de los horarios y rutinas del personal de la casa.

No le cabía la menor duda de que a ellos les iría mucho mejor si ella estaba ahí para ayudarlos. ¡Vamos! Si ni siquiera sabían lo de...

Se cubrió la boca con una mano, horrorizada. ¿Cómo se le pudo olvidar decirles lo del té por la noche de Farnsworth? Todas las noches, sin falta, el mayordomo tomaba una taza de té a las diez en punto. Exigía hacer ese tentempié nocturno de té caliente con leche y azúcar acompañado por una tostada crujiente con mantequilla y mermelada de fresas, y ¡ay de quien lo estorbara! Una vez que ella utilizó la tetera a esas horas, se quedó sin mantas para la cama durante toda una semana. En diciembre.

Miró hacia el reloj de pie. Eran las nueve y cuarto. Blake y James se habían marchado hacía quince minutos. Llegarían a Prewitt Hall a las...

¡Santo cielo! Llegarían justo cuando Farnsworth se estuviera preparando el tentempié. El mayordomo podía tener una edad avanzada, pero no era frágil en absoluto, y era bastante experto con las armas de fuego. Y tenía que pasar justo por delante de la puerta del salón sur en su trayecto desde su dormitorio a la cocina.

Se levantó con los ojos muy abiertos y expresión decidida. La necesitaban. Blake la necesitaba. No podría vivir consigo misma si no iba a advertirles.

Sin preocuparse del tobillo, salió corriendo de la biblioteca y luego de la casa en dirección al establo.

Caroline cabalgó como el proverbial viento. No era una excelente jinete; dicha fuera la verdad, la mayoría de sus tutores no le dieron muchas oportunidades para practicar, pero era bastante competente y sabía sujetarse bien a la silla.

Y, claro, jamás había tenido tan buen motivo para cabalgar a galope tendido.

Cuando llegó al linde de la propiedad de Oliver, las manecillas del reloj de bolsillo que había sacado del escritorio de Blake marcaban las diez en punto. Ató la yegua (también tomada *prestada* del establo de Blake) a un árbol, y caminó sigilosa hacia la casa, escondiéndose detrás de los altos setos que bordeaban el camino de entrada. Cuando llegó a la casa se tiró al suelo y comenzó a avanzar a gatas pegada a la pared de la fachada, en dirección a la pared oeste. Dudaba de que hubiera alguien despierto a esas horas, aparte de Farnsworth, que estaría en la cocina, pero le pareció prudente no dejar ver su silueta al pasar por las ventanas.

«Vale más que Blake me dé las gracias», se dijo, apenas en un susurro.

No solo se sentía una idiota arrastrándose a cuatro patas, sino que también acababa de darse cuenta de que estaba de vuelta en Prewitt Hall, el único lugar del mundo donde no deseaba estar las próximas cinco semanas. Y había venido por voluntad propia. ¡Qué idiota que era! Si Oliver llegaba a ponerle las manos encima...

«Oliver está jugando a las cartas.»

«Oliver está haciendo trampas con las cartas.»

«Oliver no volverá hasta pasadas varias horas.»

Era fácil susurrarse esos pensamientos, pero no le servían de nada para calmar la inquietud. En realidad, sentía el estómago como si se hubiera tragado una manada de podencos.

«Esto quiere decir que no debe importarme si vuelven a excluirme en otra ocasión.»

La irritó muchísimo que Blake y James se marcharan sin ella, pero en ese momento, estando ahí, en el centro mismo de la acción, lo único que deseaba era encontrarse de vuelta en Seacrest Manor, tal vez con una taza de té caliente y una buena tostada con mantequilla en la mano.

En resumen: no estaba hecha para una vida de espionaje.

Al llegar a la esquina noroeste asomó la cabeza y paseó la mirada a lo largo de la pared oeste. No vio a Blake ni a James, lo que significaba que estaban intentando entrar por la ventana sur.

Si es que no lo habían hecho ya.

Se mordió el labio. Si estaban dentro del salón sur, seguro que Farnsworth los oiría. Y Oliver tenía una pistola cargada en uno de los armarios del pasillo. Si Farnsworth sospechaba que había intrusos, lógicamente iría por ella antes de entrar a investigar, y ella dudaba mucho de que llegara a preguntar antes de apretar el gatillo.

Sintiendo otra oleada de terror, avanzó por la hierba gateando, con más rapidez de la que habría creído posible.

Dando la vuelta a la esquina, lo hizo pegada a la pared oeste.

James estaba subido sobre los hombros de Blake, intentando descorrer el pestillo de la ventana.

—¿Has oído algo? —preguntó Blake en un susurro.

James desvió la vista de lo que estaba haciendo para mirarlo, negó con la cabeza y reanudó su trabajo.

Blake miró a izquierda y derecha. Entonces volvió a oír el ruido; era un ruido como de alguien que se arrastrara sigiloso por la hierba. Le dio un golpecito en el pie a James y se llevó el índice a los labios.

James asintió y abandonó el trabajo que estaba haciendo por el momento, con el que había producido ocasionales clics y clacs al empujar el pestillo con su fina lima. Entonces Blake se acuclilló, y pudo saltar al suelo sin hacer el menor ruido.

Al instante adoptó una postura vigilante. Sacó la pistola y avanzó sigiloso hacia la esquina, con la espalda pegada a la pared. Se asomó, y vio una vaga sombra que venía acercándose. No la habría visto si alguien no hubiera dejado una vela encendida en una de las ventanas de ese lado.

Y la sombra continuaba aproximándose.

Tensó el dedo sobre el gatillo.

Apareció una mano en la esquina.

Blake saltó.

11

plétora (sustantivo): Gran abundancia de algo.

«Blake insiste en que hay una verdadera *plétora* de motivos para
no poner nada importante por escrito, pero a mí me parece que en
mi pequeño diccionario no hay nada que alguien pueda encontrar
incriminador.»

Del diccionario personal de Caroline Trent

Un instante antes Caroline estaba a cuatro patas gateando y al siguiente se
sintió tan plana como una hojuela, aplastada por un enorme peso curiosamente tibio. Aunque eso no era tan desconcertante como el frío cañón del
arma que le presionaba las costillas.

—No te muevas —gruñó una voz en su oído.

Una voz conocida.

—¿Blake? —graznó.

—¿Caroline?

Entonces él masculló una palabrota que ella no había oído nunca, aunque creía que ya se las había oído todas a sus diversos tutores.

—La misma —contestó, tragando saliva—. Y la verdad es que no me puedo mover. Pesas mucho.

Él rodó hacia un lado y la perforó con una mirada que era una parte de incredulidad y treinta y una partes de auténtica furia. Caroline deseó que las partes
fueran al revés; Blake Ravenscroft no era un hombre al que conviniera fastidiar.

—Te voy a matar —siseó él.

Ella volvió a tragar saliva.

—¿No quieres soltarme un sermón antes?

Él la miró con una buena dosis de estupefacción.

—Lo retiro —dijo, pronunciando bien cada sílaba entre dientes—. Primero te estrangularé y después te mataré.

—¿Aquí? —preguntó ella, dudosa, mirando el entorno—. ¿No levantará sospechas mi cadáver...?

—¿Qué demonios haces aquí? Tenías órdenes explícitas de quedarte...

—Lo sé —se apresuró a interrumpir ella, poniéndose un dedo en los labios—, pero recordé una cosa y...

—No me importa si recordaste el segundo libro entero de la Biblia. Se te dijo...

James le puso una mano en el hombro a Blake, diciendo:

—Escúchala, Ravenscroft.

—El mayordomo —se apresuró a decir Caroline, no fuera que Blake cambiara de opinión y decidiera estrangularla después de todo—. Farnsworth. Olvidé lo de su té. Tiene la extraña costumbre de tomarse un té a las diez todas las noches. Y tiene que pasar justo por delante de la puerta...

Se interrumpió al ver moverse una luz en el comedor. Tenía que ser Farnsworth, avanzando con su linterna por el pasillo. Las puertas del comedor siempre se dejaban abiertas, así que si la linterna iluminaba bien, la luz se veía desde fuera por la ventana.

A no ser que hubiera oído algo y entrado en el comedor a investigar.

Los tres se tendieron en el suelo, con la mayor rapidez.

—Tiene muy buen oído —susurró ella.

—Entonces cállate —siseó Blake.

Caroline se calló.

La luz ambulante desapareció un momento y reapareció en el salón sur.

—Creí oírte decir que Prewitt tiene esta habitación cerrada con llave —susurró Blake.

—Farnsworth tiene una llave —susurró ella.

Blake agitó una mano indicándole que se apartara de la ventana del salón sur, así que ella se arrastró hasta quedar cerca de la ventana del comedor.

Notó que Blake la seguía. Miró atrás en busca de James, pero él debió de haberse arrastrado en sentido opuesto y dado la vuelta a la esquina.

«Más cerca de la pared», articuló Blake, señalando hacia allí.

Caroline obedeció y se arrastró hasta quedar pegada a la fría piedra exterior de la pared. A los pocos segundos, por el otro lado, sintió la presión del cálido cuerpo de Blake.

Ahogó una exclamación. Él estaba prácticamente encima de ella. Le habría tirado de las orejas y regañado, si no fuera porque tenía que guardar silencio. Por no hablar de que estaba boca abajo y no tenía el menor deseo de que se le metiera hierba en la boca.

—¿Qué edad tiene el mayordomo?

Ella casi soltó una exclamación. Sentía su cálido aliento en la mejilla, y habría jurado que el roce de sus labios en la oreja también.

—Por lo menos cincuenta —susurró—, pero es un tirador de primera.

—¿El mayordomo?

—Sirvió en el ejército. En las Colonias. Creo que le dieron una medalla al valor.

—¡Qué suerte la mía! —masculló Blake—. Supongo que no será bueno con el arco y las flechas.

—Bueno, no, pero una vez lo vi darle a un árbol con un cuchillo, a veinte pasos.

—¿Qué? —masculló él, y soltó otra de esas creativas maldiciones que tanto la impresionaban a ella.

—Era broma —se apresuró a explicar.

A él se le tensó todo el cuerpo de furia.

—Este no es el momento ni el lugar para...

—Sí, ya lo sé —masculló ella.

Apareció James por la esquina gateando. Los miró con interés.

—No tenía ni idea de que os lo estabais pasando en grande.

—No lo estamos pasando en grande —sisearon Blake y Caroline al unísono.

James sacudió la cabeza con tanta solemnidad que quedó claro que se estaba burlando de ellos.

—No, está claro que no —dijo. Luego fijó los ojos en Blake, que seguía encima de ella—. Volvamos al trabajo. El mayordomo ya ha vuelto a su habitación.

—¿Estás seguro?

—Vi salir la luz del salón y luego subir la escalera.

—Hay una ventana en la escalera lateral —explicó Caroline—. Se ve desde el lado sur.

—Estupendo —dijo Blake, quitándose de encima de ella y echando a andar agachado—. Volvamos a intentar abrir esa ventana.

—Es una mala idea —dijo Caroline.

Los dos se giraron a mirarla, y en la oscuridad ella no pudo distinguir si sus expresiones eran de interés o de desdén.

—Farnsworth os oirá desde su habitación. Solo hay una planta en medio, y puesto que hace calor, lo más seguro es que tenga la ventana abierta. Si por casualidad se asomara a mirar, sin duda os vería.

—Podrías habernos dicho eso antes de que intentáramos entrar —gruñó Blake.

—De todos modos os puedo hacer entrar —replicó ella.

—¿Cómo?

—Gracias por tu amabilidad, Caroline —dijo ella con sarcasmo—. ¡Ah, vamos, Blake, de nada! No me cuesta nada ayudaros.

Él no pareció divertirse.

—No tenemos tiempo para bromas, Caroline. Dinos qué debemos hacer.

—¿Sabes forzar una cerradura?

Él pareció ofenderse por que se lo hubiera preguntado.

—Por supuesto. Aunque Riverdale es más rápido.

—Muy bien. Seguidme.

Él dejó caer pesadamente una mano en su hombro derecho.

—Tú no vas a entrar.

—¿Tengo que quedarme aquí fuera sola? ¿Donde cualquiera que pase me reconocerá y me devolverá a Oliver? Por no hablar de los ladrones, bandoleros...

—Disculpa, Caroline —interrumpió James—, en este escenario somos nosotros los ladrones y bandoleros.

Caroline se atragantó de risa.

Blake se estremeció de rabia.

James estuvo un momento mirando del uno al otro con no disimulado interés. Al final dijo:

—Tiene razón, Ravenscroft. No podemos dejarla sola aquí fuera. Guíanos, Caroline.

Blake echó a andar detrás de James y Caroline soltando una sarta de palabrotas tan verdes que igual podrían haber sido negras, pero aparte de eso no hizo ningún comentario negativo.

Ella los llevó hasta una puerta lateral casi oculta por un elevado arce inglés. Entonces se agachó y se puso un dedo en los labios, indicándoles que guardaran silencio.

Los dos la miraron perplejos e interesados cuando apoyó el hombro en la puerta y empujó con fuerza hacia arriba. Oyeron soltarse un pestillo, y entonces abrió la puerta.

—¿No nos habrá oído el mayordomo? —susurró James.

Ella negó con la cabeza.

—Su habitación está muy lejos. La única persona que vive en este lado de la casa es el ama de llaves, y está bastante sorda. Yo he entrado y salido por aquí muchas veces. Nadie me ha pillado nunca.

—Podrías habernos dicho esto antes —dijo Blake.

—No lo habríais entendido bien. Hay que empujar y levantar la puerta de una cierta manera. A mí me llevó semanas aprender.

—¿Y qué salías a hacer furtivamente por la noche?

—No veo que eso sea asunto tuyo.

—Te convertiste en asunto mío cuando decidiste quedarte a residir en mi casa.

—Bueno, no me habría quedado en tu casa si no me hubieras secuestrado.

—No te habría secuestrado si no hubieras andado vagando por el campo sin pensar para nada en tu seguridad.

—Estaba más segura en el campo que en esta casa, como sabes muy bien.

—No estarías segura ni en un convento —masculló él.

Caroline puso los ojos en blanco.

—Si eso no es lo más ridículo que... ¡Ah, vamos! No importa. Si estás tan molesto porque no te dejé abrir la puerta, venga, la volveré a cerrar para que así puedas abrirla.

Él avanzó un paso en actitud amenazante.

—¿Sabes? Si te estrangulara aquí mismo, no habría ni un solo jurado en este país que no me ex...

—Si pudierais dejar de morderos, tortolitos —interrumpió James—, me gustaría registrar ese despacho antes de que vuelva Prewitt.

Entonces Blake la miró como diciendo que ella tenía toda la culpa del retraso. Eso la empujó a sisear:

—No olvides que si no fuera por mí...

—Si no fuera por ti, yo sería un hombre muy feliz, desde luego.

—Estamos perdiendo el tiempo —insistió James—. Os podéis quedar aquí si no sois capaces de dejar de reñir, pero yo voy a entrar a registrar el salón sur.

—Yo iré delante —declaró Caroline—, puesto que sé el camino.

—Irás detrás de mí —dijo Blake—, y me orientarás mientras avanzamos.

—¡Vamos, por el amor de san Pedro! —explotó James, con todo su cuerpo tenso por la exasperación—. Yo iré delante, aunque solo sea para cerraros la boca a los dos. Caroline, tú me sigues y me orientas. Blake, tú la proteges cerrando la marcha.

Entraron los tres en la casa y, asombrosamente, no volvió a oírse una palabra más aparte de las orientaciones susurradas por Caroline. No tardaron en encontrarse al otro lado de la puerta del salón sur.

James sacó un instrumento plano del bolsillo y lo insertó en la cerradura.

—¿Funciona este aparato? —le susurró Caroline a Blake.

Él asintió.

—Riverdale es el mejor. Es capaz de forzar una cerradura más rápido que nadie. Observa. Tres segundos más. Uno, dos...

Clic. Se abrió la puerta.

—Tres —murmuró James, sonriendo satisfecho.

—Muy bien —murmuró ella.

Él le sonrió.

—Nunca he conocido a una mujer ni a una cerradura que no me ame.

Blake masculló algo en voz baja y entró pasando entre ellos. Entonces se giró y señaló a Caroline.

—Tú no toques nada.

—¿Quieres que te diga que Oliver tampoco quería que tocara nada? —preguntó ella, con una falsa sonrisa.

—No tengo tiempo para juegos, señorita Trent.

—¡Ah! Ni soñaría con hacerte perder el tiempo.

Blake miró a James.

—La voy a matar.

—Y yo te voy a matar a ti —replicó James—. A los dos. —Y diciendo esto se dirigió en línea recta hacia el escritorio—. Blake, tú revisa los estantes. Caroline, tú..., bueno, no sé qué deberías hacer, pero procura no gritarle a Blake.

Blake sonrió satisfecho.

—Él me gritó primero —masculló ella, muy consciente de que estaba actuando como una niña pequeña.

James sacudió la cabeza y comenzó a trabajar en las cerraduras de los cajones. Uno a uno fue abriendo los cajones, revisando el contenido de cada uno y luego dejándolo todo ordenado para que Oliver no notara que alguien había metido mano ahí.

Pasado un minuto, Caroline se compadeció de él y le dijo:

—Quizá te convenga concentrarte en el cajón de abajo a la izquierda.

Él la miró con interés.

Ella se encogió de hombros, ladeando la cabeza.

—Es el que siempre saca más de quicio a Oliver. Una vez casi le arrancó la cabeza a Farnsworth simplemente porque abrillantó la cerradura.

—¿No podías habérselo dicho antes de que revisara el resto de cajones? —le preguntó Blake, enfadado.

—Lo intenté, y tú me amenazaste con matarme.

Desentendiéndose de la pelea, James forzó la cerradura de ese cajón. Se abrió y quedó a la vista una pila de carpetas. Cuando James las sacó, vieron que todas llevaban una etiqueta con una fecha.

—¿Qué son? —preguntó Blake.

James lanzó un suave silbido.

—El billete de Prewitt para la horca.

Blake y Caroline se acercaron más, impacientes por echar una mirada. Había más de treinta carpetas, cada una con su etiqueta y una fecha. James había abierto una sobre el escritorio y estaba mirando el contenido con gran interés.

—¿Qué pone? —preguntó Caroline.

—Documenta las actividades ilegales de Prewitt —contestó Blake—. Condenado estúpido, ponerlo por escrito...

—Oliver es muy organizado —comentó ella—. Siempre que idea algún plan, del tipo que sea, lo anota en un papel y luego lo sigue al pie de la letra.

James pasó el dedo por una frase que comenzaba con las iniciales «CDL».

—Esta debe de ser Carlotta —susurró—. Pero ¿quién es este?

Caroline siguió con los ojos la dirección del dedo, hasta «MCD».

—Miles Dudley.

Los dos se giraron a mirarla.

—¿Quién?

—Miles Dudley, diría yo. No sé a qué corresponde la inicial del medio, pero es el único que se me ocurre con las iniciales «M» y «D». Es uno de los amigos más íntimos de Oliver. Se conocen desde hace muchos años.

Blake y James se miraron.

—Yo lo encuentro detestable —continuó ella—. Siempre anda intentando besuquear a las criadas. Y a mí. Aunque yo procuro ausentarme cuando sé que va a venir.

—¿Hay suficiente en esa carpeta para arrestar a Dudley? —le preguntó Blake a James.

—Lo habría, si pudiéramos estar seguros de que «M» y «D» son las iniciales de Miles Dudley. No se puede ir por ahí arrestando a la gente basándose en sus iniciales.

—Si arrestarais a Oliver —dijo Caroline—, seguro que incriminaría al señor Dudley. Son muy buenos amigos, pero dudo que la lealtad de Oliver se sostuviera en esas circunstancias. A la hora de la verdad, Oliver solo se es leal a sí mismo.

—Ese no es un riesgo que yo esté dispuesto a correr —dijo Blake, en tono grave—. No descansaré hasta ver a esos dos traidores en prisión o colgados. Necesitamos capturarlos a los dos con las manos en la masa.

—¿Tenéis alguna forma de saber cuándo tiene planeado hacer su próxima operación de contrabando? —preguntó ella.

—No —contestó James, pasando las carpetas—, a no ser que haya sido muy, muy estúpido.

Caroline se inclinó a mirar.

—¿Y esta? —preguntó, levantando una carpeta casi vacía, marcada con la fecha «31-7-14».

Blake la alcanzó al vuelo y pasó las hojas.

—¡Qué idiota!

—No seré yo quien te discuta lo de la idiotez de Oliver —terció Caroline—, pero estoy segura de que no esperaba que le registraran su oficina.

—Jamás hay que poner por escrito este tipo de información —dijo Blake.

—Vamos, Ravenscroft —intervino James, arqueando las cejas en gesto travieso—, con esa forma de pensar tendrías que ser un delincuente excelente.

Blake estaba tan absorto leyendo el contenido de la carpeta que no se molestó en mirar indignado a su amigo.

—Prewitt planea algo grande —dijo—. Por lo que dice aquí, más grande que cualquier otra cosa que haya hecho hasta ahora. Menciona a «CDL», a «MCD» y a «El resto». También menciona una enorme suma de dinero.

Caroline miró la cifra por encima del brazo de él.

—¡Por Dios! —exclamó—. Con esa cantidad de dinero, ¿para qué quería mi herencia?

—Hay personas que nunca tienen suficiente —contestó Blake con mordacidad.

James se aclaró la garganta.

—Entonces creo que debemos esperar hasta fin de mes, y dar el golpe cuando podamos atraparlos a todos. Eliminar a todo el grupo de una sola vez.

—Me parece un buen plan —convino Caroline—, aunque tengamos que esperar tres semanas.

Blake se giró a mirarla furioso.

—Tú no vas a participar.

—¿Cómo te atreves a decir eso? —replicó ella, con las manos en las caderas—. Si no fuera por mí ni siquiera sabríais que tiene planeado algo para ese miércoles. —Pestañeó, pensativa—. Oye, ¿crees que se ha pasado todos esos miércoles jugando a las cartas? ¿No será que tiene operaciones de contrabando de forma periódica? ¿Todos los miércoles, por ejemplo? —Pasó las carpetas, mirando las fechas y restando y sumando siete mentalmente por cada una—. ¡Mirad! Todas son del mismo día de la semana.

—Dudo que haga sus operaciones todos los miércoles —murmuró James—, pero lo de las cartas es una excelente tapadera para las veces que se dedica a actividades ilegales. ¿Con quién juega a las cartas?

—Miles Dudley es uno de ellos.

Blake sacudió la cabeza.

—Es posible que todos los que participan en el juego estén metidos en esto. ¿Quién más?

—Bernard Leeson. Es el médico local.

—Encaja —masculló Blake—. Detesto las sanguijuelas.

—Y Francis Badeley —concluyó ella—, el magistrado.

—No debemos recurrir a él, entonces —dijo James—, en busca de ayuda para los arrestos.

—Puede que también sea arrestado —repuso Blake—. Tendremos que conseguir hombres de Londres.

James asintió.

—Moreton querrá tener ciertas pruebas antes de desplegar un contingente de sus hombres a gran escala. Vamos a tener que llevarnos estas carpetas.

—Yo en vuestro lugar no me las llevaría —terció Caroline—. Oliver viene a este despacho casi todos los días. Sin duda se dará cuenta de que han desaparecido.

—Te estás volviendo muy buena en esto —dijo James, riendo—. ¿Estás segura de que no quieres participar?

—No va a trabajar para el Ministerio de Guerra —gruñó Blake.

Caroline tuvo la impresión de que habría rugido si no hubieran estado ahí de forma furtiva.

—Solo nos llevaremos un par —continuó James, pasando por alto la interrupción de Blake—. Pero no podemos llevarnos esta —añadió, señalando la carpeta de la próxima operación—. Necesitará echarle un vistazo muy pronto.

—Dale una hoja de papel a Caroline —sugirió Blake, arrastrando la voz—. No me cabe duda de que a ella le encantará copiar la información. Al fin y al cabo tiene una letra exquisita.

—No sé dónde guarda el papel —contestó ella, sin hacer caso del sarcasmo—. Nunca me permitía entrar en esta habitación. Pero sí sé dónde podemos encontrarlo: en un salón que queda al otro lado, por este mismo pasillo. Y pluma y tinta, también.

—Buena idea —dijo James—. Cuantas menos cosas nos llevemos de aquí, menos posibilidades hay de que Prewitt note que alguien ha metido mano en sus cajones. Caroline, ve a buscar papel y pluma.

—De acuerdo.

Haciéndole un alegre saludo militar, se apresuró a salir sigilosa.

Blake salió pisándole los talones.

—No vas a ir sola —siseó—. Camina más despacio.

Ella no aminoró el paso, pues no le cabía la menor duda de que él la seguiría por el pasillo hasta el salón este. Ese era el salón donde ella atendía a las damas del vecindario. Cierto que no eran muchas las que venían de visita, pero de todos modos ella siempre tenía papel, plumas y tinta allí, por si alguna necesitaba escribir una nota o una carta.

Justo cuando estaba a punto de entrar en el salón oyó un ruido procedente de la puerta principal; un ruido sospechosamente parecido al de una llave girando en una cerradura. Se giró hacia Blake y siseó:

—Es Oliver.

Él no perdió tiempo en decir nada, y antes de que ella se diera cuenta de qué estaba pasando, él ya la había empujado, haciéndola entrar en el salón a toda prisa y agacharse detrás de un sofá. El corazón le latía tan fuerte que le extrañó que no despertara al ama de llaves por muy sorda que estuviera.

—¿Y James? —susurró.

Blake se puso un dedo en los labios.

—Él sabe qué hacer. Ahora cállate. Ya ha entrado.

Caroline apretó los dientes con fuerza para impedirse gritar de miedo al oír el ruido de los zapatos de Oliver por el pasillo. ¿Y si James no lo había oído entrar? ¿Y si lo había oído pero no lograba esconderse a tiempo? ¿Y si lograba esconderse pero se olvidaba de cerrar la puerta?

Le dolió la cabeza solo de pensar en el desastre que se le avecinaba.

Pero los sonidos de los tacones de Oliver indicaban que no se dirigía al salón sur; sonaban en otra dirección, justamente hacia ese salón donde estaban ellos. Ahogó una exclamación y le dio un codazo a Blake en las costillas.

La única reacción de él fue adoptar una postura más rígida que la que ya tenía.

Ella miró hacia la mesita y sus ojos se posaron en el decantador de coñac. A Oliver le gustaba llevarse una copa a la cama. Si no se giraba mientras se lo servía, no los vería, pero si se giraba...

Totalmente aterrada, le golpeó el brazo a Blake. Con fuerza.

Él no se inmutó.

Desesperada, le pinchó el pecho y luego señaló hacia el decantador de coñac.

«¿Qué?», articuló él.

«El coñac», articuló ella, agitando enérgicamente el dedo hacia el decantador.

Blake abrió mucho los ojos y miró alrededor, buscando otro lugar para esconderse. La luz era tenue, por lo que no era fácil ver nada.

De todos modos, Caroline tenía la ventaja de conocer ese salón como la palma de su mano. Movió la cabeza hacia un lado, indicándole a Blake que la siguiera, y se arrastró medio a gatas hasta situarse detrás de otro sofá, agradeciendo a su Hacedor que Oliver hubiera decidido poner una alfombra. Si el suelo estuviera descubierto, sus movimientos se habrían oído, y entonces habrían estado perdidos.

En ese momento entró Oliver en el salón y fue hasta la mesita a servirse una copa de coñac. Pasados unos segundos se oyó el golpe de la copa sobre la mesa y luego el sonido del coñac al caer en la copa otra vez.

Caroline se mordió el labio, desconcertada. Era muy impropio de Oliver beber más de una copa antes de acostarse.

Pero debía de haber tenido una mala noche, porque de repente suspiró:

—¡Por Dios, qué desastre!

Y entonces, fue a sentarse justamente en el sofá detrás del cual estaban escondidos y colocó las piernas encima de la mesa de centro.

Caroline se quedó paralizada. O se habría quedado, pensó como una idiota, si no hubiera estado ya paralizada de miedo.

No había ni la menor duda.

Estaban atrapados.

12

paliativo (sustantivo): Aquello que mitiga, atenúa o da un alivio superficial o temporal.

«Un beso, estoy comprendiendo, es un débil *paliativo* cuando a uno se le está partiendo el corazón.»

Del diccionario personal de Caroline Trent

Blake alargó una mano y le tapó la boca a Caroline. Él sabía estarse callado, tenía años de experiencia en el arte de guardar absoluto silencio, pero a saber qué haría ella; esa loca mujer podría estornudar en cualquier momento, o hipar, o moverse nerviosa.

Ella lo miró indignada por encima de su mano. Sí, pensó, era del tipo que se agitaría por los nervios. Con la otra mano le agarró el brazo con fuerza cerca del hombro, decidido a mantenerla inmóvil. No le importaba si le dejaba un moretón que le durara una semana. No quería ni imaginarse lo que haría Prewitt si descubría a su rebelde pupila escondida detrás de un sofá en el salón. Al fin y al cabo, cuando Caroline huyó, se llevó eficazmente su fortuna con ella.

Prewitt bostezó y se levantó.

A Blake se le aceleró el corazón por la esperanza, pero el maldito cabrón simplemente fue hasta la mesita y se sirvió otro coñac.

Miró a Caroline, interrogante. ¿Acaso no le había dicho una vez que Prewitt nunca bebía licor en exceso? Ella se encogió de hombros; era evidente que no sabía explicar por qué hacía eso su tutor.

Prewitt volvió al sofá y se sentó lanzando un fuerte gruñido. Pasado un momento masculló:

—Puñetera muchacha.

Caroline abrió mucho los ojos.

«¿Tú?», articuló él, señalándola.

Ella se encogió de hombros y pestañeó.

Blake cerró los ojos y estuvo un momento así, tratando de imaginar a quién se referiría. Era imposible estar seguro. Podría tratarse de Caroline o de Carlotta de León.

—¿Dónde demonios estará? —dijo Prewitt entonces.

A eso siguió el sonido de tragar. Seguro que el coñac.

Caroline se señaló y él sintió en la mano que formaba la palabra «¿Yo?», pero no contestó. Tenía toda su atención concentrada en Prewitt. Si ese cabrón traidor los descubría en ese momento, la misión quedaría abortada. Bueno, no del todo. No le cabía duda de que entre él y Riverdale podrían arrestarlo fácilmente esa noche si surgía la necesidad, pero eso significaría que sus cómplices quedarían libres. Era mejor tener paciencia y esperar las tres semanas. Entonces el grupo de espías quedaría eliminado para siempre.

En ese momento, justo cuando comenzaban a adormecérsele los pies sobre los que estaba sentado, Prewitt se levantó, fue a dejar la copa sobre la mesa y salió del salón.

Después de contar hasta diez, Blake quitó la mano de la boca de Caroline y lanzó un largo suspiro de alivio.

Ella suspiró también, aunque rápido, y al instante preguntó:

—¿Crees que se refería a mí?

—No tengo ni idea —contestó él con sinceridad—. Pero no me sorprendería que fuera de ti de quien hablaba.

—¿Crees que ha descubierto a James?

Él negó con la cabeza.

—Si lo hubiera descubierto, estaríamos oyendo algún tipo de alboroto. Aunque eso no significa que ya estemos a salvo. Por lo que sabemos, igual ha decidido dar un largo paseo por el pasillo antes de entrar en el salón sur.

—¿Qué hacemos ahora?

—Esperar.

—¿Qué?

Él giró bruscamente la cabeza para mirarla.

—Haces muchas preguntas.

—Es la única manera de enterarse de algo útil.

—Esperaremos —dijo él, lanzando un suspiro de impaciencia— hasta tener alguna señal de Riverdale.

—¿Y si él está esperando una señal nuestra?

—No lo está.

—¿Cómo puedes estar tan seguro?

—Hemos trabajado juntos durante siete años. Conozco sus métodos.

—No veo cómo podríais haberos preparado para este caso en concreto.

Él la miró tan enfadado que ella cerró la boca con fuerza, aunque no antes de poner los ojos en blanco.

Blake se desentendió de ella varios minutos, lo que no le resultaba nada fácil. El simple sonido de su respiración lo excitaba; una reacción totalmente inapropiada en esas circunstancias. Además, nunca había sentido algo así, ni siquiera con Marabelle. Por desgracia, parecía que no podía hacer nada al respecto, lo cual le ponía aún de peor humor.

Justo entonces ella se movió, rozándole sin querer la cadera con el brazo, y...

Se resistió a continuar pensando en eso. De repente la tomó de la mano y se incorporó.

—Vamos.

Ella miró alrededor, confundida.

—¿Hemos recibido alguna señal del marqués?

—No, pero ya ha pasado bastante rato.

—Pero creí oírte decir...

—Si quieres participar en esta operación tienes que aprender a acatar las órdenes —siseó él—. Sin hacer preguntas.

Ella arqueó las cejas.

—Me alegra muchísimo que hayas decidido permitirme participar.

Si en ese momento él hubiera podido arrancarle la lengua, lo habría hecho. O al menos lo habría intentado.

—Sígueme —espetó.

Caroline se tocó la sien al estilo militar, y luego hizo el numerito de seguirlo de puntillas hasta la puerta.

Blake pensó que se merecía una medalla por no agarrarla del cuello del vestido y arrojarla por la ventana. Como mínimo tendría que exigirle al Ministerio de Guerra una paga extra por riesgos. Y si no se la daban en dinero, seguro que había alguna pequeña propiedad por ahí que le hubieran confiscado a algún criminal.

Seguro que se merecía un extra por esa misión. Caroline podía ser deliciosa como mujer, pero en una misión como esa era condenadamente molesta.

Llegó a la puerta abierta y le hizo un gesto indicándole que se quedara detrás de él. Con la mano en la pistola, asomó la cabeza, miró hacia ambos lados del pasillo para comprobar que no hubiera nadie y salió. Ella lo siguió sin que él le hubiera dado la orden, tal como había imaginado. Esa mujer no necesitaba que la aguijonearan para salir a afrontar el peligro.

Era demasiado obstinada y descuidada, y eso le traía recuerdos.

Marabelle.

Cerró los ojos por un instante tratando de sacarse de la cabeza el recuerdo de su difunta prometida. Ella podía vivir en su corazón, pero no tenía ningún lugar ahí esa noche, en Prewitt Hall. No debía permitírselo si quería que los tres salieran con vida de esa casa.

Pero el recuerdo de Marabelle se desvaneció rápidamente, porque Caroline no paraba de estirarle del brazo.

—¿Y ahora qué? —espetó.

—¿No tendríamos por lo menos que encontrar papel y pluma? ¿No es eso a lo que vinimos aquí?

Blake flexionó las manos, con los dedos abiertos como una estrella de mar. Al fin dijo:

—Sí, eso sería muy conveniente.

Ella atravesó corriendo el salón y alcanzó las cosas mientras él se maldecía en voz baja. Se estaba volviendo blando; no era propio de él olvidarse de algo tan sencillo como tinta y una pluma. Nada deseaba más que retirarse de una vez, alejarse del peligro y de las intrigas. Deseaba llevar una vida en la que no tuviera que preocuparse de que mataran a sus amigos, en la que no pudiera hacer otra cosa que leer y criar perros de caza perezosos y mimados...

—Tengo todo lo necesario —dijo Caroline en un resuello, interrumpiendo sus pensamientos.

Blake asintió y echaron a andar por el pasillo. Cuando llegaron a la puerta del salón sur, dio siete golpes suaves en la madera, moviendo los dedos con el conocido ritmo que se inventaron James y él cuando eran niños en Eton.

La puerta se abrió hacia dentro apenas un dedo; Blake la empujó lo suficiente para que entraran él y Caroline. James estaba con la espalda apoyada en la pared y el dedo puesto en el gatillo de su pistola. Lanzó un audible suspiro de alivio al ver que eran ellos.

—¿No reconociste los golpes? —le preguntó Blake.

James asintió secamente.

—No se puede ser demasiado prudente.

—Muy cierto —convino Caroline.

Ese trabajo de espionaje ya le estaba revolviendo el estómago. Era emocionante, sin duda, pero no era algo en lo que deseara participar con regularidad. No lograba imaginar cómo habían resistido esos dos hombres tanto tiempo en ese trabajo sin destrozarse los nervios.

—¿Ha venido aquí Oliver? —le preguntó a James.

James negó con la cabeza.

—Pero oí sus pasos en el pasillo.

—Nos tuvo atrapados unos cuantos minutos en el salón este —dijo ella, estremeciéndose—. Fue aterrador.

Blake la miró con una extraña expresión de aprecio.

—Traje papel, plumas y tinta —continuó ella, poniéndolo todo en el escritorio—. ¿Copiamos los documentos ahora mismo? Me gustaría salir pronto de aquí. En realidad no quería volver a pisar esta casa nunca más.

La carpeta solo contenía tres hojas, así que cada uno alcanzó una y la copió a toda prisa. La letra no les quedó demasiado clara, y más de un borrón de tinta manchaba las hojas, pero eran legibles, y eso era lo único que importaba.

James guardó con sumo cuidado la carpeta en el lugar que le correspondía y cerró con llave el cajón.

—¿Está todo en orden? —preguntó Blake.

James asintió.

—Lo ordené todo mientras no estabais.

—Excelente. Vámonos.

—¿Te has acordado de que tenemos que llevarnos una carpeta antigua como prueba? —le preguntó ella al marqués.

—No me cabe duda de que sabe hacer su trabajo —dijo Blake. Y entonces le preguntó a James—: ¿Te acordaste?

—¡Por Dios! —siseó James, fastidiado—. Sois peor que unos críos pequeños. Sí, tengo la carpeta, y si no dejáis de pelearos, os voy a dejar encerrados aquí, a merced de Prewitt y de su mayordomo, el buen tirador.

A Caroline se le abrió sola la boca ante ese estallido del marqués, que siempre estaba de buen humor. Miró a Blake con disimulo, y vio que también parecía bastante sorprendido, y tal vez algo avergonzado.

James los miró con el ceño fruncido a los dos y luego clavó la mirada en ella.

—¿Cómo demonios vamos a salir de aquí?

—No podemos salir por la ventana por el mismo motivo por el que no pudimos entrar. Si Farnsworth sigue despierto, nos oirá. Pero podemos salir por donde entramos.

—¿No sospecharán nada si mañana se encuentran la puerta sin cerrar?

Caroline negó con la cabeza.

—Sé cerrarla de modo que el pestillo se corra solo. Nadie lo sabrá.

—Estupendo —dijo Blake—. Vámonos.

Los tres salieron sigilosos, se detuvieron al otro lado de la puerta el tiempo justo que James tardó en cerrarla con llave y desanduvieron el camino hasta salir al patio lateral. Unos minutos después, llegaron al lugar donde habían dejado los caballos.

—Mi montura está allí —dijo Caroline, apuntando hacia el otro lado del jardín.

—Supongo que quieres decir *mi* montura —espetó Blake—, que tomaste prestada.

Ella soltó un bufido.

—Disculpe mi inexacto uso del idioma, señor Ravenscroft. Simplemente...

Pero fuera lo que fuese lo que iba a decir, y ni siquiera ella sabía bien qué sería, quedó interrumpido por el sonido de las maldiciones de James. Antes de que ella o Blake lograran decir esta boca es mía, los había llamado tontos de capirote, burros, idiotas y otra cosa más que ella no entendió, aunque estaba segura de que era un insulto. Y acto seguido, sin que ninguno de los dos tuviera la posibilidad de reaccionar, ya se había montado en su caballo de un salto y se estaba alejando por la colina.

Caroline se giró hacia Blake sin dejar de pestañear.

—Está bastante enfadado con nosotros, ¿no?

La respuesta de Blake fue levantarla hasta dejarla montada en su caballo y luego saltar detrás. Dieron la vuelta por el perímetro de la propiedad de Prewitt hasta llegar al árbol donde ella había dejado atado su caballo. Caroline no tardó en estar instalada en la silla de su montura.

—Sígueme —le ordenó Blake, y emprendió la marcha a medio galope.

Alrededor de una hora después, Caroline entraba por la puerta principal de Seacrest Manor tras Blake. Estaba tan cansada y dolorida que no deseaba otra cosa que meterse en la cama. Pero cuando iba derecha hacia la escalera para subir a toda prisa, él la agarró del codo y la hizo entrar en su despacho.

Bueno, tal vez sería más exacto decir que «la propulsó de un empujón».

—¿Esto no puede esperar hasta mañana? —le preguntó, bostezando.

—No.

—Tengo muchísimo sueño.

No hubo respuesta.

Caroline decidió probar otra táctica.

—¿Qué crees que le ha ocurrido al marqués?

—No me importa especialmente.

Ella pestañeó. ¡Qué raro! Entonces volvió a bostezar, sin poder evitarlo.

—¿Es tu intención regañarme? Porque si lo es, debo advertirte que en este momento no estoy a la altura para...

—¡¿Que no estás a la altura?! —exclamó él.

Ella sacudió la cabeza y se dirigió a la puerta. No servía de nada intentar razonar con él cuando estaba de mal humor.

—Nos veremos por la mañana. Seguro que lo que sea que te haya molestado tanto puede esperar hasta entonces.

Blake le agarró un pliegue de la falda y la hizo retroceder hasta el centro de la sala.

—No vas a ir a ninguna parte —gruñó.

—¿Qué?

—¿Qué demonios pretendías hacer esta noche?

—¿Salvarte la vida?

—No bromees.

—No es broma. Te salvé la vida, y no recuerdo haber oído ni una sola palabra de agradecimiento.

Él masculló algo en voz baja y luego dijo:

—No me salvaste la vida. Lo único que hiciste fue poner en peligro la tuya.

—No voy a discutir esto último, pero sí que te salvé la vida esta noche. Si no hubiera ido a Prewitt Hall a avisaros de lo del té de Farnsworth, él te habría matado de un disparo.

—Eso es discutible, Caroline.

—¡Ah, sí! Muy discutible —replicó ella, sorbiendo por la nariz con altivez—. Salvé tu miserable vida y Farnsworth ni siquiera tuvo una oportunidad de dispararte.

Él la miró fijamente durante un largo instante.

—Voy a decirte esto una sola vez: no te vas a entrometer en nuestra misión de llevar a tu antiguo tutor ante la justicia.

Caroline guardó silencio.

Pasado un momento, Blake perdió la paciencia con esa falta de respuesta y le preguntó:

—¿Y bien? ¿No tienes nada que decir?

—Lo tengo, pero a ti no te va a gustar.

—¡Maldición, Caroline! —explotó él—. ¿No te importa nada tu seguridad?

—Sí que me importa. ¿Crees que encontré divertido arriesgar mi vida por ti? Me podrían haber matado. O, peor aún, podrían haberte matado a ti. O igual Oliver podría haberme capturado y obligado a casarme con Percy. —Se estremeció—. ¡Por Dios! Lo más seguro es que sueñe toda una semana con esas posibilidades.

—Pues dabas la impresión de que lo estabas disfrutando.

—Bueno, pues no. Me sentí enferma todo el tiempo, sabiendo que estábamos en peligro.

—Si estabas tan petrificada por el miedo, ¿por qué no lloraste ni actuaste como una mujer normal?

—¿Como una mujer «normal»? ¡Por Dios! Me insultas. Insultas a todas las mujeres.

—Tienes que reconocer que la mayoría de las mujeres habrían necesitado sales esta noche.

Ella lo miró indignada, con todo el cuerpo estremecido por la furia.

—¿Es que debo pedir disculpas por no haber gimoteado, llorado y arruinado toda la operación? Estaba asustada, no, estaba petrificada por el miedo, pero, ¿de qué habría servido no mantener el tipo? Además —añadió, con expresión contrariada—, estaba tan furiosa contigo la mayor parte del tiempo que me olvidé del miedo.

Blake desvió la mirada. Oírla reconocer que había tenido miedo lo hacía sentirse peor aún. Si le hubiera ocurrido algo esa noche, la culpa habría sido suya.

—Caroline —dijo en voz baja—, no permitiré que te pongas en peligro. Te lo prohíbo.

—No tienes ningún derecho a prohibirme nada.

A él comenzó a movérsele un músculo en el cuello.

—Mientras estés viviendo en mi casa...

—¡Vamos, por el amor de Dios! Hablas igual que uno de mis tutores.

—Ahora me insultas tú a mí.

Ella lanzó un suspiro de frustración.

—No sé cómo soportas vivir siempre en peligro. No sé cómo lo soporta tu familia. Deben de vivir preocupadísimos por ti.

—Mi familia no lo sabe.

—¡¿Qué?! —exclamó ella—. ¿Cómo es posible?

—Nunca les he dicho nada.

—Eso es horrible —dijo ella, con mucho sentimiento—. Si yo tuviera una familia, jamás los trataría con tanta falta de respeto.

—No estamos aquí para hablar de mi familia —gruñó él—. Estamos aquí para hablar de tu conducta temeraria.

—Me niego a aceptar que mi conducta sea temeraria. Tú habrías hecho exactamente lo mismo si hubieras estado en mi pellejo.

—Pero no estaba en tu pellejo, como lo expresas tan delicadamente. Además, tengo casi diez años de experiencia en estos asuntos. Tú no.

—¿Qué quieres que haga? ¿Quieres que te prometa que nunca más volveré a intervenir?

—Eso sería un excelente comienzo.

Caroline se puso las manos en las caderas y alzó el mentón.

—Bueno, pues no. No prometeré nada de eso. Nada me gustaría más que mantenerme alejada del peligro el resto de mi vida, pero si tú estás en peligro y yo puedo hacer algo por ayudarte, no me quedaré de brazos cruzados, de ninguna manera. ¿Cómo podría haber vivido conmigo misma si esta noche te hubieran herido?

—Eres la mujer más cabezota que he tenido la desgracia de conocer. —Se pasó la mano por el pelo, mascullando algo en voz baja, y continuó—: ¿No ves que lo que quiero es protegerte?

Caroline sintió pasar un agradable calorcillo por toda ella, y se le llenaron los ojos de lágrimas.

—Sí, pero ¿tú no ves que yo deseo hacer lo mismo por ti?

—No lo intentes.

Eso lo dijo en tono tan frío y duro, que ella retrocedió un paso.

—¿Por qué eres tan cruel?

—La última vez que una mujer intentó protegerme...

Se le cortó la voz, pero ella no necesitó que terminara la frase para entender la aflicción que se le imprimía en la cara.

—Blake, no quiero discutir sobre esto —dijo con dulzura.

—Entonces prométeme una cosa.

Ella tragó saliva, segura de que él le pediría algo que no podría aceptar.

—No vuelvas a ponerte en peligro. Si te ocurriera algo, yo... no podría soportarlo, Caroline.

Ella se giró, dándole la espalda. Tenía los ojos llorosos y no quería que él viera su emotiva reacción a esa súplica. Algo que detectó en su voz le tocó el corazón, algo en su manera de mover los labios como si buscara en vano las palabras.

—No puedo permitir que muera otra mujer —añadió él.

Entonces ella comprendió que eso no tenía nada que ver con ella, sino con su sentimiento de culpa por la muerte de su prometida. No conocía todos los detalles que rodearon la muerte de Marabelle, pero lo que le había dicho James le bastaba para saber que Blake seguía sintiéndose culpable de su muerte.

Se tragó un sollozo. ¿Cómo podría competir con una mujer que ya estaba muerta?

Sin mirarlo se dirigió a la puerta.

—Voy a subir. Si tienes algo más que decirme, ya lo harás mañana.

Cuando estaba a punto de poner la mano en el pomo, lo oyó decir:

—Espera.

Solo dijo una palabra, y ella fue incapaz de resistirse. Se giró con lentitud.

Blake la miró fijamente, sin poder apartar los ojos de su rostro. Deseaba decirle algo; miles de palabras pasaban por su cabeza entrechocándose, pero no lograba formar ni una sola frase. Entonces, sin darse cuenta de lo que hacía, avanzó un paso, luego otro, otro y otro, y de pronto ella se encontró en sus brazos.

—No vuelvas a darme un susto así —murmuró, con la boca en su pelo.

Ella no contestó, pero él notó cómo se iba relajando su cálido cuerpo contra el suyo. Entonces la oyó suspirar; fue un sonido muy suave, apenas audible, pero que le transmitía que lo deseaba. Tal vez no como él la deseaba a ella, ¡demonios!, dudaba de que eso fuera posible; no recordaba haber deseado jamás a una mujer con esa ardiente necesidad. Pero fuera como fuese, ella lo deseaba, estaba seguro.

Sus labios encontraron los de ella, y la devoró, con todo el miedo y el deseo que había sentido toda la noche. Sabía a todos sus sueños y comprendió que estaba perdido.

Jamás podría tenerla, jamás podría amarla como ella se merecía ser amada, pero su egoísmo le impedía soltarla. Aunque fuera solo por un momento, podría fingir que él era de ella y ella de él, y que su corazón estaba sano y salvo.

Se dejó caer en el sofá, y ella cayó suavemente encima de su cuerpo. Él cambió las posiciones sin pérdida de tiempo. Deseaba sentirla moviéndose debajo, retorciéndose con la misma fuerza del deseo que lo consumía a él. Deseaba ver cómo se le oscurecían los ojos de necesidad.

Metió la mano por debajo de su falda, le apretó con delicadeza la bien formada pantorrilla y continuó deslizándola por la suave piel del muslo. Ella gimió, un sonido delicioso que bien podría haber sido su nombre, o quizá solo fue un gemido, pero eso no le importó. La deseaba a ella. Toda entera.

—Dios me asista, Caroline —dijo, casi sin reconocer el sonido de su voz—. Te necesito. Esta noche. Ahora.

Se llevó la mano a la bragueta, y empezó a desabotonársela, con movimientos desesperados. Pero tuvo que sentarse para terminar de liberarse, y ese momento bastó para que ella lo mirara, lo mirara de verdad. Y en esa fracción de segundo se desvaneció su aturdimiento de pasión y se levantó bruscamente del sofá.

—¡No! —exclamó—. Así no. No sin... No.

Él la observó alejarse, odiándose por haberse comportado con ella como un animal, pero ella lo sorprendió deteniéndose en la puerta.

—Vete —le dijo, con la voz ronca.

Si no salía de ahí en ese preciso instante, él le iría detrás, y entonces no tendría forma de escapar.

—¿Estarás bien?

Él la miró pasmado. Había estado a punto de deshonrarla; le habría quitado la virginidad sin pensarlo dos veces.

—¿Por qué me lo preguntas?

—¿Estarás bien? —repitió ella.

Estaba claro que no se marcharía mientras no obtuviera una respuesta, así que asintió.

—Muy bien —dijo ella—. Hasta mañana.

Entonces salió.

13

zozobra (sustantivo): 1. Estado de trémula turbación o temor;
también vacilación o incertidumbre. 2. Estado de confusión o
desasosiego.

«Una sola palabra de él me pone en *zozobra,* y juro que eso no me gusta
nada.»

Del diccionario personal de Caroline Trent

El más apremiante deseo de Caroline era evitar a Blake durante los próximos quince años, pero la suerte quiso que, justo a la mañana siguiente, tro-
pezara con él. Por desgracia, este *tropiezo* la hizo soltar nada menos que media docena de libros voluminosos, algunos de los cuales le golpearon las
piernas y los pies al caer al suelo.

Él aulló de dolor, y ella deseó aullar de vergüenza, pero se limitó a tartamudear unas cuantas disculpas y a lanzarse de rodillas sobre la alfombra a
recoger los libros. Al menos así él no vería el rubor que le había subido a las
mejillas en el momento en que chocaron.

—Creí que ibas a limitar a la biblioteca tu trabajo de redecoración —dijo
él—. ¿Qué demonios haces con todos esos libros en el vestíbulo?

Ella levantó la cabeza y lo miró directamente a sus ojos gris claro. ¡Maldición! Si tenía que verlo esa mañana, ¿por qué tenía que ser estando ella a
cuatro patas en el suelo?

—No voy a redecorar nada —dijo en su tono más altivo—. Voy a llevar
estos libros a mi dormitorio para leerlos.

—¿Seis? —preguntó él, dudoso.

—Soy muy buena lectora.

—Eso nunca lo he dudado.

Ella frunció los labios, deseando decirle que había decidido leer para poder quedarse en su dormitorio y no tener que verlo nunca más, pero tuvo la impresión de que llevaría a una interminable discusión, y eso era lo último que deseaba.

—¿Desea alguna otra cosa, señor Ravenscroft?

Entonces se ruborizó, se ruborizó de verdad. La noche anterior él le había dejado muy claro qué deseaba.

Él agitó la mano en un amplio gesto; movimiento que ella encontró de molesta superioridad.

—Nada. Nada en absoluto. Si quieres leer, los libros están a tu disposición. Puedes leerte toda la maldita biblioteca si te apetece. Al menos, eso te impedirá meterte en problemas.

Ella se tragó otra contestación, pero a su boca le estaba costando continuar cerrada. Apretando los libros contra el pecho, preguntó:

—¿Ya se ha levantado el marqués?

A Blake se le ensombreció la expresión.

—Se ha marchado.

—¿Se ha marchado?

—Sí, se ha marchado —repitió él. Y como si creyera que ella todavía no había entendido el significado de la palabra, añadió—: No está.

—¿Adónde habrá ido?

—Creía que a cualquier parte que lo alejara de nuestra compañía, pero resulta que se ha ido a Londres.

Ella entreabrió los labios, horrorizada.

—Pero eso nos deja solos.

—Totalmente —convino él, enseñándole una hoja de papel—. ¿Quieres leer esta nota?

Asintiendo, ella tomó la nota y leyó:

Ravenscroft:

He ido a Londres para poner a Moreton al tanto de nuestros planes. Me llevo la copia de la carpeta de Prewitt. Comprendo que esto te deja solo con Caroline, pero, sinceramente, eso no es más indecoroso que el que ella esté viviendo en Seacrest Manor con ambos.
Además, los dos me estáis volviendo loco.

Riverdale

Caroline levantó la vista y lo miró con recelo.

—No puede gustarte esta situación.

Él lo pensó. No, no le «gustaba» nada esa situación. No le «gustaba» tenerla bajo su techo, solo a la distancia de un brazo. No le «gustaba» que el objeto de su deseo estuviera ahí, a su disposición, para llegar y tomarlo. James no servía demasiado de carabina; lo cierto es que no era la persona más indicada para salvar su reputación si se corría la voz sobre esa insólita convivencia, pero era una especie de amortiguador entre él y Caroline. Ahora lo único que se interponía entre él y el fin de su maldita frustración y deseo era su conciencia.

Y su cuerpo ya comenzaba a sentirse muy frustrado con su conciencia.

Estaba seguro de que si hacía un esfuerzo bien planeado para seducirla, ella sería incapaz de impedírselo. A esa inocente criatura ni siquiera la habían besado antes; no se enteraría de que la hacía caer si él empleaba todas las armas sensuales de su arsenal.

Claro que no podía olvidar la presencia de Perriwick y de la señora Mickle. Esos dos criados se habían pegado a Caroline como crema agria a un panecillo, y a él no le cabía la menor duda de que protegerían su virtud con sus vidas.

La miró y vio que ella también estaba sumida en sus pensamientos. Pero, de repente, alzó el mentón y le dijo:

—Nos hemos portado de un modo muy infantil, ¿verdad? —Antes de que él pudiera asentir siquiera, añadió—: Claro que eso no es motivo suficiente para que el marqués necesitara alejarse cien millas de nosotros, sea cual sea la distancia que hay de aquí a Londres. Por cierto, ¿a qué distancia está Londres?

Él la miró pasmado; tenía el talento más extraordinario para frivolizar sobre los temas más serios.

—En realidad, unas cien millas —contestó.

—¿Sí? Nunca he estado en Londres. Me he movido entre Kent y Hampshire, con una breve estancia en Gloucestershire, pero nunca he estado en Londres.

—Caroline, ¿de qué estás hablando?

—Estoy intentando ser educada —contestó ella en el mismo tono de superioridad que empleaba él—. Pero me lo estás poniendo muy difícil.

Él lanzó un largo suspiro de frustración.

—Caroline, estaremos solos en la misma casa durante las próximas cinco semanas.

—Lo sé muy bien, señor Ravenscroft.

—Vamos a tener que esforzarnos por sacar el mejor partido de una situación incómoda.

—No veo ningún motivo para que sea incómoda.

Él no estaba de acuerdo. De hecho, su cuerpo estaba en total desacuerdo en ese mismo instante. Se sentía muy incómodo, y solo podía agradecer que el corte de los pantalones ocultara tan bien su incomodidad a los ojos de ella. Pero claro, no podía entrar en detalles sobre ese tema, así que se limitó a dirigirle su mirada más arrogante.

—¿No?

—No —contestó ella, sin intimidarse en absoluto—. No hay ningún motivo para que nos sintamos incómodos si simplemente tratamos de evitarnos.

—¿De verdad crees que podemos evitarnos durante tres semanas?

—¿Ese es el tiempo que piensa estar ausente el marqués?

—A juzgar por el tono de su carta, me atrevería a decir que piensa estar lejos el mayor tiempo posible.

—Bueno, supongo que podemos evitarnos. Esta es una casa muy grande.

Blake cerró los ojos. Ni todo el condado de Dorset era lo bastante grande.

—¿Blake? ¿Blake? ¿Te encuentras bien? Tienes la cara enrojecida, como si tuvieras fiebre.

—Estoy bien.

—Es extraordinario lo bien que se te entiende cuando hablas entre dientes. Pero, de todos modos, no tienes buen aspecto. Tal vez deberías meterte en la cama.

Blake sintió asfixiante el vestíbulo de repente.

—No es buena idea, Caroline —espetó.

—Lo sé, lo sé. Los hombres sois unos pacientes horribles. ¿Imaginas que tuvierais que dar a luz? La raza humana no habría llegado hasta aquí.

Él se giró sobre sus talones.

—Subiré a mi habitación.

—Estupendo. Es lo mejor que puedes hacer. Estoy segura de que te sentirás mucho mejor cuando hayas descansado un poco.

Blake no contestó, simplemente se dirigió a la escalera, pero cuando pisó el primer peldaño se dio cuenta de que ella lo seguía.

—¿Qué haces aquí? —gruñó.

—Te voy a seguir hasta tu habitación.

—¿Lo vas a hacer por algún motivo en particular?

—Me voy a ocupar de tu bienestar.

—Ve a otra parte a ocuparte de eso.

—Eso es imposible —dijo ella con firmeza.

—Caroline —dijo él, temiendo que la mandíbula se le rompiera en cualquier momento—, me estás poniendo de los nervios.

—Claro que sí. En tu estado cualquiera tendría los nervios de punta. Es evidente que padeces algún tipo de enfermedad.

Él subió dos peldaños con paso decidido.

—No estoy enfermo.

Ella subió un peldaño, también con paso decidido.

—Lo estás, seguro. Podrías tener una fiebre o tal vez una infección en la garganta.

Él se giró a mirarla.

—Repito, no estoy enfermo.

—No me hagas repetir lo que he dicho. Ya estamos actuando de un modo infantil. Y si no me permites que cuide de ti, te enfermarás aún más.

Blake sintió que la presión aumentaba dentro de él y que no podía contenerla.

—No estoy enfermo.

Ella lanzó un suspiro de frustración.

—Blake, solo quiero...

Blake la agarró por debajo de las axilas y la levantó hasta que la nariz tocó con la suya y los pies le quedaron colgando.

—No estoy enfermo, Caroline —repitió en tono seco—. No tengo fiebre, no tengo ninguna infección en la garganta y no necesito que me cuides, ¡maldita sea! ¿Entiendes?

Ella asintió.

—¿Podrías bajarme hasta el suelo?

—De acuerdo. —La bajó sin miramiento alguno, y acto seguido se dio media vuelta y continuó subiendo por la escalera.

Pero Caroline lo siguió.

Cuando llegó al pasillo, se giró a mirarla y espetó:

—Pensé que deseabas evitarme.

—Sí, claro. Y lo deseo, en serio, pero estás enfermo y...

—¡No estoy enfermo! —estalló.

Ella no dijo nada, y quedó claro que no le creía.

Él se plantó las manos en las caderas y acercó la cara a la de ella hasta que sus narices estuvieron apenas a un dedo de distancia.

—Lo diré lento para que lo entiendas. Me-voy-a-mi-habitación. No me sigas.

Ella no le hizo caso.

—¡Por Dios, mujer! —estalló él, dos segundos después, cuando ella chocó con él al dar la vuelta a la esquina—. ¿Qué hace falta para que te entre una orden en la cabeza? Eres como una plaga, la peste, eres... ¡Vamos ! ¿Qué demonios te pasa ahora?

La cara de Caroline, tan decidida a cuidarlo, había palidecido.

—No pasa nada —dijo ella, sorbiendo por la nariz.

—Es evidente que pasa algo.

Ella se encogió de hombros.

—Percy me decía lo mismo. Sé que es un idiota, pero duele de todas formas. Tan solo pensé que podría...

Blake se sintió como el peor de los hombres.

—¿Qué pensaste, Caroline? —preguntó con amabilidad.

Ella negó con la cabeza y, dándose media vuelta, echó a andar por el pasillo, alejándose.

Él la contempló un instante, tentado de dejarla marchar. Al fin y al cabo la había sentido durante toda la mañana como una espina clavada en el costado, por no hablar de otras partes de su anatomía. La única manera de tener algo de paz era tenerla fuera de su vista.

Pero a ella le había temblado el labio inferior, tenía los ojos llorosos y...

—¡Maldición! —masculló—. ¡Caroline, vuelve aquí!

Ella no le hizo caso, así que echó a andar y le dio alcance cuando estaba a punto de comenzar a bajar la escalera. En dos zancadas se interpuso entre ella y la escalera.

—Detente, Caroline.

Ella sorbió por la nariz y lo miró.

—¿Qué pasa, Blake? Debo irme. Sin duda sabes cuidar de ti mismo. Eso has dicho y está claro que no me necesitas para...

—¿Por qué me ha parecido que ibas a echarte a llorar?

Ella tragó saliva.

—No iba a llorar.

Él se cruzó de brazos, mirándola con expresión de que no la creía ni por un instante.

—Dije que no era nada —añadió ella.

—No voy a dejarte bajar la escalera hasta que no me digas qué te pasa.

—Muy bien, entonces me iré a mi dormitorio. —Se giró y echó a andar, pero él la agarró de la falda y la hizo retroceder—. Supongo que ahora vas a decirme que no me dejarás marchar hasta que te lo diga —gruñó.

—Te estás volviendo astuta en la vejez.

Ella se cruzó de brazos, indignada.

—¡Vamos, por el amor de Dios! Ya rayas en lo ridículo.

—Una vez te dije que eres mi responsabilidad, Caroline, y no me tomo a la ligera mis responsabilidades.

—¿Y con eso quieres decir...?

—Que si lloras, deseo ponerle fin a eso.

—No estoy llorando.

—Estabas a punto de hacerlo.

—¡Oh, vamos! —exclamó ella, levantando los brazos, desesperada—. ¿Nunca te han dicho que eres tan cabezota como... como...?

—¿Como tú? —acabó él.

Ella cerró los labios con firmeza y le fulminó con la mirada.

—Adelante, Caroline. No te voy a dejar marchar hasta que no me lo digas.

—Muy bien. ¿Quieres saber por qué estoy dolida? Pues te lo diré. —Tragó saliva, para armarse de un valor que no tenía—. ¿Te das cuenta de que me has comparado con una plaga?

—¡Vamos, por el amor de Dios!

Se mordió el labio para no soltar maldiciones en su presencia.

Aunque su presencia no se lo había impedido antes, pensó ella con mordacidad.

—Debes saber que no lo dije en sentido literal —añadió él entonces.

—De todos modos has herido mis sentimientos.

Él la miró fijamente.

—Estoy de acuerdo en que no ha sido un comentario agradable, y te pido disculpas, pero te conozco lo bastante bien para saber que eso por sí solo no te haría llorar.

—No he llorado —dijo ella de forma automática.

—Casi —corrigió él—, y quiero que me cuentes toda la historia.

—¡Ah, de acuerdo! Percy se pasaba todo el tiempo llamándome «plaga» y «peste». Eran sus insultos favoritos.

—Ya me lo habías contado, y lo acepto como prueba de que dije una estupidez.

Ella tragó saliva y giró la cara.

—Nunca le di importancia a sus palabras. Era Percy, al fin y al cabo, y es un idiota, pero cuando lo dijiste tú...

Blake cerró los ojos y los mantuvo así durante un momento, temiendo lo que vendría a continuación.

A ella le salió un sonido ahogado cuando dijo:

—Entonces pensé que quizá es cierto.

—Caroline...

—Porque tú no eres un idiota, y eso lo sé como sé que Percy sí lo es.

—Caroline, soy un idiota —dijo él con firmeza—. Soy un maldito idiota por hablarte de una manera que no te haga sentir lo mejor posible.

—No es necesario que mientas para hacerme sentir mejor.

Él la miró con el ceño fruncido, o mejor dicho, le miró la coronilla porque ella se estaba observando los pies.

—Te dije que nunca miento.

Ella levantó la cara y lo miró desconfiada.

—Me dijiste que *rara vez* mientes.

—Miento cuando está en juego la seguridad de Gran Bretaña, no tus sentimientos.

—No sé si eso es un insulto.

—No ha sido un insulto, Caroline. ¿Y por qué has pensado que era una mentira?

Ella puso los ojos en blanco.

—Anoche no fuiste nada amable conmigo.

—Anoche deseaba estrangularte, ¡maldita sea! Pusiste tu vida en peligro sin tener un buen motivo.

—A mí me pareció que salvarte la vida era un buen motivo —replicó ella.

—No quiero discutir sobre eso ahora. ¿Aceptas mis disculpas?

—¿Sobre qué?

Él arqueó una ceja.

—¿Con eso quieres decir que hay más faltas por las que deba pedir disculpas?

—Señor Ravenscroft, no puedo contar de memoria tantos números seguidos.

Él sonrió de oreja a oreja.

—Ahora sé que me has perdonado, porque haces bromas.

Entonces ella arqueó una ceja, y él observó que se las arreglaba para parecer tan arrogante como él.

—¿Y qué te hace pensar que era una broma? —preguntó.

Pero al decirlo se echó a reír, estropeando el efecto.

—¿Estoy perdonado?

Ella asintió.

—Percy no me pedía disculpas jamás.

—Es evidente que Percy es un idiota.

Entonces ella esbozó una sonrisa triste que casi le derritió el corazón a él.

—Caroline —dijo, casi sin reconocerse la voz.

—¿Sí?

—¡Ah, demonios!

Bajó la cabeza y le rozó los labios con los suyos, en un beso suave como el roce de una pluma. No era que deseara besarla; necesitaba hacerlo como necesitaba el aire y el agua, como necesitaba el sol de la tarde en su rostro. Ese beso fue casi espiritual, y se le estremeció todo el cuerpo con el simple contacto de sus labios.

—¡Oh, Blake! —suspiró ella, como si se sintiera tan aturdida como él.

Él deslizó los labios por la elegante curva de su cuello.

—Caroline —murmuró—, no sé por qué... No lo entiendo, pero...

—No me importa —dijo ella, en tono decidido, teniendo en cuenta que tenía la respiración muy agitada.

Le echó los brazos al cuello y le correspondió el beso con inocente desenfado.

Sentir la cálida presión de su cuerpo contra el suyo fue más de lo que él era capaz de soportar, así que la tomó en brazos y la llevó por el pasillo hasta su dormitorio. Cerrando la puerta con el pie, la depositó en la cama y la cubrió con su cuerpo, con una posesividad que no imaginaba volver a sentir.

—Te deseo. Te deseo ahora, de todas las maneras posibles.

Su dulce calor lo invitaba a continuar. Sin pérdida de tiempo hizo volar los dedos por los botones de su vestido, sacándolos de sus ojales con facilidad.

—Dime qué deseas —murmuró.

Ella negó con la cabeza.

—No lo sé.

—Sí que lo sabes —dijo él, bajándole el corpiño hasta dejar desnudo un delicado hombro.

Ella lo miró a la cara.

—Sabes que nunca he...

Él le colocó un dedo sobre los labios.

—Lo sé, pero eso no importa. De todos modos sabes lo que es agradable.

—Blake, yo...

—¡Chis! —Cerró sus labios con un beso ardiente y volvió a abrirlos con un movimiento de la lengua—. Por ejemplo —murmuró, con la boca sobre la suya—, ¿deseas más de esto?

Ella se quedó inmóvil un instante y él sintió luego cómo subían y bajaban sus labios al mover la cabeza en gesto de asentimiento.

—Entonces lo tendrás.

La besó con pasión, saboreando su sutil sabor a menta. Ella gimió de placer y le colocó una mano en la mejilla, insegura.

—¿Te ha gustado eso? —le preguntó con timidez.

Él lanzó un gruñido, quitándose la corbata.

—Puedes acariciarme y besarme donde quieras. Ardo con solo verte. ¿Puedes imaginar lo que me provoca una caricia?

Ella se deslizó un poco hacia abajo y le besó la suave mandíbula. Después le pasó los labios por la oreja y por el cuello, y él pensó que se moriría en sus brazos si no satisfacía su pasión. Le bajó aún más el corpiño, hasta dejar al descubierto un pecho pequeño aunque de forma perfecta.

Bajó la cabeza y atrapó el pezón con la boca, sintiendo que el rosado capullo se endurecía entre sus labios. Ella gemía su nombre, y él tuvo la seguridad de que lo deseaba.

Y saber eso lo emocionó.

—¡Oh, Blake! ¡Oh, Blake! —gimió ella—. ¿Puedes hacerlo otra vez?

—Te aseguro que sí —dijo él, con una risita.

Ella hizo una rápida inspiración cuando él le succionó con más fuerza.

—¿Esto está permitido?

La risita se convirtió en una risa gutural.

—Todo está permitido, tesoro.

—Sí, pero... ¡Ooooh!

Blake sonrió con una arrogancia muy masculina cuando las palabras de ella se volvieron incoherentes.

—Y ahora —dijo, sonriendo travieso— te lo puedo hacer en el otro.

Le bajó el corpiño por el otro hombro, pero justo cuando dejó al descubierto su premio, oyó un ruido.

Perriwick.

—¿Señor? ¡Señor! —exclamaba el mayordomo, acompañando los gritos con insistentes y molestos golpes en la puerta.

—¡Blake! —exclamó Caroline.

—¡Chis! —Le tapó la boca con la palma de la mano—. Se marchará.

—¡Señor Ravenscroft! ¡Es muy urgente!

—No creo que se marche —susurró ella, y la palma de su mano ahogó sus palabras.

—¡Perriwick! —gritó él—. Estoy ocupado. Vete. ¡Ahora mismo!

—Sí, eso me imaginé —contestó el mayordomo—. Es lo que me temía.

—Sabe que estoy aquí —siseó Caroline. Entonces se puso roja como una fresa—. ¡Ay, Dios mío! Sabe que estoy aquí. ¿Qué he hecho?

Blake soltó una maldición en voz baja. Estaba clarísimo que ella acababa de recuperar la sensatez y recordado que ninguna dama hacía el tipo de cosas que ella estaba haciendo. Y, ¡maldición!, eso le recordaba también a él que era incapaz de aprovecharse de ella cuando le funcionaba la conciencia.

—No puedo permitir que Perriwick me vea —dijo ella, desesperada.

—Solo es el mayordomo —contestó él, consciente de que no se trataba de eso, pero estaba tan frustrado que no le importaba.

—Es mi amigo. Y a mí su opinión sí me importa.

—¿A quién?

—A mí, idiota.

Ya estaba de pie componiendo su apariencia, aunque con las prisas no lograba pasar los botones por los ojales.

—Por aquí —dijo él, empujándola—. Entra en el cuarto de baño.

En el último instante ella se acordó de recoger sus zapatos y entró corriendo en el pequeño cuarto. Tan pronto como se cerró la puerta, oyó a Blake abrir con violencia la puerta del dormitorio y decir muy molesto:

—¿Qué se te ofrece, Perriwick?

—Si me permite el atrevimiento, señor...

—Perriwick —dijo Blake, en tono de clara advertencia.

Caroline temió por la seguridad del mayordomo si no le decía inmediatamente de qué se trataba. A ese paso, era probable que Blake lo arrojara por la ventana de una patada.

—De acuerdo, señor. Se trata de la señorita Trent. No la encuentro por ninguna parte.

—No sabía que la señorita Trent debía informarlo de su paradero en todo momento.

—No, claro que no, señor Ravenscroft, pero es que encontré esto en lo alto de la escalera y...

Caroline se acercó más a la puerta, preguntándose qué sería «esto».

—Seguro que se le ha caído —dijo Blake—. Las cintas se les caen del pelo a las damas todo el tiempo.

Al instante ella se tocó la cabeza. ¿En qué momento se le había caído la cinta? ¿Blake le había pasado la mano por el pelo cuando la estaba besando en el pasillo?

—Lo sé —contestó Perriwick—, pero me preocupó de todos modos. Si hubiera sabido dónde estaba, me habría quedado más tranquilo.

—Da la casualidad de que sé dónde está la señorita Trent —dijo Blake.

Caroline ahogó una exclamación. No iría a delatarla, ¿verdad?

—Decidió aprovechar el buen tiempo para salir a dar un paseo por el campo —continuó Blake.

—Pero yo creía que su presencia en Seacrest Manor era un secreto.

—Lo es, pero no hay ningún motivo para que no pueda salir mientras no se aleje demasiado. Son muy pocos los carruajes que pasan por este camino. No creo que nadie la vea.

—Comprendo. Estaré atento, entonces. Tal vez querrá comer algo cuando vuelva.

—Seguro que querrá hacerlo.

Caroline se tocó el estómago. La verdad es que tenía un poco de hambre, y si era totalmente sincera, la idea de dar un paseo por la playa parecía muy agradable. Justo lo que necesitaba para despejar su cabeza, que tenía totalmente embotada.

Se apartó unos cuantos pasos de la puerta y se apagaron las voces de Blake y Perriwick. Entonces, al girarse, descubrió que en la pared opuesta a la del dormitorio había otra puerta. Fue hasta allí, movió con sumo cuidado el pomo y la puerta se abrió, viendo que daba a una escalera lateral que solían utilizar los criados. Miró atrás por encima del hombro hacia Blake, aun sabiendo que no lo vería.

Él dijo que podía salir a dar un paseo, ¿no?, aunque lo hubiera utilizado para engañar al pobre Perriwick. Así que no vio ningún motivo para no hacer exactamente eso.

A los pocos segundos ya había bajado la escalera y salido. Un minuto más tarde ya estaba fuera de la vista de la casa e iba caminando por el borde del acantilado que daba a las aguas azul grisáceas del Canal.

El aire del mar era muy vigorizante, pero no tanto como saber que Blake se quedaría pasmado cuando se asomara al cuarto de baño y descubriera que ella ya no estaba.

«Pues que se fastidie», pensó. No le vendría mal tener un poco de confusión en su vida.

14

guiñar (verbo): 1. Cerrar un ojo. 2. Entornar ligeramente los párpados; pestañear.

«He descubierto que las situaciones que me ponen nerviosa me inducen a *guiñar* o a tartamudear.»

Del diccionario personal de Caroline Trent

Una hora después, Caroline se sentía como nueva, al menos en la parte física. El aire fresco y salado tenía extraordinarias virtudes reconstituyentes para los pulmones. Por desgracia, no era tan eficaz para el corazón y la cabeza.

¿Amaba a Blake Ravenscroft? Era de esperar que sí. Le gustaría pensar que no se habría comportado de una manera tan indecente con un hombre por el que no sintiera un afecto profundo.

Sonrió con sarcasmo. Lo que debería estar pensando era si Blake le tenía afecto a ella. Creía que sí, o al menos un poco. Su preocupación por su seguridad y bienestar fueron evidentes la noche pasada, y cuando la besó..., bueno, no sabía mucho sobre besos, pero percibió una especie de hambre en él, y el instinto le decía que ese hambre lo reservaba solo para ella.

Y era capaz de hacerlo reír. Eso tenía que contar algo.

Justo cuando comenzaba a encontrarle sentido a su situación, oyó un ruido, seguido por crujidos como de madera al romperse, y luego un grito claramente femenino.

¿Qué estaba ocurriendo?, pensó, arqueando las cejas. Deseó ir a mirar, pero no debía revelar su presencia en Bournemouth. Aunque no era probable que ningún amigo de Oliver viajara por ese camino tan poco transitado, si alguien la reconocía sería todo un desastre. De todos modos, alguien podría estar en problemas.

La curiosidad ganó a la prudencia y se dirigió a toda prisa hasta el lugar donde había oído el ruido. No obstante, al acercarse aminoró el paso, por si consideraba que le convenía continuar escondida.

Ocultándose detrás de un árbol, asomó la cabeza hacia el camino. Un espléndido carruaje aparecía medio volcado sobre el camino de tierra, con una rueda rota. Alrededor del carruaje iban y venían tres hombres y dos damas. Nadie parecía haber sufrido daño alguno, así que decidió continuar detrás del árbol, hasta que hubiera evaluado la situación.

Muy pronto la escena se convirtió para ella en un fascinante rompecabezas. ¿Quiénes eran esas personas y qué había ocurrido? No tardó en darse cuenta de que quien estaba al mando era la dama mejor vestida: una joven muy hermosa, de pelo negro, cuyos rizos asomaban por debajo de la papalina, y que daba órdenes de una manera que revelaba que había tratado con sirvientes toda su vida. Le calculó treinta años, tal vez algo más.

La otra dama era probablemente su doncella, y de los hombres, supuso que uno era el cochero y los otros dos, escoltas. Los tres hombres vestían la misma librea de color azul oscuro. Quienesquiera que fueran esas personas, eran de una casa muy rica.

Tras un minuto revisando el carruaje, la dama al mando envió al cochero y a uno de los jinetes en dirección al norte, posiblemente en busca de ayuda. Después miró los baúles que habían caído del carruaje y dijo:

—Podríamos usarlos para sentarnos.

Entonces los tres viajeros que quedaban se sentaron a esperar.

Pasado un minuto de estar ahí sentada sin hacer nada, la dama giró la cabeza hacia su doncella y le preguntó:

—¿Mi bordado está en algún lugar accesible?

La doncella negó con la cabeza.

—Está dentro del baúl más grande, milady.

—¡Ah! El que sigue sujeto en el techo del carruaje como por milagro.

—Sí, milady.

La dama lanzó un largo suspiro.

—Bueno, supongo que debemos agradecer que no haga un calor horroroso.

—O que esté lloviendo —terció el jinete.

—O nevando —añadió la doncella.

La dama la miró molesta.

—Sinceramente, Sally, ¿cómo va a nevar en esta época del año?

La doncella se encogió de hombros.

—Cosas más raras se han visto. Al fin y al cabo, ¿quién habría pensado que íbamos a perder una rueda de esta manera, siendo este el carruaje más caro que se puede comprar?

Caroline sonrió y comenzó a alejarse con sigilo. Estaba claro que esas personas no habían sufrido ningún daño y que el resto del grupo volvería pronto con ayuda. Sería mejor mantener su presencia en secreto. Cuantas menos personas supieran que estaba ahí en Bournemouth, mejor. Al fin y al cabo, ¿y si esa señora era amiga de Oliver? Aunque eso era muy improbable, claro. La dama parecía tener sentido del humor y buen gusto, lo cual eliminaba al instante a Oliver Prewitt de su círculo de amistades. De todos modos, nunca se es demasiado prudente.

Ironías de la vida, justamente se estaba diciendo que «nunca se es demasiado prudente», cuando dio un mal paso, tropezó y pisó una rama seca que se partió en dos con un fuerte ruido.

—¿Quién anda ahí? —preguntó la dama.

Caroline se quedó inmóvil.

—Muéstrese ahora mismo.

¿Sería capaz de correr más rápido que el jinete de la escolta? No era probable y, de hecho, el hombre ya venía caminando decidido en su dirección, con la mano puesta en algo abultado que sobresalía de su bolsillo; algo que, tuvo la molesta sospecha, era una pistola.

—Solo soy yo —se apresuró a decir, saliendo al claro.

La dama ladeó la cabeza, entrecerrando levemente sus ojos grises.

—Buenos días, «yo». ¿Quién es usted?

—¿Quién es usted? —le preguntó Caroline.

—Yo pregunté primero.

—¡Ah! Pero yo estoy sola y usted está segura entre sus compañeros de viaje. Por lo tanto, según las normas más elementales de la cortesía, a usted le corresponde revelar su identidad primero.

La mujer echó atrás la cabeza, en un gesto de admiración y sorpresa al mismo tiempo.

—Mi querida niña, ¡qué tonterías dice! Sé todo lo que hay que saber sobre las normas de la cortesía.

—Mmm... Ya me lo temía.

—Por no hablar —continuó la dama— de que yo soy la única de las dos que está acompañada de un criado armado. Así que, tal vez, deba ser usted la que revele su identidad primero.

—Tiene razón en ese punto —concedió Caroline, mirando el arma con un gesto de recelo.

—Rara vez hablo con el único fin de oír mi voz.

Caroline suspiró.

—Ojalá yo pudiera decir lo mismo. Muchas veces hablo sin pensar primero en lo que voy a decir. Es un hábito horrible. —Se mordió el labio al darse cuenta de que le estaba revelando sus defectos a una desconocida—. Como ahora —añadió, cohibida.

La dama simplemente se echó a reír. Fue una risa alegre, amistosa, que tranquilizó a Caroline al instante. La tranquilizó tanto, que dijo:

—Me llamo señorita... Dent.

—¿Dent? No conozco ese apellido.

—No es muy común —dijo Caroline encogiéndose de hombros.

—Comprendo. Yo soy la condesa de Fairwich.

¿Una condesa? ¡Por Dios! Al parecer últimamente había unos cuantos aristócratas en ese pequeño rincón de Inglaterra. Primero James y ahora esa condesa. Y Blake, aunque no tenía título, era el segundo hijo del vizconde de Darnsby. Miró hacia el cielo y le dio las gracias mentalmente a su madre por haberle enseñado las reglas de la etiqueta antes de morir. Sonriendo e inclinándose en una reverencia, dijo:

—Encantada de conocerla, lady Fairwich.

—Y yo a usted, señorita Dent. ¿Vive en la zona?

¡Ay, Dios! ¿Cómo contestar a eso?

—No demasiado lejos —contestó, evasiva—. Cuando el tiempo es bueno me gusta dar largas caminatas. ¿Usted también es de la zona?

Al instante se mordió el labio. ¡Qué pregunta más estúpida! Si la condesa era de la zona de Bournemouth, lo lógico es que todo el mundo lo supiera y, claro, con eso ella se había revelado como una impostora.

Pero la suerte estaba de su parte, pues la condesa dijo:

—Fairwich está en Somerset. Pero hoy vengo de Londres.

—¿Sí? Nunca he estado en nuestra capital. Me gustaría ir algún día.

La condesa se encogió de hombros.

—En verano es algo calurosa con tanta gente. No hay nada como el aire fresco del mar para sentirse sana y revitalizada.

Caroline le sonrió.

—Desde luego. Aunque, ¡ay de mí si también sanara un corazón roto!

¡Ay, boca estúpida! ¿Por qué había dicho eso? Su intención había sido hacer una broma, pero la condesa estaba sonriendo de oreja a oreja y mirándola de una manera maternal, lo que significaba que le iba a hacer una pregunta muy personal.

—¡Ay, Dios! ¿Tiene el corazón roto?

—Digamos que un poco magullado —dijo, pensando que se estaba volviendo una experta en el arte de mentir—. Es un muchacho al que conozco de toda la vida. Nuestros padres tenían la esperanza de que nos casaríamos, pero...

Se encogió de hombros, dejando que la condesa sacara sus propias conclusiones.

—Una lástima. Es usted una muchacha encantadora. Debería presentársela a mi hermano. Vive por aquí cerca.

—¿Su hermano? —preguntó Caroline, fijándose en los rasgos de la condesa. Pelo negro. Ojos grises.

¡Ay, no!

—Sí. Es el señor Blake Ravenscroft, de Seacrest Manor. ¿Le conoce?

Caroline casi se atragantó con la lengua, pero se las arregló para decir:

—Nos han presentado.

—Iba de camino a hacerle una visita. ¿Estamos muy lejos de su casa? Nunca he estado aquí.

—No, no, está... justo al otro lado de esa loma.

Señaló en dirección a Seacrest Manor, y se apresuró a bajar la mano al notar que le temblaba. ¿Qué podía hacer? No podía continuar en Seacrest Manor si estaba ahí la hermana de Blake. ¡Maldición! ¿Por qué no le había dicho que su hermana vendría a hacerle una visita?

A no ser que no lo supiera. ¡Oh, no! Blake se pondría furioso. Tragó saliva con nerviosismo y dijo:

—No sabía que el señor Ravenscroft tenía una hermana.

La condesa agitó la mano de una manera que al instante le recordó a Blake.

—Es un granuja. Siempre nos olvida. Nuestro hermano mayor acaba de tener una hija. He venido a darle la noticia.

—¡Ah! Pues estoy segura de que estará encantado.

—Usted es la única que piensa así. Yo estoy segura de que se molestará muchísimo.

Caroline pestañeó sin entender.

—David y Sarah han tenido una hija. Es la cuarta hija, lo que significa que Blake sigue siendo segundo en la línea de sucesión del vizcondado.

—¡Ah! Comprendo.

En realidad no entendía nada, pero estaba tan contenta por no haber tartamudeado que no le importaba.

La condesa lanzó un suspiro.

—Si Blake llega a ser el vizconde de Darnsby, lo que no es del todo improbable, tendrá que casarse para engendrar un heredero. Y si usted vive en esta zona, seguro que sabe que es un soltero empedernido.

—La verdad es que no le conozco mucho. —Pensando que tal vez había dicho eso con demasiada energía para convencer a nadie, añadió—: Solo le he visto en... en funciones de la localidad. En bailes del condado y esas cosas.

—¿De veras? —preguntó la condesa con no disimulado interés—. ¿Mi hermano ha asistido a los bailes del condado? Increíble.

—Bueno —dijo Caroline, tragando saliva de nuevo—, solo asistió una vez. Esta es una comunidad pequeña cerca de Bournemouth, así que naturalmente sé quién es. Todo el mundo lo sabe.

La condesa permaneció en silencio un momento y de repente le preguntó:

—¿Dice que la casa de mi hermano no está muy lejos?

—No, milady. No le llevaría más de un cuarto de hora llegar a pie. —Miró los baúles—. Claro que tendrá que dejar aquí sus cosas.

La condesa agitó la mano de esa manera que ella ya comenzaba a llamar «gesto Ravenscroft».

—Le diré a mi hermano que envíe a sus hombres a buscarlos.

—¡Ah! Pero es que...

Comenzó a toser de forma ruidosa para evitar decir que Blake solo tenía tres criados, y que de estos, solamente el ayuda de cámara era lo bastante fuerte para levantar algo pesado.

La condesa le dio una buena palmada en la espalda.

—¿Se siente mal, señorita Dent?

—Estoy bien, lo que pasa es que he tragado un poco de polvo.

—Su tos sonó muy parecida a un trueno.

—Sí, bueno, de vez en cuando me vienen accesos de tos.

—¿Sí?

—Una vez hasta me quedé muda.

—¿Muda? No logro imaginármelo.

—Yo tampoco me lo imaginaba —dijo Caroline con sinceridad—, hasta que ocurrió.

—Bueno, seguro que tiene irritadísima la garganta. Debe acompañarnos a casa de mi hermano. Un poco de té es justo lo que necesita para recuperarse.

Caroline volvió a toser, esta vez de verdad.

—No, no, no, no, no —dijo, con más rapidez de la que habría querido—. Eso no es necesario, de verdad. No quisiera molestar.

—¡Ah! Pero es que no es molestia. Al fin y al cabo, necesito que nos guíe hasta Seacrest Manor. Ofrecerle té y algo de sustento es lo mínimo que puedo hacer para compensar su amabilidad.

—No es necesario, de verdad. Y llegar a Seacrest Manor es muy fácil. Lo único que tiene que hacer es seguir el...

—Tengo un sentido de la orientación horrible —interrumpió la condesa. La semana pasada, sin ir más lejos, me perdí en mi casa.

—Me cuesta creerlo, lady Fairwich.

La condesa se encogió de hombros.

—Es una casa muy grande. Llevo diez años casada con el conde y aún no he puesto un pie en el ala este.

Caroline se limitó a tragar saliva y a esbozar una tímida sonrisa, pues no se le ocurrió nada para responder a eso.

—Insisto en que nos acompañe —continuó la condesa, pasando el brazo por el de ella—. Y le advierto que no va a sacar nada de discutir conmigo. Siempre me salgo con la mía.

—Eso, lady Fairwich, no lo encuentro nada difícil de creer.

La condesa lanzó una risa cantarina.

—Señorita Dent, creo que usted y yo nos vamos a llevar de maravilla.

Caroline casi se atragantó.

—Entonces, ¿piensa quedarse un tiempo aquí?

—¡Ah, no! Tan solo una semana. Me pareció idiota hacer todo el camino hasta aquí y volverme enseguida.

—¿Todo el camino? ¿No son solamente cien millas? —le preguntó Caroline con el ceño fruncido.

¿No había sido eso lo que le dijo Blake esa mañana?

La condesa hizo su gesto agitando la mano.

—Cien millas, doscientas millas, quinientas millas... ¿Qué más da si tengo que hacer el equipaje?

—Esto... Eh... Pues no lo sé —contestó Caroline, sintiéndose como si la hubiera derribado un remolino.

—¡Sally! —exclamó la condesa, girándose hacia su doncella—. La señorita Dent me va a acompañar a casa de mi hermano. ¿Te quedas aquí con Felix para custodiar nuestro equipaje? Enviaremos a alguien a recogerlo lo antes posible.

Y dicho esto la condesa avanzó un paso en dirección a Seacrest Manor, llevando prácticamente a rastras a Caroline.

—Creo que mi hermano se va a sorprender al verme.

Caroline avanzó con piernas temblorosas.

—Creo que sí.

Blake no estaba de buen humor.

Era evidente que había perdido hasta la última gota de sentido común. No se le ocurría ningún otro motivo que explicara por qué se había llevado a Caroline a su habitación y había estado a punto de seducirla a plena luz del día. Y, por si eso fuera poco, estaba dolorido por la necesidad insatisfecha gracias a su entrometido mayordomo.

Pero la peor parte de todo era no saber dónde estaba Caroline. Había registrado toda la casa, de arriba abajo, de delante atrás, y no aparecía por ninguna parte. No creía que hubiera huido; tenía demasiado sentido común como para hacer eso. Probablemente andaba vagando por el campo, intentando despejar su cabeza.

Y eso sería algo muy comprensible si su retrato no estuviera impreso y pegado en las paredes de todo el condado. El retrato era muy malo, sí (seguía pensando que deberían haberla dibujado sonriendo), pero de todos modos, si alguien la encontraba y la entregaba a Prewitt...

Tragó saliva con incomodidad. No le gustaba esa sensación de vacío que le producía la idea de que ella se hubiera marchado.

¡Maldita fuera! Ahora no tenía tiempo para ese tipo de complicaciones, y en su corazón no tenía espacio para otra mujer.

Soltando una maldición en voz baja fue hasta la ventana, apartó la vaporosa cortina y miró hacia el jardín. Caroline debió de haber salido por la escalera de servicio; esa era la única salida a la que se podía acceder desde el cuarto de baño. Miró con atención todo el terreno, pero claro, ya había mirado hacia ese lado varias veces; tenía la sensación de que ella volvería a casa por el mismo camino por el que se había marchado. No sabía por qué; simplemente le parecía el tipo de persona que haría eso.

Pero no había señales de ella, así que volvió a maldecir y dejó caer la cortina. Entonces fue cuando oyó un golpe estridente en la puerta principal.

Maldiciendo por tercera vez e irritadísimo por haberse equivocado en su previsión de lo que ella haría, se dirigió hacia la puerta con largas zancadas y con la cabeza bullendo con el sermón que iba a soltarle. Cuando hubiera acabado de regañarla, ella no se atrevería a desquiciarlo nunca más con su temeridad.

Agarró el pomo de la puerta, la abrió bruscamente y gruñó furioso:

—¡¿Dónde demonios has...?!

Se quedó con la boca abierta.

Pestañeó.

Cerró la boca.

—¿Penelope?

15

fratricidio (sustantivo): El acto de matar a un hermano o hermana.

«Temí un *fratricidio*, de verdad.»

Del diccionario personal de Caroline Trent

Penelope le sonrió alegremente y entró en el vestíbulo.

—¡Qué alegría verte, Blake! Supongo que estás sorprendido.

—Sí, eso podría decirse.

—Habría llegado antes...

¿Antes?

—... pero tuve un pequeño accidente con el carruaje, y si no hubiera sido por la encantadora señorita Dent...

Blake miró hacia la puerta y vio a Caroline.

¿Caroline?

—... me habría quedado ahí tirada. Claro que no tenía ni idea de que estábamos tan cerca de Seacrest Manor y, como iba diciendo, si no fuera por la encantadora señorita Dent...

Él volvió a mirar a Caroline, que le hacía gestos desesperados negando con la cabeza.

¿Señorita Dent?

—... vete a saber cuánto tiempo habría estado sentada en mi baúl a un lado del camino, a solo unos minutos de mi destino. —Hizo una pausa para respirar y le sonrió de oreja a oreja—. ¿No te mata el sarcasmo?

—Eso no es lo único —masculló Blake.

Penelope se puso de puntillas y lo besó en la mejilla.

—Estás igual que siempre, querido hermano. Ni el más mínimo sentido del humor.

—Tengo muy buen sentido del humor —dijo él a la defensiva—. Lo que pasa es que no estoy acostumbrado a visitas inesperadas. Y has traído además a la señorita...

¿Cómo demonios la había llamado su hermana?

—Dent —suplió Caroline—. Señorita Dent.

—¡Ah! ¿Y nos han presentado?

Su hermana lo miró enfadada, lo cual no lo sorprendió en absoluto. Un caballero no debe olvidar el nombre de una dama, y Penelope daba muchísima importancia a los buenos modales.

—¿No lo recuerdas? —dijo ella en voz muy alta—. Fue en el baile del condado, el otoño pasado. La señorita Dent me lo contó todo.

¿El baile del condado? ¿Qué tipo de historias se había inventado Caroline?

—Sí, cómo no —dijo él con amabilidad—. Aunque no recuerdo quién nos presentó. ¿Fue su primo?

—No —contestó Caroline, con una voz tan dulce que podría haberle salido miel por la boca—. Fue mi tía abuela, la señora Mumblethorpe. ¿No la recuerda?

—¡Ah, sí! —exclamó él, muy animado, indicándole con un gesto que entrara en el vestíbulo—. La magnífica señora Mumblethorpe. ¿Cómo he podido olvidarlo? Es una dama singular. La última vez nos hizo una demostración de su recién adquirida habilidad para cantar a la tirolesa.

Caroline se tropezó al subir el peldaño.

—Sí —dijo entre dientes, apoyando el brazo en el marco de la puerta para no caerse—, lo pasó de maravilla en su viaje a Suiza.

—Mmm... Sí, eso dijo. Por cierto, cuando terminó su demostración creo que todo el condado ya sabía lo mucho que había disfrutado de su viaje.

Penelope los estaba escuchando con mucho interés.

—Tendrá que presentarme a su tía, señorita Dent. Al parecer, es una persona muy interesante. Me gustaría muchísimo conocerla mientras estoy en Bournemouth.

—¿Cuánto tiempo piensas quedarte? —terció Blake.

—Creo que no podré presentarle a mi tía Hortense —le dijo Caroline a Penelope—. Disfrutó tanto con su viaje a Suiza que ha decidido hacer otro.

—¿Adónde? —le preguntó Penelope.

—Sí, ¿adónde? —repitió Blake, encantado por la expresión de terror que pasó por la cara de Caroline mientras intentaba buscar algún país adecuado.

—A Islandia —soltó ella.

—¿A Islandia? —repitió Penelope—. Jamás he conocido a nadie que haya visitado Islandia.

Caroline se las arregló para esbozar una tensa sonrisa y explicó:

—Siempre ha sentido fascinación por las islas.

—Eso explica su reciente visita a Suiza —dijo Blake, en un tono de perfecto sarcasmo.

Caroline se volvió de espaldas y le dijo a Penelope:

—Tendríamos que ocuparnos de enviar a alguien a traer su equipaje, milady.

—Sí, sí, dentro de un momento. Pero antes de que me olvide de contestar a tu grosera pregunta, Blake, te diré que espero estar aquí una semana, puede que más. Siempre que eso te vaya bien, por supuesto.

—¿Y desde cuándo mi consentimiento ha influido en tus actos?

—Nunca —contestó Penelope, encogiéndose de hombros con la mayor tranquilidad—. Pero debo ser educada y fingirlo, ¿no?

Observando la amistosa disputa entre los hermanos, a Caroline se le formó un nudo de envidia sana en la garganta. Blake estaba claramente enfadado porque su hermana había llegado sin anunciarse, pero quedaba igual de claro que la quería muchísimo. Ella nunca había conocido la afectuosa camaradería con un hermano; de hecho, nunca antes la había visto.

Le dolió el corazón de anhelo al escucharlos hablar entre ellos. Deseaba tener a alguien que le hiciera bromas; alguien que le sujetara la mano en los momentos en que se sentía insegura.

Pero, por encima de todo, deseaba tener a alguien que la amara.

Retuvo el aliento al caer en la cuenta de lo cerca que estaba de echarse a llorar.

—Tengo que irme —dijo, dirigiéndose a la puerta.

Era necesario escapar. Lo último que deseaba era empezar a sollozar ahí mismo, en el vestíbulo principal de Seacrest Manor, delante de Blake y Penelope.

—¡Pero no ha tomado el té! —protestó Penelope.

—No tengo sed, de verdad. Esto... Debo irme a casa. Me están esperando.

—Sí, no me cabe duda de que la están esperando —dijo Blake arrastrando la voz.

Caroline se detuvo en la escalinata, pensando adónde demonios podría ir.

—No quiero que nadie se preocupe por mí —dijo.

—No, seguro que no —masculló Blake.

—Blake, cariño —dijo Penelope—, insisto en que acompañes a casa a la señorita Dent.

—Buena idea —convino él.

Caroline asintió, agradecida. No le apetecía nada enfrentarse a sus preguntas en ese momento, pero la alternativa era vagar por el campo sin rumbo, sin tener ningún lugar adonde ir.

—Sí, se lo agradecería.

—Ha dicho que no está lejos, ¿verdad?

Al decir esto él esbozó una sonrisa, y ella deseó poder distinguir si era una sonrisa de sarcasmo o de irritación.

—No —contestó—. No está lejos.

—Entonces le propongo que vayamos a pie.

—Sí, tal vez sería lo más conveniente.

—Yo esperaré aquí, entonces —terció Penelope—. Lamento no poder acompañarla a casa, pero estoy cansadísima por el viaje. Ha sido un placer conocerla, señorita Dent. ¡Ah! ¡Pero si ni siquiera sé su nombre de pila!

—Llámeme Caroline.

Blake la miró de reojo, algo sorprendido de que ella no hubiera dado un nombre falso.

—Si tú eres Caroline —repuso Penelope—, yo soy Penelope. —La tomó de las manos y se las apretó con afecto—. Tengo la impresión de que vamos a ser muy buenas amigas.

Caroline no estaba muy segura de eso, pero le pareció oír a Blake mascullar en voz baja «Dios me asista». Entonces los dos le sonrieron a Penelope y salieron de casa.

—¿Adónde vamos? —susurró Caroline.

—¡Al diablo con eso! —siseó él, mirando atrás por encima del hombro para asegurarse de que no podían oírlos desde la casa, aunque había tenido cuidado de cerrar la puerta—. ¿Te importaría decirme qué demonios sucede?

—No fue culpa mía —se apresuró a decir ella mientras lo seguía.

—¿Por qué será que me cuesta creerlo?

—¡Blake! —exclamó ella, tironeándole el brazo y obligándolo a detenerse—. ¿Qué crees, que le envié una nota a tu hermana pidiéndole que viniera a hacerte una visita? No sabía quién era. ¡Ni siquiera sabía que tenías una hermana! Y ella no me habría visto si yo no hubiera pisado esa maldita rama.

Blake lanzó un suspiro. Comenzaba a entender lo ocurrido. Fue un accidente, un enorme, inmenso y grandioso accidente, además de inconveniente y molesto. Por lo visto, su vida estaba plagada de ese tipo de accidentes últimamente.

—¿Qué demonios voy a hacer contigo?

—No tengo ni idea. Desde luego no puedo continuar en la casa mientras tu hermana esté de visita. Me dijiste que tu familia no sabe nada de tu trabajo para el Ministerio de Guerra. Supongo que eso incluye a Penelope. —Al verlo asentir secamente, añadió—: Si descubre que he estado viviendo en Seacrest Manor, sin duda se enterará de tus actividades clandestinas.

Blake maldijo en voz baja.

—No apruebo que tengas secretos con tu familia —continuó ella—, pero lo respeto. Penelope es una dama encantadora. No querría que se preocupara por ti. Eso la afligiría, y te afligiría a ti también.

Blake la miró fijamente, sin poder hablar. De todos los motivos que tenía Caroline para impedir que su hermana se enterara de que había estado viviendo en su casa, ella tenía que escoger justo el más generoso de todos. Podría haber dicho que le preocupaba su reputación, podría haber dicho que temía que Penelope la devolviera a Prewitt, pero no, eso no la preocupaba en absoluto; lo que la preocupaba era que su presencia en su casa pudiera hacerle daño *a él*.

Tragó saliva. De repente se sintió muy incómodo en su presencia. Ella lo estaba mirando a los ojos, esperando una respuesta, y él no sabía qué decir.

—¿Blake? —dijo ella al fin, mirándolo interrogante.

—Eso es muy considerado de tu parte —logró decir.

Ella pestañeó, sorprendida.

—¡Oh!

—¿Oh? —repitió él, alzando un poco el mentón, en un gesto interrogante.

Ella esbozó una sonrisa.

—¡Oh! Pensé que ibas a regañarme más.

—Creo que también lo pensé yo —dijo él, en un tono tan sorprendido como el suyo.

—¡Oh! —repitió ella. Y al darse cuenta de eso, añadió—: Disculpa.

—Dejando de lado los «¡oh!», tenemos que pensar qué podemos hacer contigo.

—¿No tendrás por casualidad un pabellón de caza por aquí cerca?

Él negó con la cabeza.

—No tengo ningún lugar en la región donde puedas ocultarte. Supongo que podría meterte en un carruaje y enviarte a Londres.

—¡No! —exclamó ella al instante. Hizo una mueca, avergonzada por lo enérgico que le había salido el «no»—. No puedo ir a Londres.

—¿Por qué no?

Ella frunció el ceño. Esa era una buena pregunta, pero, lógicamente, no le iba a decir que lo echaría de menos. Al final dijo:

—Tu hermana espera volverme a ver. Estoy segura de que me pedirá que venga a visitarla.

—Difícil maniobra teniendo en cuenta que no tienes casa a la que pueda enviarte una invitación.

—Sí, pero ella no lo sabe. Te pedirá mi dirección, y ¿qué le dirás entonces?

—Siempre podría decir que te has ido a Londres. La verdad suele ser siempre la mejor opción.

—Simpática solución, ¿no? —dijo ella, con la voz cargada de sarcasmo—. Con la suerte que tengo, igual ella cambia de opinión y se vuelve a Londres a buscarme.

Blake lanzó un suspiro de irritación.

—Sí, mi hermana es tan tozuda que haría eso.

—Supongo que la tozudez viene de familia.

Él se rio.

—Sí, querida mía, pero en lo que a tozudez se refiere, los Ravenscroft no les llegamos ni a los talones a los Trent.

Caroline gruñó pero no lo contradijo; sabía que era cierto. Pasado un momento, enfadadísima por su engreída sonrisa , dijo:

—Podemos discutir todo lo que queramos sobre nuestros respectivos defectos, pero eso no resuelve el problema que tenemos entre manos. ¿Adónde puedo ir?

—Creo que tendrás que volver a Seacrest Manor. A mí no se me ocurre ninguna alternativa. ¿Y a ti?

—¡Pero Penelope está ahí!

—Tendremos que esconderte. No hay más remedio.

—¡Ay, Dios! Esto es un maldito desastre.

—En ese punto, Caroline, estamos totalmente de acuerdo.

—¿Los criados estarán al tanto del engaño?

—Yo diría que sí. Ya te conocen. Lo bueno es que solo son tres... ¡Por Dios!

—¿Qué?

—Los criados. No saben que no deben hablarle de ti a Penelope.

Caroline palideció.

—No te muevas. No te muevas ni una pulgada. Volveré enseguida.

Y diciendo esto, Blake echó a correr, pero aún no llevaba diez yardas cuando por la cabeza de Caroline pasó otro posible desastre.

—¡Blake! ¡Espera!

Él se detuvo dando un patinazo y se giró.

—No puedes entrar por la puerta principal. Si Penelope te ve, le extrañará que hayas tardado tan poco tiempo en acompañarme a casa.

Él soltó una maldición en voz baja.

—Tendré que entrar por la puerta lateral. Imagino que sabes cuál es.

Ella lo miró con fastidio; él sabía muy bien que ella había salido por ahí para escapar.

—Ven conmigo —dijo él—. Entraremos furtivamente y ya pensaremos luego qué hacer contigo.

—¿Significa eso que debo esperarte de forma indefinida en tu cuarto de baño?

Él sonrió de oreja a oreja.

—No había llegado tan lejos en mi plan, pero ahora que lo dices, sí, esa es una idea excelente.

En ese momento Caroline decidió que hablaba demasiado. Por fortuna, antes de que pudiera darle otra mala idea, él la tomó de la mano y echó a correr, llevándola prácticamente a rastras. Recorrieron el perímetro de la propiedad hasta que quedaron escondidos en un grupo de árboles que había frente a la puerta lateral.

—Vamos a tener que correr para atravesar esa distancia —dijo él.

—¿Qué posibilidades crees que hay de que ella esté en este lado de la casa?

—Muy pocas. La dejamos en la sala de estar de la entrada y es probable que haya subido a buscarse un dormitorio.

—¿Y si encuentra el mío? Tengo mi ropa ahí. Son tres vestidos, y es evidente que no son tuyos.

Blake volvió a maldecir.

Ella arqueó las cejas.

—¿Sabes? He comenzado a encontrar tranquilizadoras tus maldiciones. Si no maldijeras, la vida me parecería muy extraña.

—Eres una mujer extraña.

Acto seguido la tomó de la mano y, antes de que se diera cuenta de lo que ocurría, iba corriendo por el césped rogando que Penelope no los viera. Nunca había sido especialmente religiosa, pero ese momento le pareció tan bueno como cualquier otro para desarrollar una naturaleza piadosa.

Entraron disparados por la puerta lateral y se desmoronaron en la escalera.

—Tú sube al cuarto de baño. Yo iré a buscar a los criados.

Asintiendo, Caroline subió la escalera y entró silenciosamente en el cuarto de baño. Se dio una vuelta, observándolo todo con una buena dosis de disgusto. A saber cuánto tiempo tendría que quedarse ahí.

—Bueno, podría ser peor —dijo en voz alta.

Tres horas después, Caroline ya había descubierto que la única manera de mantener a raya el aburrimiento era hacer una lista de todas las situaciones que habrían sido peores que la que estaba viviendo.

No era tarea fácil.

Descartó al instante todo tipo de posibilidades fantasiosas, como ser pisoteada por una vaca de dos cabezas, y centró su atención en otras más realistas.

—Él podría tener un cuarto de baño pequeño —le dijo a su imagen en el espejo—. O el cuarto podría haber estado muy sucio. O... o... o él podría olvidarse de darme de comer.

Curvó los labios en una mueca malhumorada. Sí que se había olvidado de llevarle comida, el muy bruto.

—El cuarto podría no tener ventana —continuó, levantando la vista hacia la abertura.

Hizo una mueca. Debería tener una naturaleza extraordinariamente optimista para llamar «ventana» a esa rajita con cristal.

—Él podría tener un erizo como animal doméstico, al que mantendría dentro de la jofaina.

—Improbable, pero posible —dijo una voz masculina.

Caroline se giró y vio a Blake en la puerta.

—¿Dónde has estado? —siseó—. Estoy muerta de hambre.

Él le lanzó un bollo.

—¡Qué amable! —masculló ella mientras masticaba—. ¿Esto ha sido mi plato principal o solo un aperitivo?

—Tendrás comida, no te preocupes. Pensé que a Perriwick iba a darle un ataque al corazón cuando se enteró de dónde estabas escondida. Imagino que, mientras hablamos, entre él y la señora Mickle están preparando un festín.

—Es evidente que Perriwick es mucho más agradable que tú.

—Sin duda —dijo él, encogiéndose de hombros.

—¿Conseguiste hablar con todos los criados antes de que le hablaran sobre mí a Penelope?

—Sí, estamos seguros, no temas. Y tengo tus cosas. Las llevé a mi dormitorio.

—No voy a quedarme en tu dormitorio —dijo ella, ofendida.

—No he dicho que vayas a quedarte aquí. Eres libre de hacerlo o no. Te traeré mantas y una almohada. Con un poco de ingenio podemos acondicionar bastante bien este cuarto.

Ella entrecerró los ojos peligrosamente.

—Lo estás pasando en grande con esto, ¿verdad?

—Solo un poco.

—¿Penelope ha preguntado por mí?

—Desde luego. Ya te ha escrito una carta pidiéndote que vengas a visitarla mañana por la tarde.

Se metió la mano en el bolsillo, sacó un pequeño sobre y se lo entregó.

—Bueno, esto es un beneficio añadido —gruñó ella.

—Yo en tu lugar no me quejaría. Significa que puedes escapar de este cuarto de baño.

Caroline lo miró indignada, fastidiada por su sonrisa. Se irguió en toda su estatura, plantándose las manos en las caderas.

—¡Vaya! Sí que estamos agresivas esta tarde, ¿eh?

—No me hables en ese tono de superioridad.

—Pero es que es muy divertido.

Ella le arrojó un orinal.

—¡Esto te puede servir en tu habitación!

Él desvió el cuerpo y se rio a su pesar cuando el orinal se hizo trizas al estrellarse contra la pared.

—Bueno, supongo que es un consuelo que no estuviera lleno.

—Si hubiera estado lleno te lo habría arrojado a la cabeza —siseó ella.

—Caroline, yo no tengo la culpa de esta situación.

—Lo sé, pero no tienes por qué estar tan encantado con lo que ha sucedido.

—Vamos, eso es muy irracional por tu parte.

—No me importa. —Le arrojó una pastilla de jabón, que se quedó pegada en la pared—. Tengo todo el derecho a ser irracional.

Él se agachó cuando voló por el aire el estuche con sus utensilios para afeitarse.

—¿Sí?

Ella lo miró furiosa.

—Por si no estás informado, esta última semana he sido, vamos a ver, casi violada, secuestrada, atada al poste de una cama, obligada a toser hasta quedarme sin voz...

—Eso fue culpa tuya.

—Por no hablar de que me he embarcado en una vida de delincuencia, allanando mi anterior casa y casi siendo atrapada por mi odioso tutor...

—No olvides el esguince en el tobillo —añadió él.

—¡Ooooooh! ¡Podría matarte!

Salió volando otra pastilla de jabón, dirigida a su cabeza, y alcanzó a rozarle la oreja.

—Caroline, sin duda estás consiguiendo fastidiarme.

—¡Y ahora! —dijo ella, casi gritando—. Y ahora, como si todo eso no fuera lo bastante indigno, tengo que vivir una semana en un maldito cuarto de baño.

Expresado así, pensó Blake, era divertidísimo. Se mordió el labio para contener la risa. No tuvo éxito.

—¡Deja de reírte de mí!

—¿Blake?

En una fracción de segundo él se puso totalmente serio.

—Es Penelope —susurró.

—¿Blake? ¿De qué van todos esos gritos?

—¡Rápido! —siseó él, empujándola hacia la puerta que daba a la escalera—. Escóndete.

Caroline se apresuró a salir, y justo a tiempo, porque Penelope abrió la puerta en el mismo instante en que ella cerraba la que daba a la escalera.

—¿Blake? —preguntó Penelope por tercera vez—. ¿Qué era todo ese jaleo?

—Nada, Penny. Simplemente...

—¡¿Qué ha ocurrido aquí?! —gritó ella.

Él miró y tragó saliva. Había olvidado el desastre que había en el suelo. Los trozos del orinal roto, el estuche con sus cosas para afeitarse, una o dos toallas...

—Esto... Eh...

Al parecer, se le daba mucho mejor mentir por el bien de la seguridad nacional que a su hermana mayor.

—¿Es una pastilla de jabón eso que está pegado a la pared? —le preguntó Penelope.

—Mmm... Sí, parece que sí.

—¿Y esa es otra pastilla de jabón? —continuó ella, apuntando al suelo.

—Esto... Sí, debo de haber estado muy torpe esta mañana.

—Blake, ¿me ocultas algo?

—Te oculto unas cuantas cosas —respondió él, con absoluta sinceridad.

Mientras tanto se esforzaba en no pensar en Caroline, que estaría sentada en la escalera desternillándose de risa, la muy condenada, por el apuro en el que él se encontraba.

—¿Qué es eso que está en el suelo? —dijo Penelope, agachándose para recoger algo blanco—. ¡Vamos! ¡Pero si es la nota que le envié a la señorita Dent! ¿Qué hace aquí?

—Aún no he tenido la oportunidad de enviársela.

Menos mal que Caroline había olvidado abrirla.

—¡Por el amor de Dios! No la dejes en el suelo. —Lo miró, entrecerrando los ojos—. Oye, Blake, ¿te encuentras bien?

—En realidad no —contestó él, pillando al vuelo la oportunidad que le ofrecía—. Me he sentido un poco mareado desde hace una hora. Por eso se me volcó el orinal.

Ella le tocó la frente.

—No tienes fiebre.

—No creo que sea nada que no cure una buena noche de sueño.

—Supongo —dijo Penelope, y frunció los labios—. Pero si no te sientes mejor mañana, llamaré a un médico.

—Muy bien.

—Tal vez deberías acostarte un rato.

—Sí, buena idea —dijo él, sacándola casi a empujones del cuarto.

—Muy bien. Venga, te prepararé la cama.

Blake cerró la puerta del cuarto de baño lanzando un largo suspiro. No lo hacía nada feliz ese repentino giro de los acontecimientos; lo último que necesitaba era a su hermana mayor cuidándolo. De todos modos, era preferible a que descubriera a Caroline en medio de los trozos del orinal roto y las pastillas de jabón.

—¿Señor Ravenscroft?

Se giró hacia la voz. Perriwick estaba en la puerta, equilibrando una bandeja de plata cargada con un verdadero festín. Negó desesperado con la cabeza, pero demasiado tarde. Penelope ya se había girado a mirar.

—¡Ah, Perriwick! ¿Qué es eso?

—Comida —dijo él, desconcertado por su presencia y mirando alrededor.

Blake frunció el ceño. El dichoso mayordomo buscaba a Caroline. El hombre sabía ser discreto, pero era muy torpe sorteando los imprevistos.

Penelope lo miró interrogante.

—¿Tienes hambre?

—Esto... ¡Ah, sí! Se me ocurrió que me vendría bien un pequeño tentempié por la tarde.

Ella levantó la tapa de una de las fuentes, dejando a la vista una gran cantidad de jamón estofado.

—Esto es todo un tentempié.

Perriwick estiró los labios en una empalagosa sonrisa.

—Se nos ocurrió servirle algo sustancioso ahora, puesto que ha pedido algo ligero para la cena.

—¡Qué considerados! —gruñó Blake.

Apostaría sus dientes a que ese jamón estaba pensado para la cena. Lo más probable era que Perriwick y la señora Mickle hubieran decidido enviarle toda la comida buena a Caroline y servirles gachas a los ocupantes *visibles* de Seacrest Manor. Cuando él los informó de la nueva ubicación de Caroline, ni siquiera hicieron un esfuerzo para disimular su desaprobación.

Perriwick dejó la bandeja en una mesa y luego miró a Penelope.

—Si me permite el atrevimiento, milady...

—¡Perriwick! —rugió Blake—. Si oigo una vez más la frase «Si me permite el atrevimiento», pongo a Dios por testigo que te arrojaré al Canal.

—¡Ay, Dios! —murmuró Penelope—. Tal vez tenga fiebre al fin y al cabo. Perriwick, ¿tú qué crees?

Perriwick alargó la mano para tocarle la frente a Blake, y se libró por un pelo de que se la arrancara de un mordisco.

—Si me tocas eres hombre muerto —gruñó Blake.

—Estamos algo raros esta tarde, ¿no? —dijo Perriwick, sonriendo de oreja a oreja.

—Estaba perfectamente hasta que llegaste tú.

—Ha actuado raro toda la tarde —le dijo Penelope al mayordomo.

Perriwick asintió con majestuosidad.

—Tal vez deberíamos dejarlo en paz. Un poco de descanso podría ser justo lo que necesita.

—Muy bien —dijo Penelope, siguiendo al mayordomo hacia la puerta—. Te dejaremos solo. Pero si me entero de que no has echado una siesta, me enfadaré muchísimo contigo.

—Sí, sí —se apresuró a contestar Blake, intentando hacerlos salir rápido—. Te prometo que descansaré. Simplemente no me molestes mientras duermo. Tengo el sueño muy ligero.

Perriwick soltó un fuerte bufido, que no encajaba en absoluto con su actitud majestuosa habitual.

Cuando salieron, Blake cerró la puerta y se apoyó en la pared lanzando un largo suspiro de alivio.

—¡Por Dios! —se dijo en voz alta—. A este paso me convertiré en un idiota antes de cumplir los treinta años.

—Yo diría que vas bien encaminado —dijo una voz femenina.

Blake levantó la vista. Caroline estaba en la puerta del cuarto de baño, con una amplia sonrisa en la cara.

—¿Qué quieres? —gruñó.

—¡Ah! Nada —contestó ella, toda inocente—. Solo quería decirte que tenías razón.

Él entrecerró los ojos con desconfianza.

—¿Qué quieres decir?

—Limitémonos a decir que he encontrado la gracia a nuestra situación.

Él le gruñó y avanzó un paso, amenazante.

Ella no pareció intimidarse.

—La verdad es que no recuerdo cuándo fue la última vez que me reí tanto —dijo ella, agarrando la bandeja.

—Caroline, ¿valoras tu cuello?

—Sí, le tengo mucho cariño. ¿Por qué?

—Porque si no te callas te lo voy a retorcer.

Ella entró en el cuarto de baño.

—Entendido —dijo.

Entonces cerró la puerta, dejándolo estremeciéndose de furia en el dormitorio.

Y como si eso no fuera suficiente, el siguiente sonido que oyó fue el de la llave girando en la cerradura.

La muy condenada lo había dejado fuera. Llevándose toda la comida, se había encerrado con llave.

—¡Me las pagarás! —le gritó a la puerta.

—Silencio, por favor, estoy comiendo. —La voz llegó apagada.

16

emperejilar (verbo): Acicalar y adornar con profusión y esmero.

«Encerrada como estoy en un cuarto de baño, por lo menos tengo tiempo para *emperejilarme*. Juro que jamás había tenido tan bien arreglado el pelo.»

Del diccionario personal de Caroline Trent

Esa noche, mientras cenaba, a Blake se le ocurrió que le encantaría matar a Caroline Trent. En todo caso, tuvo que reconocer que no se trataba de una emoción nueva. Ella no se había limitado a volver su mundo al revés; también se lo había torcido, volcado, revuelto y, en ciertos momentos indecibles, prendido fuego por abajo.

De todos modos, pensó con generosidad, tal vez «matar» era una palabra demasiado fuerte. No lo enorgullecía tener que reconocer que ella se le había metido bajo la piel, pero, sin duda, deseaba ponerle un bozal.

Sí, un bozal sería ideal. Así no podría hablar.

Ni comer.

—Oye, Blake —dijo Penelope, mirándolo con recelo—. ¿Esto es sopa?

Él asintió.

Ella miró el caldo casi transparente que tenía en el plato.

—¿De veras?

—Sabe a salmuera —dijo él arrastrando la voz—, pero la señora Mickle me aseguró que es sopa.

Vacilante, Penelope tomó una cucharada y luego un largo trago de vino tinto.

—Supongo que no quedó nada del jamón de tu tentempié.

—Puedo asegurarte que nos sería imposible comer de ese jamón.

Si su hermana encontró algo rara su elección de palabras, no dijo nada. En lugar de eso, dejó a un lado la cuchara y preguntó:

—¿Perriwick ha traído alguna otra cosa? ¿Un trozo de pan, tal vez?

Blake negó con la cabeza.

—¿Siempre cenas tan... ligero?

Él negó de nuevo con la cabeza.

—¡Ah! ¿Se trata de una ocasión especial, entonces?

Él no supo qué contestar, por lo que simplemente tomó otra cucharada de aquella sopa atroz. Era de suponer que tendría algún valor nutritivo en alguna parte.

Entonces Penelope lo sorprendió tapándose la boca con la mano y poniéndose roja como un tomate.

—¡Oh! ¡Cuánto lo siento!

Él bajó lentamente la cuchara.

—¿Disculpa?

—Claro que esta es una ocasión especial. Lo había olvidado. Lo siento mucho.

—Penelope, ¿de qué demonios hablas?

—Marabelle.

Blake sintió una extraña opresión en el pecho. ¿Por qué sacaba Penelope a colación a su difunta prometida en ese momento?

—¿Qué pasa con Marabelle? —preguntó él con voz hueca.

Ella pestañeó.

—¡Ah! Entonces no lo recuerdas. No pasa nada. Haz como que no he dicho nada.

Él la observó incrédulo, mientras ella atacaba la sopa como si fuera maná caído del cielo.

—¡Por el amor de Dios, Penelope! Sea lo que sea que hayas pensado, dilo.

Ella se mordió el labio, indecisa.

—Hoy es once de julio, Blake —dijo en tono dulce.

Él la miró fijamente, un bendito momento de incomprensión, hasta que recordó.

Once de julio.

Aniversario de la muerte de Marabelle.

Se levantó tan bruscamente que volcó la silla.

—Hasta mañana —dijo en tono seco y se dirigió a la puerta.

Ella se levantó y corrió tras él.

—¡Espera, Blake! —le dio alcance fuera del comedor—. No deberías estar solo en estos momentos.

Él se detuvo pero no se giró a mirarla.

—No lo entiendes, Penelope. Siempre estaré solo.

Dos horas después, Blake estaba totalmente borracho. Aun sabiendo que eso no lo haría sentirse mejor, había bebido y bebido, pensando que el *whisky* amortiguaría sus sentimientos.

Pero no dio resultado.

¿Cómo pudo haberse olvidado? Cada año señalaba ese día con algo especial, algo para honrarla en la muerte como intentó honrarla en vida, aunque fracasara. El primer año fue llevar flores a su tumba; algo muy manido, sí, pero su aflicción estaba en carne viva y todavía era joven, y no se le ocurrió qué otra cosa hacer.

Al año siguiente plantó un árbol en su honor en el lugar donde la asesinaron. Creyó que, en cierto sentido, encajaba. De niña, Marabelle era capaz de trepar a un árbol más rápido que cualquier muchacho del condado.

Los años siguientes los conmemoró con una donación a algún orfanato, regalando libros al colegio donde ella estudió y enviando un cheque anónimo a sus padres, que siempre pasaban por apuros económicos.

Pero ese año... nada.

Bajó a trompicones por el sendero que se dirigía a la playa, equilibrándose con un brazo y con la botella de *whisky* agarrada en la otra mano. Cuando llegó al final del sendero, se dejó caer de cualquier manera en el suelo. Había un trozo de terreno duro cubierto de hierba que luego cedía el paso a la fina arena por la que Bournemouth era famoso. Se sentó ahí y se puso a contemplar el Canal, preguntándose qué demonios haría con su vida.

Había salido para tomar aire fresco y para escapar. No quería que Penelope, con sus bienintencionadas preguntas, se entrometiera en su desolación. Pero el aire marino no aliviaba su sentimiento de culpa; lo único que hacía era recordarle a Caroline, que esa tarde había llegado a casa con el olor del mar en el pelo y la caricia del sol en la piel.

Caroline. Cerró los ojos, angustiado. Caroline era el motivo de que hubiera olvidado a Marabelle.

Se vertió más *whisky* en la garganta, bebiendo directamente de la botella, y este le bajó dejándole un reguero de fuego hasta el estómago; aun así agradeció el dolor. Le pareció grosero, indecoroso y, en cierto modo, apropiado. Esa noche no se sentía como un caballero.

Se tendió de espaldas en la hierba a contemplar el cielo. Había salido la luna, pero no brillaba tanto como para apagar la luz de las estrellas. Estas se veían felices, titilando como si no tuvieran la menor preocupación. Casi parecía que se estuvieran burlando de él.

Soltó una maldición. Se estaba volviendo fantasioso. O eso, o sentimental. O tal vez simplemente se debía a la borrachera. Se sentó a beber otro trago.

El licor le adormeció los sentidos y le obnubiló la mente, y tal vez por eso no oyó los pasos hasta que casi los tuvo encima.

—¿*Quientahí?*—preguntó, con la lengua estropajosa, incorporándose con dificultad mientras se apoyaba en los codos—. ¿Quién *esss*?

Caroline avanzó, con el pelo castaño brillándole por el reflejo de la luz de las estrellas.

—Solo soy yo.

—¿Qué haces aquí?

—Te vi desde mi ventana. —Sonrió con sarcasmo—. Disculpa, desde tu ventana.

—Deberías volver a casa.

—Probablemente.

—No soy buena compañía.

—No. Estás borracho. No es bueno beber con el estómago vacío.

A él le salió un corto estallido de risa.

—¿Y quién tiene la culpa de que tenga el estómago vacío?

—Sí que sabes guardar rencor, ¿eh?

—Te aseguro que tengo una memoria buenísima.

Hizo una mueca al oírse decir eso. Su memoria siempre le había funcionado. Hasta esa noche.

Ella frunció el ceño.

—Te he traído algo de comer.

Él guardó silencio un buen rato y al final dijo en voz muy baja.

—Vuelve a casa.

—¿Por qué estás tan abatido?

Él no contestó. Simplemente bebió otro trago de la botella y se limpió la boca con la manga.

—Nunca te había visto borracho.

—Hay muchas cosas que no sabes de mí.

Ella avanzó otro paso, mirándolo y retándolo a desviar la mirada.

—Sé más de lo que crees.

Eso captó su atención. Por sus ojos pasó un destello de rabia y luego quedaron sin expresión.

—Una lástima para ti.

Ella alargó la mano, enseñándole una servilleta que contenía algo.

—Ten, deberías comer algo. Esto absorberá el *whisky*.

—Eso es lo último que deseo.

Ella se sentó a su lado.

—Esto no es propio de ti, Blake.

Él se giró a mirarla con los ojos relampagueantes.

—No me digas qué es propio o impropio de mí —siseó—. No tienes ningún derecho.

—Como amiga tengo todo el derecho —contestó ella con dulzura.

—Hoy es once de julio —declaró él, moviendo desmañadamente el brazo, intentando hacer ese gesto tan típico de él.

Caroline guardó silencio; no supo qué decir ante esa declaración tan obvia.

—Once de julio —repitió él—. Esta fecha entrará como una infamia en la saga de Blake Ravenscroft, como el día en que... el día en que...

Ella se inclinó hacia él, sorprendida y conmovida por el sonido ahogado de su voz.

—¿Como qué día, Blake?

—El día en que dejé morir a una mujer.

Ella palideció al notar el dolor en su voz.

—No fue culpa tuya.

—¿Qué sabes tú de eso?

—James me contó lo de Marabelle.

—Maldito cabrón entrometido.

—Me alegra que lo hiciera. Así puedo conocerte mejor.

—¿Para qué demonios querrías saber más? —preguntó él con mordacidad.

—Porque te... —Se interrumpió, horrorizada por lo que estuvo a punto de decir—. Porque me caes bien. Porque eres mi amigo. No he tenido muchas amistades en mi vida, así que tal vez por eso sé lo especial que es tener un amigo.

—No puedo ser tu amigo —dijo él en tono duro.

—¿No puedes? —preguntó ella y retuvo el aliento, esperando la respuesta.

—No te conviene que yo sea tu amigo.

—¿No crees que eso debo decidirlo yo?

—¡Por el amor de Dios, mujer! ¿Es que no eres capaz de escuchar? Por última vez te digo que no puedo ser tu amigo. Nunca podría ser amigo tuyo.

—¿Por qué no?

—Porque te deseo.

Ella se obligó a no apartarse. Él era tan sincero, tan claro para expresar su necesidad, que casi la asustaba.

—El *whisky* te hace hablar así.

—¿Tú crees? Sabes muy poco acerca de los hombres, tesoro.

—Sé acerca de ti.

Él se rio.

—Ni la mitad de lo que yo sé acerca de ti, mi querida señorita Trent.

—No te burles de mí.

—¡Ah! Pero es que te he observado. ¿Te lo demuestro? ¿Te digo todas las cosas que sé de ti, todos los detalles que he percibido? Podría llenar uno de esos libros a los que eres tan aficionada.

—Blake, creo que deberías...

Él la silenció poniéndole un dedo en los labios.

—Comenzaré por aquí —murmuró él—. Por tu boca.

—Mi bo...

—¡Chis! Me toca a mí. —Le deslizó la yema del dedo por la delicada curva del labio superior—. Labios llenos, tan rosados... Nunca te los has pintado, ¿verdad?

Ella negó con la cabeza, y el movimiento le produjo la tortura de su dedo deslizándose por su piel.

—No, no tendrías por qué hacerlo. Nunca había visto unos labios como los tuyos. ¿Te he dicho que fueron lo primero de ti en que me fijé?

Ella se quedó inmóvil, tan nerviosa que no pudo volver a negar con la cabeza.

—Tu labio inferior es hermoso, pero este —volvió a pasar el dedo por el labio superior— es exquisito. Pide ser besado. Incluso cuando creía que eras Carlotta, deseaba cubrir tus labios con los míos. ¡Por Dios! Me odiaba por eso.

—Pero no soy Carlotta.

—Lo sé. Es peor así, porque ahora mi deseo está justificado. Puedo...

Guardó silencio, y ella pensó que se moriría si él no completaba la frase.

—¿Blake? —lo animó en voz baja.

Él negó con la cabeza.

—Me he desviado del tema. —Pasó los dedos a sus ojos y los deslizó por sus párpados cuando ella los cerró—. Esto es otra cosa que sé de ti.

A ella se le entreabrieron los labios y se le agitó la respiración.

—Tus ojos, tus maravillosas pestañas, solo un pelín más oscuras que el pelo. —Pasó los dedos por la sien—. Pero creo que me gustan más abiertos que cerrados.

Ella abrió los ojos.

—¡Ah! Así está mejor. El color más exquisito del mundo. ¿Has estado en alta mar?

—No, desde que era muy pequeña.

—Aquí cerca de la costa el agua es gris y turbia, pero mar adentro, lejos de la suciedad de la tierra, es transparente y pura. ¿Sabes a qué me refiero?

—Creo que sí.

De repente él hizo un encogimiento de hombros y bajó la mano.

—De todos modos no tiene comparación con el color de tus ojos. Me han dicho que en el trópico el color del agua es más asombroso aún. El color de tus ojos debe de ser exactamente el del mar en el ecuador.

Ella sonrió, vacilante.

—Me gustaría ver el ecuador.

—Mi querida niña, ¿no crees que por lo menos deberías intentar ver Londres primero?

—¡Vamos! Ahora eres cruel, y esa no es tu intención.

—¿No?

—No —dijo ella, buscando en su interior el valor que necesitaba para hablarle con sinceridad—. No estás enfadado conmigo. Estás enfadado contigo mismo, y yo solo soy un blanco cómodo.

Él ladeó un poco la cabeza hacia ella.

—Te crees muy observadora, ¿eh?

—¿Qué debo contestar a eso?

—Eres observadora, pero creo que no lo bastante como para salvarte de mí. —Se le acercó más, y su sonrisa se volvió peligrosa—. ¿Sabes cuánto te deseo?

Ella no encontró su voz, así que negó con la cabeza.

—Te deseo tanto que me paso despierto todas las noches, con el cuerpo excitado y dolorido por la necesidad.

Ella sintió la garganta reseca.

—Te deseo tanto, que tu aroma me hace hormiguear de excitación la piel.

A ella se le entreabrieron los labios.

—Te deseo tanto... —Llenó el aire con una risa ronca y furiosa—. Te deseo tanto, tanto, ¡maldita sea!, que hasta me olvidé de Marabelle.

—¡Oh, Blake, lo siento!

—Ahórrame tu lástima.

Ella se incorporó para ponerse de pie.

—Me voy. Eso es lo que deseas, y está claro que no te encuentras en condiciones de conversar.

Él la agarró del brazo y la sentó.

—¿No me has oído?

—Lo he oído todo, cada palabra.

—No deseo que te vayas.

Ella guardó silencio.

—Te deseo.

—Blake, no.

—¿No qué? ¿Que no te bese? —Se abalanzó sobre ella y la besó en la boca, con fuerza—. Demasiado tarde.

Ella lo miró, sin saber si sentirse asustada o eufórica. Lo amaba, de eso ya estaba segura, pero actuaba de una manera impropia de él.

—¿Que no te acaricie? —continuó él—. Ya no soy capaz de controlarme.

Le deslizó los labios por la mandíbula, por el cuello y luego le mordisqueó el lóbulo de la oreja. Sabía a dulce y a limpio, y olía vagamente al jabón espumoso que usaba para afeitarse. ¿Qué habría estado haciéndose en su cuarto de baño?, pensó, pero llegó a la conclusión de que no le importaba. Le producía una intensa satisfacción sentir su olor en ella.

—Blake, no sé si es esto lo que realmente deseas —dijo ella, aunque en un tono falto de convencimiento.

—¡Ah! Yo sí lo sé —dijo él, con una risa ronca—. Estoy muy seguro. —Apretó las caderas contra las suyas, al tiempo que le soltaba el pelo—. ¿No sientes lo seguro que estoy?

Deslizó los labios hasta su boca y volvió a besarla, devorándola, pasando la lengua por su hilera de dientes y luego por la suave piel del interior de su mejilla.

—Deseo acariciarte —murmuró, con los labios sobre los de ella—. Por todas partes.

El vestido era holgado y de tela ligera, con unos cuantos botones y lazos, y a él le llevó apenas unos segundos sacárselo por la cabeza, dejándola solamente con la delgada enagua de seda.

Se excitó de nuevo al meter los dedos bajo uno de los delgados tirantes que le sujetaban la suave prenda.

—¿Yo te he comprado esto? —le preguntó, con la voz tan ronca que no se la reconoció.

Ella asintió, e hizo una brusca inspiración al sentir que una de sus grandes manos se cerraba sobre un pecho.

—Cuando me compraste los vestidos. Estaba en una de las cajas.

—Estupendo —dijo él, bajándole el tirante por el hombro.

Deslizó los labios por la delicada blonda que adornaba el escote de la prenda, se la bajó y detuvo el movimiento al llegar al rosado borde de su pezón.

Ella susurró su nombre cuando él le besó la oscura aréola, y casi gritó cuando cerró la boca sobre el pezón y comenzó a chupárselo.

Caroline no había sentido jamás algo tan primitivo como las sensaciones que le pasaban como espirales por el vientre, extendiéndose desde el centro de su ser a toda su piel. Cuando él la besó esa mañana, había creído que sentía deseo, pero no era nada comparado con lo que se había apoderado de ella en ese momento.

Le miró la cabeza sobre su pecho. ¡Por Dios! La estaba devorando.

Se sentía tan acalorada, que pensó que debía de estar ardiendo, dondequiera que él la tocara.

Él deslizó una mano por su pantorrilla, y con la rodilla le presionó con suavidad entre las piernas, separándoselas. Entonces se instaló con todo su peso entre ellas y la abultada y dura prueba de su excitación le presionó la zona íntima.

Subió más la mano, hasta más arriba de la rodilla, continuando la caricia por la suave piel del interior del muslo, y ahí la detuvo, dándole una última oportunidad para negarse.

Pero Caroline ya estaba tan inmersa en el placer que no podía negarle nada, porque lo deseaba todo. Tal vez era una lujuriosa, o tal vez era una desvergonzada, pero deseaba todas esas perversas caricias de sus manos y de su boca. Deseaba sentir su peso aplastándola contra el suelo. Deseaba sentir los rápidos latidos de su corazón y su respiración jadeante.

Deseaba su corazón, deseaba su alma, pero por encima de todo deseaba entregarse a él, sanarle las heridas que tenía bajo la superficie de la piel. Había encontrado por fin el lugar que le correspondía, con él, y deseaba darle esa misma dicha.

Así pues, cuando la mano de él encontró el lugar de su feminidad, de sus labios no salió ninguna palabra de rechazo ni de protesta. Se entregó al placer del momento, gimió su nombre y cerró las manos en sus hombros con fuerza, mientras él la acariciaba ahí, atormentándola, llevando su deseo a una implacable cima.

Se agarró a él cuando se le descontroló el cuerpo, sintiendo aumentar la excitación hasta el punto de notarse acalorada. Se sintió tensa, estirada hasta el límite, y entonces él le introdujo un dedo y con el pulgar continuó su sensual tortura.

Su mundo explotó en un instante.

Se arqueó, levantando las caderas y levantándolo a él. Gritó su nombre y, cuando él rodó hacia un lado, alargó las manos hacia él con frenesí.

—No, vuelve aquí.

—¡Chis! —murmuró él, acariciándole el pelo y luego la mejilla—. Estoy aquí.

—Vuelve.

—Soy demasiado pesado para ti.

—No. Deseo sentirte. Deseo... —Tragó saliva—. Deseo darte placer.

A él se le tensó el rostro.

—No, Caroline.

—Pero...

—No te quitaré eso —dijo él con firmeza—. No debería haber hecho lo que hice, pero que me cuelguen si te quito la virginidad.

—Pero es que yo deseo dártela.

Él la miró con una fiereza inesperada.

—No —dijo entre dientes—. Eso lo reservarás para tu marido. Eres demasiado refinada como para desperdiciarla con otro.

—Pero yo...

Se tragó las palabras. No deseaba humillarse diciéndole que había esperado que él fuera ese marido.

Pero él leyó su pensamiento, porque le dio la espalda, diciendo:

—No me casaré contigo. No *puedo* casarme contigo.

Ella buscó su ropa y comenzó a ponérsela, elevando una plegaria a Dios rogándole que no le permitiera echarse a llorar.

—No he dicho que tuvieras que casarte conmigo.

Él se giró a mirarla.

—¿Me has entendido?

—Domino bastante bien el idioma —dijo ella, con la voz ahogada—. Me sé todas las palabrotas, ¿recuerdas?

Él la miró a la cara, que no tenía una expresión tan imperturbable como había esperado.

—¡Por Dios! No era mi intención herirte.

—Es algo tarde para eso.

—No lo entiendes. No puedo casarme. Nunca. Mi corazón pertenece a otra.

—Tu corazón pertenece a una mujer que está muerta —soltó ella. Y al instante se tapó la boca, horrorizada por el tono venenoso de su voz—. Discúlpame.

Él se encogió de hombros, en un gesto fatalista, mientras le pasaba un zapato.

—No hay nada que disculpar. Yo me aproveché de ti. Te pido perdón por ello. Solo me alegra haber tenido la presencia de ánimo para poder detenerme.

—¡Oh, Blake! —dijo ella con tristeza—. Algún día tendrás que permitirte dejar de sufrir. Marabelle ya no está. Tú sigues aquí, y hay personas que te quieren.

Eso era lo más cercano a una declaración de amor que estaba dispuesta a hacer. Retuvo el aliento, esperando su respuesta, pero él solo le pasó el otro zapato.

—Gracias. Ahora entraré en casa.

—Sí —dijo él. Al ver que ella no se alejaba enseguida, le preguntó—: ¿Piensas dormir en el cuarto de baño?

—La verdad es que no se me había ocurrido pensar en eso.

—Te dejaría mi cama, pero no me fío de Penelope. Es muy capaz de entrar por la noche a ver cómo estoy. De vez en cuando se olvida de que su hermano menor ya es adulto.

—Debe de ser agradable tener una hermana.

Él desvió la mirada.

—Pilla las mantas y las almohadas de mi cama. Seguro que podrás arreglarte algo cómodo.

Ella asintió y echó a andar, alejándose.

—¿Caroline?

Ella se giró, con la esperanza brillando en los ojos.

—Cierra la puerta con llave.

17

alible (adjetivo): Comestible, apropiado como alimento.

«Muchas veces he oído decir que hasta el alimento más malo parece bueno y *alible* cuando uno tiene hambre, pero yo no estoy de acuerdo. Las gachas son gachas, por fuerte que gruña el estómago.»

Del diccionario personal de Caroline Trent

A la mañana siguiente Caroline se despertó al oír un golpe en la puerta. Por orden de Blake, esa noche la había cerrado con llave, no porque creyera que él intentaría seducirla durante la noche, sino porque lo creía muy capaz de comprobar si estaba cerrada para ver si había obedecido su orden. Y de ninguna manera quería darle la satisfacción de regañarla.

Había dormido solo con la enagua, así que se envolvió en una manta y fue a abrir un poco la puerta. Se encontró ante uno de los ojos grises de Blake.

—¿Puedo entrar?

—Eso depende.

—¿De qué?

—¿Traes el desayuno?

—No he tenido acceso a ninguna comida decente desde hace casi veinticuatro horas. Tenía la esperanza de que Perriwick te hubiera traído algo de comer.

Ella abrió la puerta.

—No es justo que los criados castiguen a tu hermana. Debe de estar muerta de hambre.

—Imagino que comerá bien a la hora del té. Recuerda que espera tu visita.

—¡Ah, sí! ¿Cómo lo vamos a organizar?

Él fue a apoyarse en el lavabo de mármol.

—Penelope ya me ha dado la orden de enviar mi mejor carruaje para recogerte.

—Creí que solo tenías un carruaje.

—Y así es. Pero eso no viene al caso. Voy a enviar un carruaje a recogerte... esto... a tu casa.

Caroline puso los ojos en blanco.

—Me gustará verlo. Un carruaje deteniéndose en la puerta del cuarto de baño. Dime, ¿lo vas a hacer entrar por tu dormitorio o por la escalera de servicio?

Él le dirigió una mirada de que no lo encontraba divertido.

—Tengo que traerte a casa a tiempo para una visita a las cuatro.

—¿Qué debo hacer hasta entonces?

Él paseó la mirada por el cuarto.

—¿Lavarte?

—No me hace gracia, Blake.

Él se quedó callado un momento y luego dijo en voz baja:

—Lamento lo que ocurrió anoche.

—No te disculpes.

—Pero es que debo. Me aproveché de ti. Me aproveché de una situación que no puede llevar a nada.

Caroline apretó los dientes. La experiencia de esa noche era lo más cercano que había sentido a ser amada desde hacía años. Que él dijera que lamentaba lo ocurrido le resultaba insoportable.

—Vuelve a pedir disculpas y gritaré...

—Caroline, no seas...

—¡Lo digo en serio!

Él asintió.

—Muy bien. Me voy, entonces. Te dejo sola.

—¡Ah, sí! —dijo ella, haciendo un movimiento con el brazo—. Con mi fascinante vida. Hay tanto que hacer aquí que no sé por dónde comenzar. Se me ha ocurrido que tal vez podría lavarme las manos, después los dedos de los pies y, si me pongo muy ambiciosa, podría intentar lavarme la espalda.

Él frunció el ceño.

—¿Quieres que te traiga algo para leer?

A ella le cambió la actitud al instante.

—¡Ah! ¿Serías tan amable, por favor? No sé dónde dejé los libros que intenté llevar ayer a mi dormitorio.

—Los encontraré.

—Gracias. ¿A qué hora debo... esto... esperar tu carruaje?

—Supongo que tendré que ordenar que lo tengan listo un poco antes de las tres y media, así que, ¿podrías estar preparada a esa hora para que yo pueda llevarte furtivamente al establo?

—Puedo ir sola. Será mejor que tú te asegures de que Penelope esté ocupada en el otro lado de la casa.

—Tienes razón —dijo él, asintiendo—. Le diré al mozo que te espere a esa hora.

—¿Entonces todos conocen nuestro engaño?

—Pensé que solo tendrían que saberlo los criados de la casa, pero ahora parece que el personal del establo también tendrá que estar al tanto. —Dio un paso para marcharse, y entonces se giró para decirle—: No lo olvides, sé puntual.

Ella miró alrededor con expresión dudosa.

—Supongo que no tienes ningún reloj aquí.

Él le pasó su reloj de bolsillo.

—Utiliza este. Eso sí, tendrás que darle cuerda dentro de unas horas.

—¿Me vas a traer esos libros?

Él asintió.

—Que no se diga que no soy el más amable de los anfitriones.

—¿Aunque relegas a la ocasional huésped al cuarto de baño?

—Aun así.

Esa tarde, cuando el reloj marcaba las cuatro, Caroline golpeó la puerta principal de Seacrest Manor. Su viaje hasta ese lugar había sido muy estrambótico, por llamarlo de alguna manera. Salió del cuarto de baño, bajó sigilosamente la escalera de servicio, atravesó corriendo la extensión de césped hasta el establo y subió al carruaje a la hora convenida. A partir de ahí, el carruaje estuvo vagando sin rumbo hasta que el mozo la llevó de vuelta a la casa.

Sin duda el trayecto habría sido más directo si hubiera salido al pasillo por el dormitorio de Blake y bajado por la escalera principal, pero después de pasarse casi todo el día sin compañía, aparte del lavabo y una bañera, no le molestó en absoluto un agradable paseo contemplando el paisaje.

Perriwick acudió a abrir la puerta en tiempo récord, y le hizo un guiño mientras decía:

—Es un placer volver a verla, señorita Trent.

—Señorita *Dent* —siseó ella.

—De acuerdo —dijo él, llevándose la mano a la sien, en posición firmes.

—Perriwick, alguien podría verte.

Él miró furtivamente alrededor.

Caroline lanzó un gemido. Perriwick le había tomado demasiado gusto a las intrigas.

El mayordomo se aclaró la garganta y dijo en voz muy alta:

—Permítame que la acompañe al salón, señorita Dent.

—Gracias, eh... ¿Cómo dijo que se llamaba?

Él le sonrió aprobador.

—Perristick, señorita Dent.

Esta vez ella no pudo evitarlo; le dio una palmada en el hombro.

—Esto no es un juego —susurró.

—No, claro que no. —Abrió la puerta del salón, el mismo al que le había llevado los manjares cuando se estaba recuperando del esguince en el tobillo—. Iré a decirle a lady Fairwich que ha llegado.

Ella sacudió la cabeza al ver su entusiasmo y fue a asomarse a la ventana. Daba la impresión de que llovería dentro de unas horas, lo cual le venía muy bien al tener que pasarse toda la noche encerrada en el cuarto de baño de Blake.

—¡Señorita Dent... Caroline! ¡Qué alegría volver a verte!

Caroline se giró a mirar. La hermana de Blake estaba entrando a toda prisa en el salón.

—Lady Fairwich, ha sido muy amable al invitarme.

—Tonterías, y creo que ayer insistí en que me llamaras Penelope.

—Muy bien, Penelope —dijo Caroline, e hizo un amplio gesto con el brazo señalando el entorno—. Es muy hermoso este salón.

—Sí. La vista es asombrosa, ¿verdad? Siempre le he tenido envidia a Blake por vivir junto al mar. Y ahora supongo que debo tenerte envidia a ti también. —Sonrió—. ¿Te apetece un té?

Si le habían enviado comida antes, seguro que Blake se las había arreglado para interceptarla, por lo que su estómago se había quejado todo el día.

—Sí —contestó—, un té sería delicioso.

—Excelente —dijo Penelope—. Pediría que nos trajeran pastelillos también, pero —se le acercó como para contarle un secreto— la cocinera de Blake es horrorosa. Creo que será mejor que pida solamente té, para no correr peligro.

Mientras Caroline se devanaba los sesos buscando una manera educada de decirle a la condesa que se moriría de hambre si la señora Mickle no enviaba unos cuantos pastelillos, entró Blake en el salón.

—¡Ah! Señorita Dent, bienvenida. Espero que el trayecto haya sido agradable.

—Lo ha sido, señor Ravenscroft. Su carruaje tiene unas ballestas increíbles.

El asintió, distraído, mirando alrededor.

—¿Buscas algo, Blake? —le preguntó Penelope.

—Solo estaba preguntándome si la señora Mickle habría enviado té. Y pastelillos —añadió con energía.

—Estaba a punto de llamar para pedirlo, pero lo de los pastelillos, no sé. Después de la cena de anoche...

—La señora Mickle prepara unos pastelillos excelentes —dijo Blake—. Le pediré que envíe una ración doble.

Caroline suspiró de alivio.

—Eso diría yo —concedió Penelope—. Al fin y al cabo tomé un desayuno delicioso esta mañana.

—¿Has desayunado? —le preguntó Blake, al tiempo que Caroline preguntaba lo mismo.

Si Penelope encontró extraño que su invitada le hiciera preguntas sobre sus comidas, no dijo nada, o tal vez no la oyó. Se encogió de hombros.

—Sí, en realidad fue de lo más extraño. Encontré una bandeja con el desayuno cerca de la puerta de mi habitación.

—¿Sí? —dijo Caroline, como si su interés solo estuviera motivado por la buena educación.

Apostaría su vida a que esa bandeja de desayuno estaba destinada a ella.

—Bueno, para ser sincera, no estaba cerca de mi habitación. Estaba más bien cerca de tu habitación, Blake, pero yo sabía que ya te habías levantado y salido del dormitorio. Pensé que el criado no quiso dejarla cerca de mi puerta por temor a despertarme.

Blake la miró con una expresión de tanta incredulidad que Penelope se vio obligada a levantar las manos.

—No se me ocurrió pensar otra cosa.

—Yo también creo que mi desayuno estaba en esa bandeja.

—¡Ah! Sí, eso tendría lógica. Me pareció que había mucha comida, pero tenía tanta hambre después de la cena de anoche que no me paré a pensar.

—No tiene importancia —dijo Blake. Entonces su estómago demostró que era un mentiroso, porque rugió con fuerza. Él hizo una mueca—. Iré a comprobar ese té. ¡Ah! Y lo de los pastelillos.

Caroline tosió.

Él se detuvo y se giró a mirarla.

—Señorita Dent, ¿usted también tiene hambre?

Ella sonrió de forma encantadora.

—Un hambre canina. Tuvimos un pequeño accidente en la cocina y no he comido nada en todo el día.

—¡Ay, Dios! —exclamó Penelope, tomándole las dos manos—. ¡Qué horror! Blake, ¿no podrías encargarte de que tu cocinera prepare algo más sustancioso que pastelillos? Si la crees capaz, quiero decir.

Caroline pensó que debería decir algo educado, como «¡Oh! No debería molestarse», pero la aterró la idea de que Penelope se lo tomara en serio.

—¡Ah, Blake! —exclamó Penelope.

Él se detuvo en la puerta y se giró muy poco a poco, visiblemente enfadado porque lo habían vuelto a detener.

—Nada de sopa.

Él no se dignó a contestar.

—Mi hermano es algo gruñón —dijo Penelope cuando él ya se había perdido de vista.

—Los hermanos suelen serlo —convino Caroline.

—¡Ah! ¿Tienes un hermano?

—No —contestó ella con tristeza—, pero conozco a personas que los tienen.

—La verdad es que Blake no es un mal hermano —continuó Penelope, sentándose e indicándole que hiciera lo mismo—, y hasta yo debo reconocer que es guapísimo.

A Caroline se le entreabrieron solos los labios por la sorpresa. ¿Acaso Penelope pretendía hacer de casamentera? ¡Ay, Dios! ¡Qué irónico era todo!

—¿No lo encuentras guapo?

Caroline pestañeó y se sentó.

—¿Disculpe?

—¿No encuentras guapo a Blake?

—¡Ah, bueno! Sí, por supuesto. Cualquiera lo encontraría guapo.

Penelope frunció el ceño, dejando claro que esa respuesta no la satisfizo.

Un jaleo en el pasillo salvó a Caroline de decir nada más. Las dos miraron hacia la puerta. Ahí estaba la señora Mickle, al lado de Blake, que tenía una expresión enfurruñada.

—¿Está satisfecha ahora? —gruñó él.

La señora Mickle miró a Caroline y luego contestó:

—Solo quería estar segura.

Penelope se giró hacia Caroline y le susurró:

—Mi hermano tiene unos criados rarísimos.

El ama de llaves y cocinera se alejó a toda prisa.

—Quería estar segura de que tenemos una invitada —explicó Blake desde la puerta.

—¿Ves lo que quiero decir? —le dijo Penelope a Caroline, encogiéndose de hombros.

Blake entró y fue a sentarse.

—Espero no haber interrumpido vuestra conversación.

—¡Qué tontería! —dijo Penelope—. Solo estaba diciendo... Mmm...

—¿Por qué será que no me gusta cómo suena eso? —masculló Blake.

Penelope se levantó de un salto.

—Tengo que enseñarle algo a Caroline. Blake, ¿serías tan amable de acompañarla mientras yo voy a buscarlo a mi habitación?

Y diciendo esto salió como un relámpago.

—¿De qué va esto? —preguntó Blake.

—Creo que a tu hermana se le ha metido en la cabeza hacer de casamentera.

—¿Contigo?

—No soy tan mal partido —protestó ella—. Hay quienes incluso me considerarían un premio.

—Disculpa —se apresuró a decir él—, no ha sido mi intención ofenderte. Tan solo me ha hecho pensar que Penelope debe de estar desesperada.

Ella lo miró boquiabierta.

—¿Es posible que no te des cuenta de lo grosero que suena eso?

Él tuvo la elegancia de ruborizarse.

—Debo pedir disculpas de nuevo. Solo quise decir que mi hermana lleva muchos años intentando encontrarme esposa, y que suele limitar su búsqueda a damas de familias cuyo linaje se remonta a la invasión normanda. Eso no quiere decir que haya algo malo en tu familia, sino simplemente que ella no sabe nada de tu historial familiar.

—No me cabe duda de que, si lo supiera, no me encontraría apropiada —dijo ella con impaciencia—. Puede que yo sea una heredera, pero mi padre trabajaba en la construcción.

—Sí, eso ya me lo has dicho. No habría ocurrido nada de esto si Prewitt no hubiera estado tan decidido a pescar a una heredera para su hijo.

—No me hace ninguna gracia que me comparen con un pescado.

Blake la miró compasivo.

—Debes saber que así es como se considera a las herederas, como presas a las que hay que atrapar. —Al ver que ella no contestaba, añadió—: Pero en realidad nada de eso tiene importancia. Nunca me casaré.

—Lo sé.

—De todos modos, deberías sentirte halagada, pues significa que le caes muy bien a Penny.

Ella lo miró con expresión pétrea. Pasado un momento, dijo:

—Blake, creo que divagas porque no sabes qué decir.

A eso siguió un incómodo silencio, hasta que Blake intentó arreglar las cosas diciendo:

—La señora Mickle se negó a prepararnos algo de comer si antes no le aseguraba que tú estabas aquí.

—Sí, ya me lo figuré. Es una mujer muy dulce.

—Ese no es el adjetivo que yo emplearía para describirla, pero comprendo que tú sí lo hagas.

Se hizo otro incómodo silencio y fue Caroline quien lo rompió.

—Tengo entendido que tu hermano ha tenido otra hija hace poco.

—Sí, la cuarta.

—Debes de estar encantado.

Él la miró fijamente.

—¿Por qué lo dices?

—Imagino que debe de ser maravilloso tener una sobrina. Claro que yo, siendo hija única, no seré tía jamás. —Se le entristeció el rostro—. Me encantan los bebés.

—Es posible que tú tengas uno.

Ella siempre había esperado casarse por amor, pero puesto que el hombre al que amaba estaba decidido a irse a la tumba soltero, ella también continuaría soltera.

—Lo dudo —dijo.

—No seas tonta. De ninguna manera puedes saber lo que te reserva el futuro.

—¿Por qué no? Al parecer tú crees saber lo que te reserva a ti.

—*Touché!* —La miró un instante y por sus ojos pasó algo que parecía tristeza. Pasado el instante, añadió—: Me gustan mucho mis sobrinas.

—Entonces, ¿por qué estás tan molesto con el nacimiento de esta última?

—¿Por qué dices eso?

—Vamos, Blake, por favor —bufó ella—. Es bastante evidente.

—No estoy disgustado en lo más mínimo con mi nueva sobrina. Estoy seguro de que la voy a adorar. —Se aclaró la garganta y sonrió con sarcasmo—. Lo que pasa es que me habría gustado que fuera niño.

—La mayoría de los hombres estarían fascinados por ser segundos en la línea de sucesión de un vizcondado.

—Yo no soy la mayoría de los hombres.

—No, eso está claro.

Blake entrecerró los ojos y la observó con detenimiento.

—¿Y qué has querido decir con eso?

Ella se encogió de hombros.

—Caroline...

—Es evidente que te encantan los niños, y sin embargo estás decidido a no tener ninguno. Esa manera tan singular de pensar tiene menos lógica aún que la que demuestran tener los machos de nuestra especie.

—Ahora comienzas a hablar como mi hermana.

—Eso me lo tomaré como un cumplido. Me cae muy, pero que muy bien.

—A mí también, pero eso no significa que siempre vaya a hacer lo que ella dice.

—¡He vuelto! —exclamó Penelope entrando en el salón—. ¿De qué estabais hablando?

—De bebés —dijo Caroline.

Penelope se sorprendió y luego sus ojos reflejaron una alegría no disimulada.

—¿Sí? ¡Qué interesante!

—Penelope, ¿qué querías enseñarle a Caroline? —preguntó Blake, arrastrando la voz.

—¡Ah, eso! No he podido encontrarlo —repuso Penelope, algo distraída—. Tendré que buscarlo después de invitar a Caroline a volver mañana.

Blake deseó protestar, pero guardó silencio; sabía muy bien que tomar el té con Caroline era su única manera de conseguir una comida decente.

Sonriendo, Caroline le preguntó a Penelope:

—¿Su hermano y su esposa ya le han puesto nombre a su hija recién nacida?

—¡Ah! Estabais hablando de su bebé —dijo Penelope, como si se sintiera decepcionada—. Sí. Daphne Georgiana Elizabeth.

—¿Todos esos nombres?

—¡Ah! Eso no es nada. Las niñas mayores tienen más nombres aún. La mayor se llama Sophie Charlotte Sybilla Aurelia Nathanaele, pero a David y Sarah se les están acabando los nombres.

—Si tienen otra hija —dijo Caroline sonriendo—, tendrán que ponerle simplemente Mary.

Penelope se echó a reír.

—¡Ah, no! Eso sería imposible. Ya han usado Mary. Su segunda hija se llama Katharine Mary Claire Evelina.

—No me atrevo a adivinar cómo se llama la tercera.

—Alexandra Lucy Caroline Vivette.

—¡Una Caroline! ¡Qué bien!

—Encuentro increíble que logres recordar todos los nombres —dijo Blake—. Yo solo logro recordar Sophie, Katharine, Alexandra y ahora Daphne.

—Si tuvieras hijos...

—Lo sé, lo sé, mi querida hermana. No hace falta que me lo repitas.

—Solo iba a decir que si tuvieras hijos no tendrías ninguna dificultad para recordar sus nombres.

—Sé lo que ibas a decir.

—¿Usted tiene hijos, lady Fairwich? —le preguntó Caroline.

Una expresión de pena cambió la cara de Penelope.

—No, no tengo —contestó en voz baja.

—¡Cuánto lo siento! —tartamudeó Caroline—. No debería haber preguntado.

—No pasa nada —dijo Penelope, sonriendo y con los labios temblorosos—. El conde y yo aún no hemos sido bendecidos con hijos. Tal vez por eso estoy tan atontada con mis sobrinas.

Caroline tragó saliva con incomodidad, muy consciente de que sin querer había sacado a relucir un tema doloroso.

—El señor Ravenscroft dice que él también está atontado con sus sobrinas.

—Sí. Es un tío maravilloso. Sería un excel...

—No lo digas, Penelope —interrumpió Blake.

Por fortuna, la entrada de Perriwick impidió continuar la conversación. El mayordomo venía encorvado por el peso de la sobrecargada bandeja.

—¡Ah, caramba! —exclamó Penelope.

—Sí, es todo un festín para el manido té, ¿verdad? —dijo Blake arrastrando la voz.

Caroline se limitó a sonreír, sin molestarse siquiera en sentir vergüenza por los fuertes gruñidos de su estómago.

Durante los días siguientes se hizo evidente que Caroline tenía una ficha esencial en la mesa de negociaciones: los criados se negaban a preparar una comida decente si no estaban seguros de que ella participaría.

De este modo, se encontró con que la *invitaban* a Seacrest Manor cada vez con mayor frecuencia. Un día Penelope llegó al extremo de sugerir que se quedara a pasar la noche porque estaba lloviendo.

Dicha sea la verdad, no era mucho lo que llovía, pero Penelope no era idiota; había observado los extraños hábitos de los criados y le gustaba desayunar tan bien como a cualquiera.

Caroline no tardó en entablar una buena amistad con la hermana de Blake, aunque empezó a hacérsele difícil continuar aplazando de forma indefinida una visita a Bournemouth siempre que Penelope se lo proponía. En la pequeña ciudad había muchas personas que podrían reconocerla.

Y eso sin tener en cuenta que Oliver había hecho enganchar su retrato por todas partes. Además, Blake la informó de que la última vez que había ido a la ciudad había observado que ahora se ofrecía una recompensa a quien la devolviera sana y salva.

No le hacía la menor gracia la idea de explicarle *eso* a Penelope.

Tampoco veía demasiado a Blake. Él no se perdía nunca la hora del té (al fin y al cabo era su única oportunidad de tomar una comida decente), pero aparte de eso evitaba su compañía, excepto cuando le hacía una visita ocasional en el cuarto de baño para entregarle otro libro.

Y así su vida fue transcurriendo en una estrafalaria aunque cómoda rutina, hasta que se cumplió una semana desde la llegada de Penelope.

Un día, los tres estaban reunidos en el salón comiendo con avidez unos pequeños sándwiches y cada uno de ellos deseando que los demás no notaran su falta de modales.

Caroline estaba alargando la mano para pillar su tercer bocadillo, Penelope masticando su segundo y Blake metiéndose en el bolsillo su sexto, cuando oyeron el ruido de los tacones de unas botas en el pasillo.

—¿Quién será? —preguntó Penelope, y se ruborizó un poco cuando de su boca salió volando un trocito de pan.

Su pregunta tuvo respuesta un instante después, cuando el marqués de Riverdale entró en el salón. Observó la escena, pestañeó sorprendido y dijo:

—Penelope, ¡cuánto me alegra verte! No tenía ni idea de que conocías a Caroline.

18

bromatología (sustantivo): Arte y ciencia del comer y la dietética.

«En el campo de la investigación y estudio, la *bromatología* está muy infravalorada.»

Del diccionario personal de Caroline Trent

Sobre el salón descendió un silencio absoluto que, tras un instante, fue seguido por una cháchara tan ruidosa y enérgica que Perriwick fue a asomar la cabeza para ver qué ocurría. Después de asomarse entró con el pretexto de llevarse la bandeja con los restos de té y comida, lo que provocó una especie de motín entre los comensales. Blake casi le arrancó la bandeja de las manos y luego lo empujó hacia la puerta.

Si Penelope se fijó en la naturalidad del marqués de Riverdale al llamar a la señorita Dent por su nombre de pila, no lo comentó, pero sí que manifestó la inmensa sorpresa que le había causado que se conocieran.

Caroline ya estaba hablando en voz muy alta sobre la muy antigua amistad entre los Sidwell y los Dent, y James asentía con gran aspaviento a todo lo que ella decía.

La única persona que no añadía su granito de arena al estruendo era Blake, aunque sí lanzó un gemido bastante sonoro. No sabía qué era peor: que James hubiera llegado y estado a punto de estropearle la tapadera a Caroline, o el nuevo y fiero destello casamentero que brillaba en los ojos de su hermana. Habiendo descubierto que la familia de Caroline estaba conectada en cierto modo, con la familia del marqués, ya había decidido que sería una excelente esposa para un Ravenscroft.

O era eso, pensó sombríamente, o había decidido concentrar sus prodigiosas dotes casamenteras en Caroline y James.

En resumen, la situación tenía todos los ingredientes para acabar convirtiéndose en un verdadero desastre. Pasando lentamente la mirada de Penelope a James y de este a Caroline, y sin dejarlos de observar, llegó a la conclusión de que lo único que le impedía entregarse a la violencia era que no lograba decidir a cuál de ellos estrangular primero.

—¡Ah! ¡Pero cuánto tiempo ha pasado, Caroline! —estaba diciendo James, que parecía estar disfrutando muchísimo—. Casi cinco años, diría yo. Has cambiado mucho desde la última vez que nos vimos.

—¿Sí? ¿En qué? —preguntó Penelope.

Puesto entre la espada y la pared, James tartamudeó un momento y luego contestó:

—Bueno, tiene el pelo bastante más largo, y...

—¿Sí? —interrumpió Penelope—. ¡Qué interesante! Debes de haberlo tenido cortísimo, Caroline, porque ahora no lo tienes demasiado largo.

—Tuve un accidente —improvisó Caroline—, y tuvieron que cortármelo muy corto.

Blake tuvo que morderse el labio para no pedirle que les contara lo del «accidente».

—¡Ah, sí! Lo recuerdo —dijo James, con enorme entusiasmo—. Algo que tuvo que ver con la miel y el pájaro amaestrado de tu hermano.

Caroline tosió sobre la taza de té y tuvo que taparse la boca con una servilleta para no rociar a Blake.

—Creí que no tenías ni hermanos ni hermanas —dijo Penelope, frunciendo el ceño.

Caroline se limpió la boca, se tragó una risita nerviosa y dijo:

—En realidad, era el pájaro de mi primo.

—Tienes razón —dijo James, dándose una palmada en la frente—. ¡Qué idiota soy! ¿Cómo se llama?

—Percy.

—El bueno de Percy. ¿Cómo está?

Ella curvó la boca en un gesto de desagrado.

—Igual que siempre, me temo. Yo hago todo lo posible por evitarlo.

—Esa es una medida prudente —convino James—. Recuerdo que era un tipo mezquino que siempre estaba provocando a todo el mundo.

—¡Riverdale! —exclamó Penelope en tono desaprobador—. Estás hablando de un pariente de la señorita Dent.

—¡Ah! A mí no me importa —le aseguró Caroline—. Me encantaría poder repudiarlo como primo.

Penelope sacudió la cabeza desconcertada y miró a su hermano con una expresión algo acusadora.

—Me cuesta creer que no me hayas dicho que Caroline es amiga de Riverdale.

Blake se encogió de hombros y se obligó a aflojar los puños.

—No lo sabía.

En ese momento entró Perriwick con una discreción poco típica en él y comenzó a juntar los restos a medio comer para llevárselos.

—¡No! —gritaron Blake, Penelope y Caroline al unísono.

James los miró con interés, desconcertado.

—¿Pasa algo?

—Solo que estamos... —dijo Penelope.

—... algo... —terció Caroline.

—... hambrientos —concluyó Blake, con énfasis.

James pestañeó.

—Eso parece.

Penelope rompió el posterior silencio preguntándole a James:

—¿Vas a alojarte con nosotros, milord?

—Eso había pensado, sí, pero solo si hay una habitación libre para mí. —Miró hacia Caroline—. No sabía que la señorita Dent estaba aquí.

Penelope frunció el entrecejo.

—Caroline solo está de visita. Vive apenas a una milla de distancia.

—Mi padre compró una casa de verano en Bournemouth el otoño pasado —terció Caroline—. Pero aún no hemos informado a todo el mundo del traslado.

—Mmm... —murmuró Penelope, cuyos ojos se iban entrecerrando más y más—. Yo tenía la impresión de que llevabas bastante tiempo viviendo en Bournemouth.

—Veníamos con mucha frecuencia.

—Sí —dijo Blake, pensando que debía hacer algo para salvar la situación, aunque estuviera furioso con Caroline y James—. ¿No dijiste que tu padre alquiló la casa durante varias temporadas antes de comprarla?

—Exactamente —repuso Caroline, asintiendo.

Blake la obsequió con la más arrogante de sus sonrisas.

—Tengo una memoria extraordinaria.

—De eso no me cabe duda.

Se hizo un silencio muy incómodo, hasta que Caroline se levantó.

—Ya es hora de que me vaya a casa. Se está haciendo tarde y... esto... creo que la cocinera va a preparar algo especial para la cena.

—Suerte la tuya —masculló Penelope.

—¿Disculpe?

—Nada —se apresuró a decir Penelope, y pasó su mirada de Blake a James—, pero no me cabe duda de que uno de estos dos caballeros estará encantado de acompañarte a casa.

—¡Oh! No es necesario. De verdad, el camino no es tan largo.

James se levantó de un salto.

—¡Qué tontería! Me encantará acompañarte. Estoy seguro de que tenemos que ponernos al día de muchas cosas.

—Sí —convino ella—. Tal vez de mucho más de lo que te habrías imaginado.

En el momento en que se cerró la puerta tras ellos, Caroline giró la cabeza hacia James y le preguntó:

—¿Tienes algo para comer en tu carruaje?

—Un trozo de pan y un poco de queso que me traje de una posada.

Caroline ya se había subido al carruaje.

—¿Dónde está? —preguntó, mirándolo por encima del hombro.

—¡Por Dios, mujer! ¿No te han dado de comer?

—Pues no, y para Penelope y Blake ha sido peor, aunque por él no siento mucha compasión.

James subió y sacó un trozo de pan de una bolsa que había en el asiento.

—¿Qué demonios pasa?

—Mmmmññlgñññ.

—¿Qué has dicho?

Ella tragó.

—Te lo diré dentro de un momento. ¿Tienes algo para beber?

Se sacó un botellín del bolsillo.

—Solo un poco de coñac, pero no creo que sea esto lo...

Ella ya había tomado el botellín y bebido un trago. Él esperó con paciencia mientras Caroline se atragantaba, tosía y farfullaba. Pasado un momento, le dijo:

—Te iba a decir que no creo que el coñac sea exactamente lo que necesitas.

—Tonterías —dijo ella con la voz ronca—. Cualquier líquido serviría.

Él tomó el botellín y le puso la tapa.

—Supongo que vas a explicarme por qué los tres estáis muertos de hambre. ¿Y por qué demonios está aquí Penelope? Va a desmontar toda la operación.

—¿Quieres decir que has obtenido permiso de Londres para seguir adelante con el plan?

—No voy a contestar ninguna pregunta mientras tú no contestes las mías.

Ella se encogió de hombros.

—Entonces será mejor que finjamos que vamos a pie. Creo que esto nos va a llevar bastante tiempo.

—¿Fingir que vamos a pie?

—De ninguna manera te va a llevar una hora acompañarme de vuelta al cuarto de baño de Blake.

James la miró boquiabierto.

—¿Qué?

Ella lanzó un suspiro.

—¿Quieres la versión larga o la corta?

—Puesto que, al parecer, va a llevarme una hora acompañarte al cuarto de baño de Ravenscroft, opto por la versión larga. Seguro que también es más interesante.

—Ni te lo imaginas —dijo ella.

Acto seguido bajó del carruaje de un salto, llevándose consigo el trozo de queso y el pan.

Dos horas después, Blake se sentía muy enfadado, incluso agresivo.

James y Caroline habían estado ausentes muchísimo tiempo, teniendo en cuenta que solo debían ir hasta el cuarto de baño.

Se maldijo para sus adentros. Hasta sus pensamientos comenzaban a parecerle estúpidos. Pero la verdad es que James solo necesitaba una hora para hacer ver que había acompañado a Caroline a su casa. A él nunca le había llevado más de una hora fingir que la había ido a buscar para la visita a la hora del té.

Llevaba tanto tiempo paseándose de un lado a otro por su cuarto de baño que Penelope debía de estar pensando que sufría de una terrible dolencia estomacal.

Cuando acababa de sentarse en el borde del lavabo, oyó risas y pasos subiendo la escalera de servicio. Saltó al suelo, apretó los labios en una severa línea y se cruzó de brazos.

Un segundo después, se abrió la puerta y Caroline y James prácticamente entraron de cabeza, riéndose tanto que les costaba mantenerse de pie.

—¿Dónde demonios habéis estado? —preguntó.

Le pareció que los dos intentaban contestarle, pero no les entendió nada porque le hablaban sin poder dejar de reírse.

—¿Y de qué demonios os reís tanto?

—Ravenscroft, has hecho cosas realmente extrañas en tu vida —jadeó James—, pero esto... —hizo un gesto con el brazo abarcando todo el cuarto—, esto no tiene comparación.

Blake se limitó a mirarlo enfurruñado.

—Aunque —continuó James, mirando a Caroline— tú has hecho muy buen trabajo convirtiendo este lugar en un hogar. La cama es un toque simpático.

Caroline miró el ordenado montón de mantas y almohadas que había arreglado en el suelo.

—Gracias. Me gusta hacer lo mejor posible cualquier trabajo —dijo, y volvió a reírse.

—¿Dónde habéis estado? —repitió Blake.

—Aunque no me vendría mal tener unas cuantas velas más —le dijo Caroline a James.

—Sí, veo rincones que deben de ponerse muy oscuros —contestó él—. Y esa ventana es pequeñísima.

—¡¿Dónde habéis estado?! —rugió Blake.

Caroline y James lo miraron con idénticas expresiones de incomprensión.

—¿Nos hablas a nosotros? —le preguntó James.

—¿Disculpa? —dijo Caroline al mismo tiempo.

—¿Dónde... habéis... estado? —repitió Blake, entre dientes.

Ellos se miraron y se encogieron de hombros.

—No lo sé —dijo James.

—Caminando por ahí —añadió Caroline.

—¿Dos horas?

—Tenía que ponerlo al tanto de todos los detalles —le explicó ella—. Al fin y al cabo no querrás que le diga a Penelope algo que no encaje.

—Yo podría haberle explicado los hechos pertinentes en menos de un cuarto de hora —gruñó Blake.

—De eso no me cabe duda —contestó James—, pero no habría sido tan entretenido.

—Bueno, Penelope quiere saber dónde has estado —dijo Blake, fastidiado—. Quiere ofrecer una fiesta en tu honor.

—Pero si yo creí que pensaba marcharse dentro de dos días... —terció Caroline.

—Lo pensaba —espetó Blake—, pero ahora que está aquí nuestro querido amigo James, ha decidido prolongar su estancia. Dice que no todos los días tenemos alojado a un marqués.

—Pero si está casada con un maldito conde... —dijo James—. ¿Por qué le importa?

—No le importa. Simplemente quiere casarnos.

—¿A quiénes?

—De preferencia, a uno con otro.

Caroline miró del uno al otro.

—¿A los tres? ¿Eso no es ilegal?

James se echó a reír. Blake simplemente la obsequió con su mirada más despectiva. Y después dijo:

—Tenemos que librarnos de ella.

Caroline se cruzó de brazos.

—Me niego a hacer nada que sea cruel con tu hermana. Es una persona amable y cariñosa.

—¡Ja! —espetó Blake—. Tierna ¡y un cuerno! Es la mujer más decidida y entrometida que conozco; a excepción de ti, tal vez.

Caroline le sacó la lengua.

Él hizo como si no la hubiera visto.

—Tenemos que conseguir que regrese a Londres.

—Podríamos falsificar un mensaje de su marido; eso sería fácil —dijo James.

Blake negó con la cabeza.

—No es tan fácil como crees. Está en el Caribe.

Caroline sintió una punzada de nostalgia. Él había comparado el color de sus ojos con el del mar del trópico. Ese era un recuerdo que llevaría consigo el resto de su vida, puesto que cada vez tenía más claro que no tendría a ese hombre.

—Bueno —dijo James—, ¿qué tal, entonces, una nota de su ama de llaves o de su mayordomo diciendo, por ejemplo, que se ha incendiado la casa?

—Eso es demasiado cruel —dijo Caroline—. Estaría preocupadísima.

—De eso se trata —terció Blake—. Necesitamos que se preocupe lo bastante como para marcharse.

—¿No podríamos sustituirlo por una inundación? —propuso ella—. Es mucho menos terrible que un incendio.

—Ya que estamos en ello —dijo James—, ¿por qué no una invasión de ratas?

—¡Entonces no se marcharía jamás! —exclamó Caroline—. ¿Quién quiere ir a una casa donde hay ratas?

—Muchas de mis conocidas querrían —dijo Blake con sarcasmo.

—¡Qué terrible es decir eso!

—Pero es cierto —convino James.

Los tres se quedaron callados un rato, hasta que Caroline sugirió:

—Supongo que podríamos seguir como hasta ahora. Para mí no ha sido tan terrible quedarme en el cuarto de baño dado que Blake me ha traído material de lectura. Aunque agradecería muchísimo que pensáramos en otro sistema para las comidas.

—Te recuerdo que dentro de dos semanas Riverdale y yo lanzaremos nuestro ataque a Prewitt.

—¿Ataque? —exclamó Caroline, horrorizada.

—Ataque, arresto —dijo James, agitando una mano—, todo viene a ser lo mismo.

—Sea como sea —continuó Blake, en voz muy alta para recuperar la atención de ambos—, lo último que necesitamos es la presencia de mi hermana. —Miró a Caroline—. No podría importarme menos que te pasaras las próximas dos semanas encerrada en mi lavabo, pero...

—¡Qué buen anfitrión! —masculló ella.

Él hizo como si no la hubiera oído.

—... pero que me cuelguen si Prewitt se me escapa de las manos porque mi hermana quiere verme casado.

—No me gusta nada la idea de gastarle una broma cruel a Penelope —dijo Caroline—, pero sí que podríamos encontrar un plan aceptable entre los tres.

—Tengo la impresión de que tu definición de «aceptable» difiere mucho de la mía —comentó Blake.

Caroline lo miró enfadada y luego sonrió a James:

—¿Qué piensas tú, James?

Él se encogió de hombros, más interesado en la mirada furiosa de Blake que en las palabras de ella.

Pero eso fue antes de que oyeran unos fuertes golpes en la puerta que daba al dormitorio.

Se quedaron inmóviles.

—¡Blake! ¡Blake! ¿Con quién estás hablando?

Era Penelope.

Al instante Blake hizo enérgicos gestos hacia la puerta que daba a la escalera, mientras James empujaba a Caroline para que saliera. Tan pronto como ella salió y James cerró la puerta, Blake fue a abrir la otra y, con expresión impasible, preguntó:

—¿Sí?

Penelope asomó la cabeza y miró hacia todos los rincones de la habitación.

—¿Qué pasa?

Blake pestañeó.

—¿Disculpa?

—¿Con quién estabas hablando?

—Conmigo —dijo James, saliendo de detrás de un biombo para vestirse.

Penelope entreabrió los labios, sorprendida.

—¿Qué haces aquí? No sabía que habías vuelto.

Él apoyó la espalda en la pared como si fuera lo más natural del mundo que estuviera en el cuarto de baño de Blake.

—Volví hace unos diez minutos.

—Teníamos que hablar de ciertas cosas —añadió Blake.

—¿En el cuarto de baño?

—Nos trae recuerdos de Eton —dijo James, obsequiándola con una aniquiladora sonrisa.

—¿Sí? —dijo ella, nada convencida.

—Allí no había ni un solo segundo para hablar en privado —le explicó Blake—. Era algo terrible.

Penelope señaló al montón de mantas del suelo.

—¿Qué hacen ahí?

—¿Qué? —preguntó Blake, con el fin de ganar tiempo.

—Las mantas.

—¿Las mantas? —dijo él, pestañeando—. No tengo ni idea.

—¿Tienes una pila de mantas y almohadas en el suelo de tu cuarto de baño y no sabes por qué?

—Supongo que Perriwick las habrá dejado ahí. Tal vez quiera enviarlas a lavar.

—Blake —dijo ella con el ceño fruncido—, mientes fatal.

—La verdad es que soy bastante bueno. Lo que pasa es que últimamente no he practicado demasiado.

—Entonces, ¿reconoces que estás mintiendo?

—Creo que no he reconocido nada de eso. —Miró hacia James, con una expresión de total inocencia—. ¿Lo he reconocido, James?

—Creo que no. ¿Qué crees tú, Penelope?

—Creo —gruñó Penelope— que ninguno de los dos saldrá de esta habitación hasta que no me hayáis explicado qué está pasando.

Al otro lado de la puerta, Caroline lo estaba oyendo todo, y retuvo el aliento al escuchar a Penelope interrogar a los dos caballeros con la pericia de un verdugo.

Lanzando un silencioso suspiro, se sentó en el primer peldaño de la escalera. Dado el rumbo que estaban tomando los acontecimientos, igual tendría que estar varias horas ahí dentro. Penelope no daba señales de renunciar al interrogatorio.

Había que mirar las cosas por el lado positivo, decidió, obviando el hecho de que la escalera estaba oscura como la boca del lobo. Podía estar atrapada en la situación más estrafalaria del mundo y, aun así, ser mucho mejor que vivir con los Prewitt. ¡Santo cielo! Si no hubiera huido, probablemente ya sería una de ellos.

¡Qué idea más horrible!

Pero no tan horrible como lo que le ocurrió un instante después. Tal vez había removido el polvo cuando se sentó, o tal vez los dioses estaban confabulados en su contra, pero comenzó a hormiguearle la nariz.

Después comenzó a picarle.

Se apretó las ventanillas con el índice, pero no le sirvió de nada.

Hormigueo, picor, hormigueo, picor.

—Aa... Aa... Aa... ¡Aa... chís!

—¿Qué ha sido eso? —preguntó Penelope.

—¿El qué? —preguntó Blake en el mismo instante en que James comenzaba a estornudar sin parar.

—Basta de esa ridícula representación —le espetó Penelope a James—. He oído estornudar a una mujer, y muy claramente.

James estornudó aún más fuerte.

—¡Basta! —le ordenó Penelope, dirigiéndose a la puerta que daba a la escalera.

Blake y James se lanzaron de cabeza hacia ella, pero llegaron demasiado tarde. Ya la había abierto.

Y ahí, en el rellano, estaba sentada Caroline, inclinada, con todo el cuerpo estremecido por los estornudos.

19

libertario (adjetivo): 1. Que defiende o favorece la libertad absoluta en opiniones o actos. 2. Que no insiste en la estricta adhesión a la conformidad a un código establecido.

«En Bournemouth, a diferencia de Londres, se puede actuar de un modo más *libertario*, pero de todos modos, incluso en el campo, hay ciertas reglas a las que hay que someterse.»

Del diccionario personal de Caroline Trent

¡Caroline! —exclamó Penelope en tono acusador—. ¿Qué haces aquí?

Pero su voz quedó apagada por el grito que Blake soltó a Caroline al mismo tiempo:

—¡¿Por qué demonios no bajaste corriendo la escalera al oír que veníamos?!

La única respuesta de ella fue un estornudo.

James, que muy rara vez se alteraba por algo, arqueó una ceja y dijo:

—Creo que no puede hablar ahora mismo.

Caroline volvió a estornudar.

Penelope se giró hacia James y lo miró furiosa.

—Supongo que tú también estás metido en esto.

—En cierto modo —dijo él, encogiéndose de hombros.

Caroline volvió a estornudar.

—¡Por el amor de Dios! —dijo Penelope, enfadada—. Sacadla de ahí. Está claro que hay algo en el polvo que le provoca convulsiones.

—No tiene convulsiones —replicó Blake—. Solo está estornudando.

Caroline estornudó.

—Bueno, sea lo que sea, hazla entrar en tu dormitorio. ¡No! En tu dormitorio no. Llevadla al mío. —Poniéndose las manos en las caderas los miró a todos—. ¿Qué demonios pasa aquí? Quiero que me pongáis al tanto de la situación ahora mismo. Si alguien no...

—Si se me permite el atrevimiento... —interrumpió James.

—Cállate, Riverdale —espetó Blake, ayudando a Caroline a levantarse—. Hablas igual que mi maldito mayordomo.

—Perriwick se sentiría halagado por la comparación, sin duda —dijo James—. En todo caso, solo quería decirle a Penelope que no hay nada indecoroso en que Caroline esté en tu dormitorio, puesto que también estamos presentes ella y yo.

—Muy bien —concedió Penelope—. Instálala en tu dormitorio, Blake, pero quiero saber qué está pasando. Y no más tonterías sobre miel y pájaros amaestrados.

Caroline estornudó.

—¿Tal vez podrías ir a buscar un poco de té? —le sugirió Blake a su hermana.

—¡Ja! Si crees que voy a dejarla sola con vosotros dos...

—Yo iré a buscar el té —interrumpió James.

En cuanto James se alejó, Penelope miró a Blake y Caroline con los ojos entrecerrados.

—¿Tenéis un romance?

—¡No! —logró exclamar Caroline entre estornudo y estornudo.

—Entonces deberías explicarme por qué estás aquí. Creía que eras una dama con moral, y voy a necesitar de toda mi tolerancia para no cambiar de opinión.

Caroline miró a Blake. No podía revelar sus secretos sin su permiso.

Él simplemente lanzó un gemido, puso los ojos en blanco y dijo:

—Deberíamos decirle la verdad. Dios sabe que nos la acabará sonsacando de todos modos.

El relato de la historia completa les llevó veinte minutos. Tal vez habrían bastado solo quince minutos, pero como James tardó muy poco en volver con el té (acompañado, por suerte, de unos panecillos frescos), la narración se hizo más lenta, pues se pusieron a comer.

Penelope no hizo ninguna pregunta durante el relato, aparte de «¿Leche?» y «¿Azúcar?», lo cual no significaba que sirviera ella el té.

En cambio Blake, James y Caroline no dejaban de interrumpirse entre sí de un modo asombroso. De todos modos, pasados veinte minutos, ya se las habían arreglado para terminar de relatar los hechos de las últimas semanas.

Cuando terminaron, Caroline observó a Penelope con una mezcla de curiosidad y temor. Le había tomado bastante cariño y le partía el corazón que la condesa rompiera su amistad con ella.

Sin embargo, Penelope los sorprendió a los tres murmurando un «Comprendo» y luego, en voz más baja aún, «Mmm».

Caroline se inclinó hacia ella.

James se inclinó hacia ella.

Blake comenzó a inclinarse y detuvo el movimiento lanzando un bufido de disgusto. Estaba muy acostumbrado a las tácticas de su hermana.

Finalmente Penelope hizo una larga y profunda inspiración, miró a Blake y dijo:

—Eres un animal por no haber informado a la familia de tus actividades para el Gobierno, pero no voy a tratar esa cuestión ahora.

—¡Qué amable! —masculló él.

—Tienes suerte de que tu secretismo haya sido eclipsado por un asunto aún más grave.

—Desde luego.

Penelope lo miró enfadada y, acto seguido, levantó la mano, señaló a James mientras movía un dedo y después a él.

—Uno de vosotros va a tener que casarse con ella —declaró.

Caroline, que había estado mirándose las puntas de los zapatos para no decirle a Blake con la mirada «Te lo dije» cuando Penelope lo regañó por lo del secretismo, levantó bruscamente la cabeza al oír eso.

La visión con que se encontraron sus ojos no era nada tranquilizadora. Penelope la estaba apuntando con su largo índice, y Blake y James tenían la cara blanca como el papel.

Al atardecer Blake se encontraba atrapado en una conversación muy desagradable con su hermana. Ella intentaba convencerlo de casarse con Caroline lo antes posible y él ponía todo su empeño en no hacerle caso.

No le preocupaban las consecuencias de ese último desastre. Había jurado no casarse nunca; Penelope lo sabía, Caroline lo sabía, James lo sabía. ¡Demonios! Todo el mundo lo sabía. Y James no era el tipo de hombre que permitiría que la hermana de su mejor amigo lo obligara a casarse si no quería. En realidad, lo único que podía hacer Penelope para asegurarse de que Caroline se casara a toda prisa sería propagar chismes y armar un gran escándalo.

Pero estaba seguro de que no había ningún peligro de que eso ocurriera. Penelope podría estar dispuesta a propagar unos pocos rumores, pero de ninguna manera arruinaría la reputación de la mujer a la que ya llamaba «mi queridísima y mejor amiga».

Sin embargo, sí que era capaz de convertirse en una tremenda molestia y hacerles la vida imposible a todos los habitantes de Seacrest Manor. En su caso, lo estaba consiguiendo en ese mismo momento.

—Blake —dijo ella—, sabes que necesitas una esposa.

—No, no lo sé.

—La reputación de Caroline ha quedado comprometida sin remedio.

—Solo si tú decides ir con el cuento a Londres.

—No se trata de eso.

—Se trata de eso exactamente —gruñó él—. Ha estado viviendo aquí para proteger la seguridad nacional.

—¡Vamos, por favor! —dijo ella con altivez—. Está viviendo aquí para escapar de las garras de su tutor.

—Un tutor que amenaza la seguridad nacional. Y Caroline nos ha ayudado en la misión de arrestarlo. Una actividad muy noble, si quieres mi opinión.

—No te la he pedido —dijo Penelope, sorbiendo por la nariz.

—Pues deberías —espetó él—. La presencia de Caroline aquí es esencial para la seguridad de Inglaterra, y solo el peor de los antipatriotas lo aprovecharía para arruinar su reputación.

Cierto que estaba exagerando un poco lo de la seguridad nacional, pero claro, los momentos desesperados exigen medidas desesperadas.

James eligió ese preciso instante para entrar en el salón.

—Supongo que seguís dándole vueltas al futuro de Caroline.

Los dos lo miraron molestos.

—Bueno —dijo James sentándose en un sofá, desperezándose como un gato y bostezando—, he estado pensando en casarme con ella.

—¡Ah, es maravilloso! —exclamó Penelope dando palmas.

Pero su exclamación quedó apagada por el grito de Blake:

—¡¿Qué?!

James se encogió de hombros.

—¿Por qué no? Tengo que casarme algún día.

—Caroline se merece casarse con alguien que la ame —gruñó Blake.

—Está claro que me gusta, me cae muy bien. Eso es más de lo que pueden decir muchos matrimonios.

—Eso es cierto —dijo Penelope.

—Tú te callas —espetó Blake señalándola con un dedo. Luego miró furioso a James, pero no se le ocurrió nada inteligente que decir, así que espetó—: Tú también te callas.

—Bien dicho —dijo James con una carcajada.

Blake lo miró indignado, sintiéndose muy capaz de asesinarlo.

—Dime más —le dijo Penelope a James—. Yo creo que Caroline será una marquesa maravillosa.

—Sí que lo sería —convino James—, y además sería un matrimonio muy conveniente. Debo casarme algún día y, al parecer, Caroline necesita casarse muy pronto.

—No hay ningún motivo para que se case —gruñó Blake—, mientras mi hermana mantenga la boca cerrada.

—Penelope es una persona discreta —continuó James, en un tono que Blake ya encontraba demasiado jovial—, pero eso no nos garantiza que nadie se entere de nuestros curiosos arreglos de convivencia. Puede que Caroline no sea un miembro de la alta sociedad, pero eso no significa que se merezca que arrastren su nombre por el lodo.

Blake se levantó de un salto y rugió:

—No te atrevas a acusarme de desear ensuciar su buen nombre. Todo lo que he hecho...

—El problema es que no has hecho nada —le interrumpió Penelope con amabilidad.

—Me niego a seguir aquí sentado...

—Estás de pie —señaló Penelope.

—James —dijo Blake con una voz peligrosamente baja—, si no me detienes, cometeré varios crímenes en los próximos minutos, y el menos lamentable será la dolorosa muerte de mi hermana.

—Penelope —dijo James—, yo en tu lugar me pondría fuera de su alcance. Diría que habla en serio.

—¡Bah! Solo está fastidiado porque sabe que tengo razón.

A Blake comenzó a tensársele un músculo de la mandíbula, y no se molestó en mirar a James al decir:

—No tienes hermana, ¿verdad, Riverdale?

—No.

—Considérate bendecido.

Dicho eso se dio media vuelta y salió del salón con paso decidido.

James y Penelope se quedaron mirando la puerta por la que acababa de salir Blake hasta que, pasado un momento, Penelope pestañeó unas cuantas veces, miró a James y dijo:

—Creo que no está muy contento con nosotros ahora mismo.

—No.

—¿Lo has dicho en serio?

—¿Lo de casarme con Caroline?

Penelope asintió.

—No haría una declaración como esa si no estuviera preparado para llevarla a cabo.

—Pero no deseas casarte con ella —dijo Penelope, mirándolo con los ojos entrecerrados.

—Bueno, no de la manera como lo desea Blake.

—Mmm... —murmuró ella, y fue a sentarse en el sillón más alejado de la puerta—. Eres muy listo, Riverdale, pero tu plan podría provocar el resultado contrario. Blake es muy tozudo.

James fue a sentarse frente a ella.

—Eso lo sé muy bien.

—No me cabe duda. —Curvó los labios, aunque no en una sonrisa—. ¿Y sabes también que yo tengo ese mismo rasgo?

—¿Tozudez, quieres decir? Mi querida Penelope, atravesaría desnudo toda Inglaterra en el invierno más crudo, con tal de escapar de una batalla de voluntades con mujeres como tú.

—Muy bien expresado, pero si tu declaración no provoca los resultados deseados, te casarás con Caroline.

—No me cabe duda de que me pondrías el cañón de una pistola en la espalda hasta que lo hiciera.

—Esto no es una broma, Riverdale —dijo ella, en voz más alta.

—Lo sé. Pero lo que dije, lo dije en serio. Necesito casarme algún día, y Caroline es muchísimo mejor de lo que conseguiría si buscara una esposa en Londres.

—¡Riverdale!

Él se encogió de hombros.

—Es cierto. Caroline me gusta mucho, y si tengo que casarme con ella porque Blake es demasiado cobarde para hacerlo..., bueno, pues que así sea. Sinceramente, se me ocurren destinos peores.

—¡Qué embrollo! —suspiró Penelope.

James hizo un confiado gesto con la mano.

—No te preocupes, Blake le propondrá matrimonio. Lo mataría verme casado con ella.

—Espero que tengas razón —dijo ella—. Dios sabe que necesita un poco de felicidad. —Suspirando, se hundió en el sillón y reclinó la espalda—. Solo deseo que sea feliz. ¿Es mucho pedir eso?

Caroline estaba al otro lado de la puerta tapándose la boca con una mano. Había creído que su humillación sería total cuando Penelope exigió que alguien, ¡cualquiera!, se casara con ella, pero eso...

Se tragó un sollozo. Eso era mucho más que una humillación. Una humillación era algo con lo que podía vivir, algo que podía soportar y finalmente olvidar. Pero eso era diferente. Sentía que algo se estaba muriendo en su interior, y no sabía si era su corazón o su alma.

Que fuera su corazón o su alma no tenía importancia, comprendió mientras subía corriendo a su habitación. Lo único que importaba era que estaba sufriendo, y que la pena le iba a durar el resto de su vida.

Le llevó dos horas, pero al fin consiguió serenarse. Aplicándose paños con agua fría logró reducir bastante la hinchazón de los párpados, y dedicando varios minutos a hacer respiraciones profundas logró eliminar el temblor de la voz. Por desgracia, no era mucho lo que podía hacer para evitar que la tristeza se le reflejara en los ojos.

Bajó la escalera y no la sorprendió descubrir que James y Penelope seguían en el salón. La conversación llegaba al pasillo, y al oírla agradeció que hubieran pasado a hablar de temas más mundanos.

Estaban hablando de teatro cuando llegó a la puerta y golpeó con suavidad en el marco.

Al verla James se puso de pie.

—¿Puedo entrar?

—Por supuesto —contestó Penelope—. Ven a sentarte a mi lado.

Ella entró y negó con la cabeza.

—Prefiero quedarme de pie, gracias.

—Como quieras.

—¿Sabéis dónde está Blake? —preguntó con postura regia—. Voy a decir esto una sola vez.

—Estoy aquí.

Caroline volvió la cabeza. Blake estaba en la puerta con el cuerpo rígido y se le notaba cansado. Tenía algo enrojecidas las mejillas, lo que le hizo preguntarse si habría salido a caminar al frío aire nocturno.

—Estupendo —dijo—. Si puedo, quisiera decir algo.

—Dilo, por favor —intervino Blake, mientras entraba.

Después de mirar a los tres ocupantes del salón, dijo:

—No necesito un marido. Y, lógicamente, de ninguna manera necesito un marido que no necesita una esposa. Lo único que deseo es que se me permita continuar aquí, oculta, hasta el día en que cumpla los veintiún años.

—¡Pero Caroline! —protestó Penelope—. Estos caballeros han comprometido tu reputación. Debes permitir que uno de ellos lo enmiende.

Caroline tragó saliva. No era mucho lo que tenía en la vida, pero nadie le iba a quitar su orgullo, y no estaba dispuesta a permitir que Blake Ravenscroft la humillara más de lo que ya lo había hecho. Lo miró a él, aunque dirigió sus palabras a Penelope.

—Lady Fairwich, estos caballeros no han hecho nada que me comprometa.

—¿Nada? —preguntó Blake.

Caroline lo miró indignada, preguntándose qué demonios lo había llevado a decir eso, cuando se había mostrado tan elocuente para decir que nunca se casaría.

—Nada de importancia —dijo en tono mordaz.

Se miraron a los ojos, ambos conscientes de que se refería a su encuentro en la playa. La diferencia era que solo ella sabía que mentía al decir eso.

El tiempo pasado con Blake había significado todo para ella. Llevaba en el corazón cada minuto de cada encuentro.

Contuvo las lágrimas. Muy pronto se marcharía y lo único que tendría para arroparse en su interior serían esos recuerdos. No habría ningún hombre que la abrazara, ni amigos que bromearan con ella, ni esa casa junto al mar que en unas pocas semanas se había convertido en su hogar.

Pero lo que más echaría de menos, la ausencia que más pena le causaría, sería la sonrisa de Blake. Muy rara vez sonreía, pero cuando curvaba las comisuras de la boca..., y cuando se reía, la alegría de ese sonido la hacía desear ponerse a cantar.

Pero él no estaba sonriendo en ese momento. Tenía una expresión dura en la cara y la miraba como si ella fuera una especie de antídoto para la venenosa idea del matrimonio. Comprendió que, si no salía enseguida de ahí, haría el ridículo más absoluto.

—Disculpadme —dijo, y se dirigió a toda prisa hacia la puerta.

—¡No te puedes marchar ahora! —exclamó Penelope, levantándose de un salto.

—Ya he dicho lo que vine a decir —contestó ella, sin girarse.

—Pero ¿adónde vas?

—Afuera.

—Caroline.

Era la voz de Blake, y solo oír su sonido le hizo subir lágrimas a los ojos.

—¿Qué? —logró decir; tal vez era una pregunta grosera, pero fue lo único que pudo articular.

—Ya está oscuro. ¿O no lo has notado?

—Voy a salir a mirar las estrellas.

Oyó sus pasos y luego sintió su mano en el hombro, apartándola con lentitud de la puerta.

—El cielo está nublado —dijo él, en un tono sorprendentemente amable—. No podrás ver las estrellas.

—Pero sé que están ahí —contestó, sin girarse a mirarlo—. Eso es lo que importa.

Blake cerró los ojos cuando ella salió corriendo del salón. No sabía por qué, pero no deseaba verla alejarse.

—Mira lo que has hecho —le oyó decir a su hermana—. Le has roto el corazón a la pobre muchacha.

Él no contestó, pues no sabía..., ¡demonios!, no *deseaba* saber si era cierto lo que decía su hermana. Si le había roto el corazón, quería decir que era un bastardo de la peor especie. Y si no era cierto, eso significaba que él no le importaba a Caroline en lo más mínimo, que esa noche de pasión no había significado nada para ella.

Y eso era tan doloroso que no podría soportarlo.

No deseaba pensar en lo que él sentía por ella. No quería analizarlo, ni desmenuzarlo ni intentar ponerle nombre. Porque era terrible el miedo que sentía de que, al hacerlo, la única palabra que lograra encontrar fuera «amor», y eso sería la más cruel de las bromas.

Se giró y abrió los ojos, justo a tiempo para ver la expresión de disgusto en la cara de Riverdale, que le dijo:

—Eres un burro, Ravenscroft.

Blake guardó silencio.

—Marabelle murió, ya no está —le siseó.

Blake se abalanzó sobre su amigo con tanta violencia que Penelope se encogió.

—No la nombres —le dijo en tono amenazador—. Ella no tiene cabida en esta conversación.

—Eso es —replicó James—. Murió, y no puedes seguir haciendo luto por ella eternamente.

—Tú no sabes nada —dijo Blake, negando con la cabeza—. No sabes lo que es amar.

—Y tú lo sabes demasiado bien —murmuró James—. De hecho, lo has sentido dos veces.

—Blake —le dijo Penelope con dulzura, poniéndole una mano en el hombro—, sé que la amabas. Todos la queríamos. Pero Marabelle no habría deseado que continuaras así. Eres solo un cascarón. Enterraste tu alma junto a la suya.

Blake tragó saliva varias veces. Nada deseaba más que salir corriendo, pero continuó donde estaba como si hubiera echado raíces.

—Déjala estar —murmuró Penelope—. Ya es hora, Blake. Y Caroline te ama.

Él giró bruscamente la cabeza hacia ella.

—¿Te lo ha dicho ella?

Penelope deseó mentir; él lo vio en sus ojos. Pero al final, negó con la cabeza.

—No, pero es fácil verlo.

—No quiero hacerla sufrir. Se merece algo mejor.

—Entonces cásate con ella —le suplicó Penelope.

Él negó con la cabeza.

—Si me caso con ella..., ¡por Dios!, la haría sufrir más de lo que te puedes imaginar.

—¡Maldición! —estalló James—. Deja de tener tanto miedo. Tienes miedo de amar, tienes miedo de vivir. De lo único que no tienes miedo es de morirte. Te daré una noche. Solo una noche.

Blake lo miró con los ojos entrecerrados.

—¿Para qué?

—Para que te decidas. Pero te prometo una cosa: si no te casas con Caroline, lo haré yo. Así que pregúntate si serás capaz de soportar eso el resto de tu vida.

Y diciendo esto, James giró sobre sus talones y salió del salón.

—No te ha amenazado en vano —dijo Penelope—. Le tiene mucho cariño.

—Lo sé —espetó Blake.

Penelope le hizo una breve inclinación con la cabeza y se dirigió a la puerta.

—Te dejo con tus pensamientos.

Eso, pensó Blake con amargura, era lo último que deseaba.

20

placible (adjetivo): Agradable, apacible, que da gusto y satisfacción.

«No miraré atrás, pensando en esos días *placibles*.»

Del diccionario personal de Caroline Trent

Caroline estaba sentada en la arena de la playa mirando hacia el cielo. Tal como le había dicho Blake, estaba nublado y solo veía el borroso brillo de la luna. Se quitó los zapatos, los dejó a un lado y se rodeó las piernas flexionadas con los brazos, como para protegerse de la fresca brisa.

—No importa —se dijo en voz alta, moviendo los dedos de los pies metidos en la áspera arena—. Simplemente no importa.

—¿Qué es lo que no importa?

Levantó la cabeza, y ahí estaba él. Blake.

—¿Cómo has llegado hasta aquí sin que yo te haya oído?

Él hizo un gesto hacia atrás.

—Hay otro sendero más allá, a unas cincuenta yardas.

—¡Ah! Bueno, si has venido a ver cómo estoy, ya ves que estoy bien, así que puedes volver a casa.

Él se aclaró la garganta.

—Caroline, hay unas cuantas cosas que necesito decirte.

Ella desvió la cara.

—No me debes ninguna explicación.

Él se sentó a su lado y, sin darse cuenta, adoptó la misma postura. Apoyó el mentón en las rodillas y dijo:

—Tenía motivos para jurar que no me casaría nunca.

—No quiero oírlo.

—De todos modos, yo necesito decirlo. —Al ver que ella no decía nada, continuó—: Cuando murió Marabelle... —Se le cortó la voz.

—No tienes por qué hacer esto —se apresuró a decir ella—. Por favor.

—Cuando murió —continuó él, sin hacerle caso—, pensé... Me sentí... ¡Por Dios! Es muy difícil expresarlo con palabras. —Expulsó el aire en un resoplido, y tras él exhaló toda su tristeza—. Estaba muerto por dentro. Esa es la única manera de describirlo.

Caroline tragó saliva, y le costó resistirse al impulso de ofrecerle consuelo poniéndole la mano en el brazo.

—No puedo ser lo que necesitas.

—Lo sé —repuso ella con amargura—. Al fin y al cabo no puedo competir con una muerta.

Él se encogió al oír eso.

—Juré que no me casaría nunca. Y...

—No te he pedido que te cases conmigo. Podría haber... No tiene importancia.

—¿Podrías haber qué?

Caroline negó con la cabeza; no le iba a decir que podría haberlo deseado.

—Continúa, por favor.

Él asintió, aunque estaba claro que seguía sintiendo curiosidad por saber lo que ella había estado a punto de decir.

—Siempre me decía que no podía casarme por respeto a Marabelle, que no quería ser desleal a su recuerdo. Y me lo creía, de verdad, pero esta noche me he dado cuenta de que eso ya no es cierto.

Ella giró la cabeza hacia él, con mil preguntas en los ojos.

—Marabelle está muerta —dijo él con la voz hueca—, eso lo sé muy bien. No puedo devolverle la vida. Nunca he pensado que pudiera. Simplemente...

—¿Simplemente qué, Blake? Dímelo, por favor. Quiero entenderlo.

—Pensaba que no podía fallarle en la muerte como le fallé en vida.

—¡Vamos, Blake! Nunca le has fallado a nadie. —Le acarició el brazo—. Algún día tendrás que comprenderlo.

—Lo sé. —Cerró los ojos y los mantuvo así un momento—. Siempre lo he sabido, muy en el fondo. Ella era muy cabezota. Yo no podría habérselo impedido.

—¿Por qué estás entonces tan decidido a ser desgraciado?

—Ya no se trata de Marabelle. Soy yo.

—No lo entiendo.

—En algún momento perdí algo de mí mismo. No sé si fue la tristeza o la amargura, pero simplemente dejé de sentir.

—Eso no es cierto. Te conozco mejor de lo que crees.

—Caroline, ¡no siento nada! —exclamó él—. Nada profundo ni serio al menos. ¿No ves que estoy muerto por dentro?

Ella negó con la cabeza.

—No digas eso. No es cierto.

Él la agarró del hombro con sorprendente energía.

—Es cierto. Y tú te mereces más de lo que yo puedo darte.

Ella le miró la mano.

—No sabes lo que dices —murmuró.

—¡Demonios que lo sé!

Le quitó la mano del hombro, se incorporó y miró hacia las olas, totalmente abatido. Pasado un instante, dijo:

—James ha dicho que se casará contigo.

—Comprendo.

—¿Eso es todo lo que se te ocurre decir?

Ella resopló con impaciencia.

—¿Qué quieres que diga, Blake? Dímelo tú, pero no sé qué deseas. Ni siquiera sé qué deseo yo.

Metió la cara entre las rodillas. Eso era mentira. Sabía exactamente qué deseaba, y él estaba ahí, de pie, a su lado, diciéndole que se casara con otro hombre.

Eso no la sorprendía, pero no se habría imaginado que le dolería tanto.

—Él cuidará de ti —dijo Blake en voz baja.

—No me cabe duda.

—¿Lo aceptarás?

Ella levantó la cabeza y lo miró fijamente.

—¿Te importa?

—¿Cómo puedes preguntarme eso?

—Creí oírte decir que no sientes nada. Por lo tanto, no te importa nada.

—Caroline, me importa tu futuro. Simplemente no puedo ser el marido que necesitas.

—Eso es una excusa —dijo ella, incorporándose y adoptando una postura belicosa—. No eres más que un cobarde, Blake Ravenscroft.

Echó a andar, alejándose, pero como los pies se le enterraban en la arena, él no tardó en darle alcance.

—¡No me toques! —gritó cuando él le apretó el brazo con la mano—. ¡Suéltame!

Él no la soltó.

—Quiero que aceptes la proposición de Riverdale.

—No tienes ningún derecho a decirme lo que debo hacer.

—Lo sé, pero te lo pido de todos modos.

Caroline echó la cabeza hacia atrás. Sentía dificultades para respirar, y solo lograba hacerlo en cortos resuellos. Cerró los ojos y los mantuvo así un momento, intentando calmar las emociones que bullían en su interior.

—Vete —logró decir, al fin.

—No, mientras no tenga tu palabra de que te casarás con Riverdale.

—¡No! ¡No! No me casaré con él. Yo no lo amo y él no me ama, y no es eso lo que deseo.

Él aumentó la presión de la mano en su brazo.

—Caroline, tienes que hacerme caso. Riverdale...

—¡No!

Con la fuerza que le daba la furia, se soltó el brazo de un tirón y echó a correr por la playa. Corrió hasta que le ardieron los pulmones y tuvo los ojos tan llenos de lágrimas que no veía. Corrió hasta que el dolor del cuerpo le eclipsó el del corazón.

Continuó a trompicones por la arena, tratando de desentenderse de los pasos de él, que oía cada vez más cerca. De repente el cuerpo de él chocó contra el suyo, con tanta fuerza que los dos cayeron al suelo. Ella lo hizo de espaldas, y él encima de él cubriéndola con su cuerpo a todo lo largo.

—Caroline —dijo él, jadeante.

Ella lo miró, examinándole la cara, por si veía alguna señal de que la amaba. Entonces simplemente le agarró la cabeza con una mano y se la bajó, acercando su boca a la de ella, y lo besó con todo el amor y desesperación de su corazón.

Blake intentó resistirse, consciente de que no podía tenerla; ella se iba a casar con su mejor amigo. Pero sus labios eran dulces y exigentes, y la sensación de su cuerpo apretado contra el suyo le hizo arder la sangre.

Murmuró su nombre una y otra vez, como un mantra. Había intentado ser noble, había intentado alejarla de él, pero no tenía la fuerza suficiente para negarse. Sentía el roce de la lengua de ella en los labios y la fricción de sus pies descalzos en las pantorrillas.

Con manos ágiles y rápidas, tardó menos de diez segundos en quitarle el vestido. Tuvo la buena idea de dejarlo debajo de ella, para que la protegiera de la arena, pero ese fue su último pensamiento racional, ya que la necesidad de poseerla se apoderó de todo su ser.

—Te tendré —juró, subiendo las yemas de los dedos por su pantorrilla hasta el muslo—. Te tendré —prometió, quitándole la camisola y colocándole la mano sobre el corazón—. Te tendré —gimió, justo antes de cerrar la boca sobre uno de sus pezones.

—Sí —dijo ella, sin más.

A él se le elevó el corazón hasta el cielo.

Caroline arqueó la espalda, emitiendo grititos de deseo. Le parecía que por cada anhelo que él satisfacía le provocaba dos más, produciéndole un frenesí de necesidad en todo el cuerpo.

No sabía qué hacer, pero sí sabía que deseaba sentir su piel rozando la de ella, así que comenzó a desabotonarle la camisa. Pero sus manos se movían con torpeza y de pronto él se la hizo a un lado, se apartó y se quitó la prenda lanzando un grito salvaje.

Un segundo después estaba encima de ella, con su pecho desnudo sobre el suyo. Bajó la boca, oblicua sobre la de Caroline y la devoró, de dentro hacia fuera.

Ella gimió, con la boca en la de él, acariciándole la espalda. Pasado un instante, bajó las manos hasta la cinturilla del pantalón; ahí las detuvo, se armó de valor y metió un dedo por debajo, tocándole la suave piel de las nalgas.

Él deslizó los labios por su mejilla hasta la oreja, murmurando «Deseo sentirte», excitándola con su aliento cálido y húmedo sobre la piel, terriblemente erótico. Más que oírlas, sintió sus palabras.

—Yo también deseo sentirte —susurró.

—¡Ah! Me sentirás, no lo dudes.

Rodó hacia un lado para desvestirse rápidamente y un instante después estaba encima de ella otra vez, desnudo, calentándole la piel a todo lo largo del cuerpo.

Estaba subiendo la marea, y el agua fría le tocaba los pies descalzos, por lo que Caroline se estremeció, pero con el movimiento su piel frotó más la de él, y lo oyó gemir de deseo.

—Te voy a acariciar —murmuró él, con los ardientes labios sobre su mejilla.

Ella entendió lo que quería decir, pero de todos modos fue una conmoción sentir su mano tocándole la parte más íntima. Se tensó, y luego se relajó cuando él le murmuró «¡Chis!» al oído, besándole la oreja.

Entonces él le introdujo un dedo y ella casi gritó de placer.

—Yo también deseo acariciarte —dijo.

—Creo que me matarías si lo hicieras —resolló él, jadeante.

Ella lo miró a la cara, interrogante.

—Te deseo tanto que estoy a punto de explotar —explicó él—, y no puedo...

—¡Chis! —lo tranquilizó ella, colocándole con suavidad un dedo en los labios—. Simplemente enséñame. Enséñamelo todo. Deseo darte placer.

A él le salió un sonido ronco del fondo de la garganta y le separó las piernas. La tocó ahí con la punta de su miembro y el placer del contacto lo hizo estremecerse. Ella estaba muy excitada, preparada para él, y él sabía que lo deseaba *a él*, por muy herida que tuviera el alma.

—Caroline, esto te lo haré bien. Te daré un placer inmenso. Te lo prometo.

—Ya me lo has dado —dijo ella dulcemente, y ahogó una exclamación cuando él comenzó a penetrarla.

La penetró poco a poco para darle tiempo a su cuerpo a adaptarse a su tamaño y vigor. Le resultaba muy difícil contenerse porque todas las fibras de su ser lo impulsaban a introducirse en ella hasta el fondo, a marcarla como suya. Se había despertado en él algo muy primitivo, y no deseaba limitarse a hacerle el amor; deseaba devorarla, poseerla, hacerle sentir tanto placer que ella no pudiera soñar con entregarse a otro.

Pero se contuvo, esforzándose en hacerlo de forma suave y lenta. Ella no estaba preparada para la ferocidad de su deseo; no lo entendería. Y la quería tanto que no deseaba asustarla.

La quería.

Ante esa pasmosa revelación se le quedó inmóvil todo el cuerpo, como si estuviera paralizado.

—¿Blake?

Ya sabía que ella le caía bien, sabía que la deseaba, pero había sido necesario ese momento de intimidad para darse cuenta de que sus emociones eran mucho más intensas. Él, que creía perdida su capacidad para sentir algo profundo, había quedado cautivado por esa mujer, y...

—¿Blake?

Él la miró.

—¿Pasa algo?

—No —contestó él, con un tono de extrañeza en la voz—. No. En realidad, creo que todo podría estar perfectamente bien.

A ella se le curvaron los labios en una leve sonrisa.

—¿Qué quieres decir?

—Después te lo diré —dijo él, temiendo que ese sentimiento mágico desapareciera si lo examinaba con demasiado detenimiento—. Pero por ahora...

Empujó. Caroline ahogó una exclamación.

—¿Te he hecho daño?

—No. Solo que... me siento muy..., bueno, no sé, llena.

Él se rio, casi con un grito.

—Todavía no estoy ni a la mitad —dijo, sonriendo divertido.

Ella lo miró boquiabierta.

—¿No?

—Todavía no —dijo él con solemnidad—. Aunque con esto —empujó, provocando una exquisita fricción para los dos— estoy más cerca.

—¿Solo más cerca? —preguntó ella, tragando saliva—. ¿No has entrado del todo?

Él negó con la cabeza, sonriendo.

—¿Pero me...? ¿Sigo siendo...?

—¿Virgen? —terminó él—. Técnicamente sí, pero por lo que a mí respecta, ya eres mía.

Caroline tragó saliva y cerró los ojos para contener las lágrimas, ya que no podía contener las emociones. Era asombroso lo que le provocaban dos simples palabras: «Eres mía». ¡Oh, cómo deseaba que eso fuera cierto! Para siempre.

—Hazme tuya —susurró—, en todos los sentidos.

Vio en su cara lo mucho que le costaba contenerse. El aire nocturno estaba frío, pero él tenía la frente perlada de sudor, y le sobresalían los tendones del cuello.

—No quiero hacerte daño —dijo él entonces, con la voz ahogada.

—No me lo harás.

Entonces, como si se le hubiera agotado la última pizca de autocontrol, él lanzó un grito ronco y empujó con fuerza, introduciendo todo el miembro en su cavidad, hasta el fondo.

—¡Ooooh, Caroline!

Ella no pudo resistirse a un loco impulso de reírse.

—¡Ah, Blake! —dijo, jadeante—. Ahora noto la diferencia.

—¿Sí?

—¿Hay más?

—Espera y verás —dijo él, asintiendo.

Y entonces comenzó a moverse.

Caroline no lograría decidir después qué parte fue la que le había gustado más. ¿La sensación que experimentó cuando estaban unidos como si fueran uno? ¿El ritmo primitivo de sus movimientos haciéndola suya? Claro que no podía dejar de lado el explosivo orgasmo que experimentó, seguido por el grito de pasión de él al derramar su semen dentro de ella.

Pero en ese momento, recostada en sus brazos mientras la brisa del mar acariciaba sus cuerpos, pensó que eso podría ser lo mejor de todo. Lo sentía cálido, apretado contra ella, y oía los latidos de su corazón, que se iban volviendo más lentos, recuperando el ritmo normal. Olía la sal en su piel y la pasión en el aire. Y todo eso lo encontraba tan *correcto* como si hubiera estado esperando toda su vida ese momento.

Pero mezclada con esa felicidad sentía un temor que la inquietaba. ¿Qué acababa de ocurrir? ¿Significaría que él deseaba casarse con ella? Y si lo deseaba, ¿se debería solamente a que pensaba que hacerlo era lo correcto? Y si era así, ¿le importaba a ella?

Bueno, la verdad es que sí le importaba. Deseaba que él la amara con la misma intensidad con que lo amaba ella, pero tal vez aprendería a amarla si estaban casados. Se sentiría muy desgraciada si se casaba con un hombre que no la amaba, pero estaba segura de que lo sería sin él. Tal vez solo debería cerrar los ojos, dar el salto y esperar lo mejor.

O tal vez, pensó frunciendo el ceño, debería recordar que él no había dicho más de dos palabras desde el momento en que hicieron el amor, y estas nada tenían que ver con el matrimonio.

—¿A qué se debe esa cara larga? —le preguntó Blake, acariciándole con indolencia el pelo con una mano.

Ella negó con la cabeza.

—A nada. Simplemente estaba en las nubes.

—Imagino que pensando en mí. Y en mis intenciones.

Ella se apartó, horrorizada.

—Jamás soñaría con manipularte para que...

—¡Chis! Lo sé.

—¿Lo sabes?

—Nos casaremos tan pronto como logre obtener una licencia especial.

A ella le dio un vuelco el corazón.

—¿Estás seguro?

—¿Qué tipo de pregunta es esa?

—Una estúpida —masculló ella.

¿No acababa de decidir que no le importaba si él deseaba casarse con ella solamente porque eso era lo correcto?

No, eso no era cierto. Sí que le importaba. Solo que de todos modos se iba a casar con él.

—¿Caroline? —dijo él, y ella detectó diversión en su voz.

—¿Sí?

—¿Vas a contestar a mi pregunta?

Ella pestañeó.

—¿Me has hecho una pregunta?

—Te he preguntado si querías... No, en realidad no te lo he preguntado.

Antes de que ella lograra entender qué pasaba, él rodó hacia un lado y se incorporó, hincando una rodilla en el suelo.

—Caroline Trent, muy pronto Ravenscroft, ¿me harás el honor de ser mi esposa?

Si no se le hubieran llenado los ojos con lágrimas, se habría reído al verlo hacerle la proposición totalmente desnudo.

—Sí —dijo, asintiendo con energía—. Sí, sí, sí.

Él le tomó una mano, se la llevó a los labios y se la besó.

—Estupendo.

Ella cerró los ojos, deseosa de cerrar todos los sentidos para saborear ese momento en la mente. Sin vista, sin tacto, sin olfato, sin nada que la distrajera de la exquisita dicha que le inundaba el corazón.

—¿Caroline?

—¡Chis! —murmuró ella, agitando una mano; pasados unos segundos abrió los ojos y dijo—: Ya está. ¿Qué ibas a decir?

Él la miró con curiosidad.

—¿Qué ha sido eso?

—Nada. Esto... ¡Oh, mira! —exclamó apuntando hacia el cielo.

—¿Qué? —preguntó él, siguiendo con la vista la dirección de su dedo.

—El cielo se ha despejado. Se ven las estrellas.

—Pues sí, ahí están —murmuró él, con una insinuación de sonrisa en los labios—. Pero claro, tú fuiste la que dijiste que estaban ahí todo el tiempo.

Caroline le apretó la mano.

—Sí, ahí estaban.

Media hora después ya estaban vestidos, aunque bastante desaliñados, e intentando entrar en la casa lo más sigilosamente posible.

Pero en el vestíbulo principal se encontraron con James.

—Te dije que deberíamos entrar por la escalera de atrás —masculló Caroline.

—¿Habéis vuelto para quedaros toda la noche, supongo? —preguntó James con amabilidad—. Perriwick quería cerrar la puerta, pero yo no sabía si teníais llave o no.

—Hemos decidido casarnos —soltó Blake.

James se limitó a arquear las cejas y murmurar:

—Ya me lo imaginaba.

21

proveniencia (sustantivo): Procedencia, origen de algo.

«No puedo asegurar que sé o que entiendo la *proveniencia* del amor romántico, y no sé si es algo que sea necesario entender, aparte de valorar y respetar.»

Del diccionario personal de Caroline Trent

Decidieron casarse una semana después. Penelope estaba encantada e insistió en comprar personalmente el ajuar para la novia. Caroline había pensado que los dos vestidos que le comprara Blake eran todo un lujo, pero era imposible compararlos con la idea que tenía Penelope de un guardarropa apropiado. Dejó que su futura cuñada lo eligiera todo, con una sola excepción: la modista tenía un corte de seda color azul turquesa que era exactamente el de sus ojos, y ella insistió en que le hiciera un vestido de noche con esa tela. Nunca había dado demasiada importancia a sus ojos, pero desde que Blake le pasara los dedos por los párpados y declarara que sus ojos eran del color exacto del mar en el ecuador..., bueno, no podía evitar sentirse orgullosa de ellos.

La ceremonia de bodas fue sencilla e íntima, y solo asistieron Penelope, James y los criados de Seacrest Manor. El hermano mayor de Blake deseaba asistir, pero una de sus hijas cayó enferma y no quiso ausentarse de su casa. Caroline pensó que eso era lo que le correspondía hacer y le escribió una nota expresándole su deseo de conocerlo en otra ocasión.

Perriwick entregó a la novia, y la señora Mickle sintió tanta envidia por ello, que insistió en hacer el papel de la madre de la novia, aunque eso no significó que participara en la ceremonia.

Penelope fue la dama de honor y James el padrino, y todos lo pasaron maravillosamente bien.

A partir de ese momento a Caroline no la abandonó la sonrisa; no recordaba ningún momento de su vida en que hubiera sido tan feliz como se sentía siendo Caroline Ravenscroft de Seacrest Manor. Tenía un marido y un hogar, y su vida era casi tan perfecta como podía imaginarse. Blake no le había declarado su amor, pero claro, encontraba que eso era demasiado pedir a un hombre que hasta hacía muy poco estaba inmerso en un profundo dolor emocional.

Mientras tanto, ella lo haría tan feliz como pudiera y le permitiría a él hacer eso mismo por ella.

Puesto que ya pertenecía de verdad a Seacrest Manor y era la señora del lugar, Caroline estaba decidida a dejar su marca en la pequeña propiedad. Un día que estaba trabajando en el jardín, se le acercó Perriwick.

—Señora Ravenscroft, tiene una visita.

—¿Una visita? —preguntó, sorprendida. Nadie sabía que era la señora Ravenscroft—. ¿Quién?

—Un tal señor Oliver Prewitt.

Ella palideció.

—¿Oliver? Pero... ¿por qué?

—¿Quiere que le diga que se marche? O igual podría llamar al señor Ravenscroft para que hable con él, si lo prefiere.

—No, no —se apresuró a decir ella.

No quería que Blake viera a Prewitt. Era probable que perdiera los estribos, y después se odiaría por eso. Sabía lo importante que era para él arrestar a Oliver y a todo su grupo de espías. Si, dominado por la furia, desvelaba algo de su plan secreto perdería la oportunidad.

—Le veré —dijo con firmeza.

Haciendo una inspiración profunda para serenarse, se quitó los guantes de trabajo. Oliver ya no tenía ningún poder sobre ella y de ninguna manera le tendría miedo.

Perriwick le hizo un gesto para que lo siguiera hasta el interior de la casa y la acompañó hasta la puerta del salón.

Cuando entró le vio la espalda y se le tensó todo el cuerpo. Casi había olvidado cuánto lo odiaba.

—¿Qué deseas, Oliver? —dijo en tono seco.

Él se giró a mirarla y ella vio la amenaza en sus ojos.

—Esa no es una manera muy afectuosa de saludar a tu tutor.

—Mi antiguo tutor —corrigió ella.

—Eso es un simple tecnicismo —dijo él, agitando una mano.

—Ve al grano, Oliver.

—Muy bien. —Avanzó hacia ella hasta que quedaron cara a cara—. Estás en deuda conmigo —dijo en voz baja y grave.

Ella no se encogió.

—No te debo nada.

Continuaron así retándose con la mirada, hasta que él rompió el contacto visual y caminó hasta la ventana.

—Bonita propiedad la que tienes aquí.

Caroline resistió el deseo de gritar de frustración.

—Oliver, se me está acabando la paciencia. Si tienes algo que decirme, dilo. Si no, vete.

Él se giró a mirarla.

—Debería matarte —siseó.

—Podrías —dijo ella, tratando de permanecer impasible—, pero irías a la horca, y no creo que sea eso lo que desees.

—Lo has estropeado todo. ¡Todo!

—Si te refieres a tu plan de convertirme en una Prewitt, pues sí, te lo estropeé. Debería darte vergüenza, Oliver.

—Te di alimento. Te di techo. Y me pagaste con la peor de las traiciones.

—¡Le ordenaste a tu hijo que me violara!

Él avanzó hacia ella, apuntándola con su regordete dedo.

—Eso no habría sido necesario si hubieras cooperado. Siempre supiste que estabas destinada a casarte con Percy.

—No sabía nada de eso. Y Percy tampoco deseaba ese matrimonio.

—Percy hace lo que yo le ordeno.

—Lo sé —dijo ella manifestando su repugnancia en la voz.

—¿Tienes una idea de los planes que yo tenía para tu fortuna? Debo dinero, Caroline. Muchísimo dinero.

Ella pestañeó, sorprendida; no tenía ni idea de que él estuviera endeudado.

—Eso no es problema mío, y tampoco tengo la culpa. Tú vivías muy bien con mi dinero cuando yo era tu pupila.

Él soltó una risa de furia que pareció más un ladrido.

—Tu dinero estaba más atado que un cinturón de castidad. Yo recibía una asignación trimestral para cubrir tus gastos, pero era una cantidad irrisoria.

Ella lo miró sorprendida. Él siempre había vivido muy bien. Siempre insistía en tener lo mejor de lo mejor.

—Entonces, ¿de dónde salía tu dinero? —preguntó—. El candelabro nuevo, el lujoso carruaje... ¿con qué los pagaste?

—Eso procedía de... —Apretó los labios en una línea firme—. Eso no es asunto tuyo.

Ella abrió mucho los ojos. Oliver había estado a punto de reconocer que hacía contrabando, estaba segura. A Blake le interesaría mucho eso.

—El verdadero poder llegaría cuando te casaras con Percy —continuó él—. Entonces yo habría tenido el control de todo.

Ella se limitó a sacudir la cabeza, dándose tiempo para pensar qué podía decir que lo indujera a incriminarse.

—Jamás lo habría hecho —dijo al fin, simplemente por decir algo, para evitar que él comenzara a sospechar—. Jamás me habría casado con él.

—¡Habrías hecho lo que yo te ordenara! —rugió él—. Si te hubiera atrapado antes que ese idiota al que llamas «marido», te habría doblegado con mi bota en la nuca hasta que hubieras obedecido.

Caroline perdió el control. Que la amenazara a ella era una cosa, pero nadie iba a llamar «idiota» a su marido en su presencia.

—Si no te marchas ahora mismo, te haré sacar por la fuerza.

Ya no le importaba si se incriminaba o no, solo deseaba que saliera de su casa.

—Te haré sacar por la fuerza —repitió él, imitándole la voz. Estiró los labios en una sonrisa amenazadora—. ¿No se te ocurre nada mejor, Caroline? ¿O debo decir «señora Ravenscroft»? ¡Caramba, cómo hemos ascendido socialmente!, ¿eh? En el diario decía que tu flamante marido es hijo del vizconde de Darnsby.

—¿Ha salido anunciado en el diario? —murmuró ella con sorpresa.

Ahora sabía cómo la había encontrado.

—No intentes fingir sorpresa, desgraciada. Sé que tú misma pusiste ese anuncio en el diario para que yo lo viera. Ni siquiera tienes amistades a las que informar.

—Pero ¿quién...?

Se le quedó atrapado el aire en la garganta. Penelope, ¿quién si no? Claro, en su mundo los matrimonios se anunciaban en el diario. Seguro que olvidó la necesidad de guardarlo en secreto.

Frunció los labios y reprimió un suspiro; no convenía demostrar ningún tipo de debilidad. Oliver no debería haberse enterado de su matrimonio con Blake hasta que lo hubieran arrestado, pero ya no había nada que hacer.

—Te he pedido que te marches —dijo, con el fin de demostrar paciencia—. No me obligues a repetirlo.

—No iré a ninguna parte hasta que no me haya quedado satisfecho. Estás en deuda conmigo, muchacha.

—No te debo nada aparte de una bofetada. Y ahora, vete.

Él acortó la distancia que los separaba y le agarró el brazo con fuerza, provocándole un intenso dolor.

—Quiero lo que es mío.

Ella lo miró boquiabierta, intentando liberar el brazo.

—¿De qué hablas?

—Vas a firmar un documento en que me cedes la mitad de tu fortuna. En pago a mis tiernos cuidados por criarte hasta la edad adulta.

Ella se echó a reír.

—Zorra —siseó él.

Y antes de que ella pudiera reaccionar, levantó la mano libre y se la estampó en la mejilla.

A ella se le fue el cuerpo hacia atrás con el impacto, y se habría caído al suelo si él no le hubiera tenido agarrado el brazo con fuerza.

No dijo nada; no confiaba en su voz. Y le escocía la mejilla. Era posible que le estuviera sangrando; Oliver llevaba un anillo.

—¿Lo sedujiste para que se casara contigo? —se burló él—. ¿Te acostaste con él?

La furia le dio la fuerza necesaria para soltarse el brazo, y retrocedió medio tambaleante hasta quedar apoyada en el respaldo de un sillón.

—Sal de mi casa.

—No mientras no me firmes esto.

—No podría ni aunque quisiera —dijo ella, sonriendo satisfecha—. Cuando me casé con el señor Ravenscroft, mi fortuna pasó a su poder. Conoces las leyes de Inglaterra tan bien como yo.

Oliver tembló de furia y ella se sintió más valiente.

—Eres muy dueño de pedirle el dinero a mi marido, pero te advierto que tiene un genio de mil demonios. Además —miró de arriba abajo su delgada figura, de manera insultante—, es mucho más corpulento que tú.

Oliver se estremeció de rabia por el insulto.

—Pagarás por lo que me has hecho.

Se le acercó y levantó el brazo, pero antes de que lo bajara para golpearla, se oyó un rugido en la puerta:

—¿Qué demonios pasa aquí?

Caroline miró y lanzó un suspiro de alivio. Era Blake.

Sin saber qué decir, Oliver se quedó inmóvil, con el brazo todavía levantado.

—¿Ibas a golpear a mi esposa? —preguntó Blake, en voz baja, muy calmada, letal.

Oliver no contestó.

Entonces la mirada de Blake se detuvo en la marca roja de la mejilla de Caroline.

—Caroline, ¿te ha golpeado?

Ella asintió, impresionada por la furia apenas controlada que veía en él.

—Comprendo —dijo Blake con mucha calma.

Entró en salón, se quitó los guantes y se los pasó a Caroline, que los tomó en silencio.

Solo entonces volvió la mirada hacia Oliver.

—Me temo que eso ha sido un error.

Oliver lo miró con los ojos desorbitados, visiblemente aterrado.

—¿Qué ha dicho?

Blake se encogió de hombros.

—La verdad es que me repugna tener que tocarte, pero...

¡Zas! Le hundió un puño en un ojo. El hombre se tambaleó hacia atrás y cayó al suelo.

Boquiabierta, Caroline miró a Blake, luego a Oliver en el suelo y de nuevo a Blake.

—Parecías tan calmado...

—¿Te ha hecho daño? —preguntó él, mirándola con tranquilidad.

—¿Que si me ha...? No. —Se tocó la mejilla—. Bueno, sí, un poco.

Blake le dio una patada en las costillas a Oliver. ¡Planc! Y luego la miró a ella.

—Esta por hacer daño a mi mujer.

Ella tragó saliva.

—En realidad, ha sido más el susto que otra cosa, Blake. Tal vez no deberías...

Blake le dio una patada en la cadera a Oliver. ¡Planc!

—Esta por asustarla.

Caroline se tapó la boca con la mano libre para sofocar una risa nerviosa.

—¿Hay alguna otra cosa que necesites decirme?

Ella negó con la cabeza, temerosa de que si volvía a abrir la boca él matara a Oliver. Aunque el mundo sería un lugar mejor sin su antiguo tutor, no tenía el menor deseo de que Blake fuera a la horca.

Blake ladeó un poco la cabeza y la miró con más atención.

—Estás sangrando —susurró.

Ella se quitó la mano de la mejilla y se la miró. Tenía sangre en los dedos. No mucha, pero la suficiente como para ponerse de nuevo la mano sobre la herida.

Blake sacó un pañuelo del bolsillo. Ella alargó la mano para tomarlo, pero él se la puso a un lado y le aplicó el limpio pañuelo de lino en la herida, murmurando:

—Permíteme.

Acostumbrada como estaba a que nadie se ocupara de curarle las heridas, fueran grandes o pequeñas, ella encontró muy consolador el gesto.

—Tendría que ir a buscar agua para limpiártela —dijo él, con voz ronca.

—No creo que pase nada, es una heridita muy superficial.

Él asintió.

—Cuando te la vi pensé que te había hecho una que dejaría cicatriz. Lo habría matado por ello.

Tendido en el suelo, Oliver lanzó un gemido.

—Si me lo pides —le dijo Blake a Caroline, mirándola—, lo mataré.

—¡Oh, no, Blake! No, así no.

—¿Qué demonios quieres decir con «así no»? —espetó Oliver.

Caroline lo miró. Era evidente que había recuperado el conocimiento, o igual no había estado inconsciente.

—Sin embargo, no me importaría que lo arrojaras fuera de casa —dijo.

—Encantado —contestó Blake, asintiendo.

Agarró a Oliver por el cuello de la camisa y la cinturilla de los pantalones y salió con él al vestíbulo. Caroline lo siguió, e hizo una mueca al oír gritar a Oliver:

—¡Acudiré al juez! ¡Verás si no! Pagarás por esto.

—Yo soy el juez —gruñó Blake—. Y si vuelves a entrar en mi propiedad, te arrestaré yo mismo.

Y diciendo esto lo arrojó sobre la escalinata de entrada y cerró la puerta.

Se giró hacia Caroline, que estaba en el vestíbulo mirándolo boquiabierta. Todavía tenía un poco de sangre en la mejilla y otro poco en las yemas de los dedos. Se le oprimió el corazón. La herida no era grave, pero no era eso lo que importaba. Prewitt le había hecho daño y él no había estado ahí para impedírselo.

—No sabes cuánto lo siento —dijo, y la voz le salió apenas en un murmullo.

Ella pestañeó sorprendida.

—Pero ¿por qué?

—Debería haber estado aquí. No debería haberte permitido que lo vieras sola.

—Pero si tú no sabías que él estaba aquí...

—No se trata de eso. Eres mi mujer. Juré protegerte.

—Blake, no puedes salvar a todo el mundo —dijo ella con dulzura.

Él avanzó hacia ella sabiendo que tenía el corazón reflejado en los ojos, pero no le importó su debilidad.

—Eso lo sé —dijo—. Solo deseo salvarte a ti.

—¡Oh, Blake!

La tomó en brazos y la estrechó con fuerza, desentendiéndose de la sangre que había en su mejilla.

—No volveré a fallarte —prometió.

—Jamás podrías hacerlo.

Él se tensó.

—Le fallé a Marabelle.

—Me dijiste que habías aceptado que su muerte no había sido culpa tuya —dijo ella, liberándose de sus brazos.

—Lo dije, y lo acepto. —Cerró los ojos—. Pero sigue atormentándome. Si la hubieras visto...

—¡Oh, no! —exclamó ella—. No sabía que estuviste ahí. No sabía que habías visto cómo la asesinaban.

—No lo vi. Estaba en cama con una infección en la garganta, pero cuando no volvió a la hora que debía hacerlo, salí acompañado por Riverdale a buscarla.

—¡Cuánto lo siento!

—No te imaginas la cantidad de sangre que había —continuó él, con la voz hueca, inmerso en el recuerdo—. Le habían disparado cuatro veces.

Caroline recordó la cantidad de sangre que había salido de la herida de Percy. No lograba imaginarse lo terrible que tenía que ser ver a un ser querido herido de muerte.

—No sé qué decir, Blake. Él levantó bruscamente la cabeza y la miró.

—¿La odias?

—¿A Marabelle? —preguntó ella, sorprendida.

Él asintió.

—¡Por supuesto que no!

—Una vez me dijiste que no deseabas competir con una mujer muerta.

—Bueno, estaba celosa —dijo ella, cohibida—. No la odio. Eso sería intolerable por mi parte, ¿no te parece?

Él sacudió la cabeza como para desechar el tema.

—Tan solo se me ocurrió. No me habría enfadado si hubieras dicho que la odias.

—Marabelle forma parte de lo que tú eres. ¿Cómo podría odiarla cuando ha influido tanto en el hombre que eres ahora?

Él le observó la cara como si buscara algo. Ella se sintió desnuda ante su mirada.

—Si no fuera por Marabelle —continuó—, tal vez no serías el hombre que... —Tragó saliva, haciendo acopio de valor—. Podrías no ser el hombre al que amo.

Él la contempló un largo rato, y luego le tomó una mano.

—Ese es el sentimiento más generoso que han manifestado por mí en toda mi vida.

Ella lo miró con los ojos empañados, esperando, deseando, rogando que él le dijera que le correspondía el sentimiento. Tuvo la impresión de que quería decirle algo importante, pero pasado un instante, él se aclaró la garganta y le preguntó:

—¿Estabas trabajando en el jardín?

Ella asintió, tragándose el nudo de decepción que se le había formado en la garganta.

Él le ofreció el brazo.

—Te acompañaré. Quiero ver lo que has hecho.

«Paciencia», se dijo ella. «No lo olvides, paciencia».

Pero eso es más fácil decirlo que hacerlo cuando se tiene el corazón roto, pensó.

Al anochecer Blake estaba sentado a oscuras en su despacho mirando por la ventana.

Ella le había dicho que lo amaba. Eso era una enorme responsabilidad.

En el fondo ya sabía que ella lo quería profundamente, pero hacía tanto tiempo que no pensaba en el concepto del amor, que creía que no lo reconocería cuando surgiera.

Pero había surgido, y lo reconocía. Sabía que los sentimientos de Caroline eran auténticos.

—¿Blake?

Levantó la vista. Caroline estaba en la puerta, con la mano levantada para volver a golpear en el marco.

—¿Por qué estás sentado a oscuras?

—Estaba pensando.

—¡Ah! —dijo ella, y aunque deseaba preguntar algo más, simplemente sonrió, vacilante, y dijo—: ¿Quieres que encienda una vela?

Él negó con la cabeza y se levantó con lentitud. Sentía el deseo más extraño de besarla.

No era extraño que deseara besarla; siempre deseaba hacerlo. Lo extraño era la intensidad del deseo. Era como si supiera, con absoluta certeza, que si no la besaba en ese mismo instante, su vida cambiaría para siempre, y no para mejor.

Tenía que besarla. Debía hacerlo.

Atravesó la sala como si estuviera en trance. Ella le dijo algo, pero él no la oyó; continuó avanzando, lenta e inexorablemente hacia ella.

Caroline entreabrió un poco los labios, sorprendida. Blake actuaba de una manera muy extraña. Era como si tuviera la mente en otra parte, sin embargo, la miraba con gran intensidad.

Susurró su nombre, tal vez por tercera vez, pero él no contestó y de pronto estaba delante de ella.

—¿Blake?

Él le acarició la mejilla con una reverencia que la estremeció.

—¿Pasa algo?

—No.

—Entonces, ¿qué...?

Lo que fuera que iba a decir se le olvidó, porque él la estrechó entre sus brazos y la besó en la boca con una ternura devoradora. Sintió su mano acariciándole el pelo y la otra deslizándosela por la espalda, hasta detenerse en la curva de su cadera.

Entonces él deslizó la mano hacia la parte trasera de la cintura, apretándola contra él, haciéndole sentir la dureza de su miembro excitado. Echó la cabeza hacia atrás, gimiendo su nombre, y él le deslizó los labios por el cuello, dejándole una estela de besos hasta el escote del vestido.

Se le escapó un gritito cuando él bajó la mano hasta sus nalgas y se las apretó. El sonido debió de sacarlo de la especie de trance en el que estaba, porque de repente se quedó inmóvil, sacudió la cabeza y se apartó.

—Lo siento —dijo, pestañeando—. No sé qué se ha apoderado de mí.

Ella lo miró boquiabierta. ¿La había besado hasta que ella casi no podía tenerse en pie y luego interrumpía el beso para decir que lo sentía?

—¿Lo sientes?

—Me ha sucedido algo de lo más extraño —dijo él, hablando más para sí mismo.

—Yo no lo encuentro tan extraño.

—Tenía que besarte.

—¿Y eso es todo?

Él sonrió, con indolencia.

—Bueno, al principio sí, pero ahora...

—¿Ahora qué?

—Eres una muchacha impaciente.

Ella golpeó el suelo con un pie.

—Blake, si no...

—¿Si no qué? —preguntó él, esbozando una sonrisa pícara.

—No me obligues a decirlo —masculló ella, sintiendo subir el rubor a las mejillas.

—Creo que eso lo reservaremos para la próxima semana —murmuró él—. Al fin y al cabo todavía eres muy inocente. Por ahora, creo que será mejor que huyas.

—¿Que huya?

—Rápido —asintió él.

—¿Por qué?

—Ya lo descubrirás.

Ella se giró para salir.

—¿Y si quiero que me alcances?

—¡Ah! Sin duda deseas que te alcance —contestó, avanzando hacia ella con la agilidad de un felino.

—¿Por qué tengo que huir, entonces?

—Así es más divertido.

—¿De veras?

—Créeme —repuso él, asintiendo.

—¡Uf! Famosas últimas palabras —dijo ella, aunque ya estaba en el vestíbulo, retrocediendo hacia la escalera con extraordinaria velocidad.

Él se mojó los labios.

—¡Ah! Entonces será mejor que... Tengo que...

Comenzó a avanzar más rápido.

—¡Ay, Dios!

Y diciendo esto, ella se giró, pegó una carrera y subió corriendo la escalera sin parar de reír.

Blake le dio alcance en el rellano, la levantó, se la echó al hombro y, a pesar de las protestas de ella, nada convincentes, la llevó al dormitorio.

Cerró la puerta con el pie y, sin pérdida de tiempo, procedió a demostrarle por qué ser atrapada suele ser más divertido que la persecución.

22

contumaz (adjetivo): Que se resiste obstinadamente a la autoridad. 2. Tenazmente perverso.

«Hay ocasiones en que hay que actuar de modo *contumaz*, aunque el marido se disguste muchísimo.»

Del diccionario personal de Caroline Trent

Al cabo de unos días, que se les hicieron cortos, se acabó la luna de miel. Había llegado el momento de capturar a Oliver.

A Blake nunca lo había fastidiado tanto su trabajo para el Ministerio de Guerra. Ya no deseaba darle caza a delincuentes, sino pasear por la playa con su mujer. No deseaba tener que esquivar más balas, sino reírse cuando fingía esquivar los besos de Caroline.

Más que nada, deseaba cambiar el quisquilloso miedo del descubrimiento por la embriagadora sensación de enamorarse.

Fue agradable reconocerlo por fin para sus adentros. Se estaba enamorando de su mujer.

Se sentía como si fuera cayendo por un acantilado, mirando sonriente el suelo que se precipitaba a recibirlo. Sonreía en los momentos más extraños, se reía cuando no tocaba y se sentía desolado cuando no sabía dónde estaba ella. Era como ser coronado rey del mundo, inventar un remedio para la peor enfermedad y descubrir que era capaz de volar, todo en un solo día.

Jamás se había imaginado que pudiera sentirse tan fascinado por otro ser humano. Le encantaba ver pasar diferentes emociones por su cara, la suave curva de sus labios cuando estaba divertida, la arruguita en el entrecejo cuando estaba perpleja...

Incluso le gustaba observarla cuando dormía, con su delicado cabello castaño extendido sobre la almohada como un abanico. El pecho le subía y le bajaba en un ritmo parejo al respirar, y se veía dulce y en paz. Una vez le preguntó si desaparecían sus demonios cuando estaba durmiendo.

La respuesta de ella le derritió el corazón: «Ya no me queda ningún demonio».

Y él se daba cuenta de que sus demonios estaban desapareciendo también. Era la risa la que los ahuyentaba, concluyó. Caroline tenía la capacidad más increíble de encontrar el humor en las cosas más corrientes. Él también había descubierto que ella se enorgullecía de su gracia para parodiar. Y lo que le faltaba en talento lo compensaba con su entusiasmo, y muchas veces él se sorprendía desternillándose de risa.

En ese momento ella se estaba preparando para acostarse, canturreando en el cuarto de baño, *su* cuarto de baño lo llamaba, puesto que había vivido ahí casi una semana. Sus artículos de aseo se mezclaban con los de él, haciendo a un lado incluso su estuche con los utensilios para afeitarse.

Y a él eso le encantaba. Le gustaban todas las intrusiones que hacía ella en su vida, desde la recolocación de los muebles hasta su especial aroma, que flotaba por toda la casa, pillándolo desprevenido y haciéndolo arder de deseo.

Él ya estaba acostado, reclinado en los almohadones y escuchando los sonidos que hacía ella al lavarse.

Era treinta de julio. Al día siguiente iría con James a capturar a Oliver y a sus cómplices en la traición. Habían planeado la operación hasta el último detalle, pero él se sentía incómodo. Y nervioso, muy nervioso. Se sentía preparado para el trabajo del día siguiente, pero todavía había muchas variables, muchas cosas que podrían salir mal.

Y nunca antes había experimentado esa sensación de lo mucho que podría perder.

Cuando Marabelle estaba viva, los dos eran jóvenes y se creían inmortales. Las misiones para el Ministerio de Guerra eran grandes aventuras. Jamás se les pasó por la cabeza que la vida que llevaban podía conducirlos a algo que no fuera el «felices para siempre».

Pero entonces a ella la asesinaron y ya no vino al caso que él se creyera inmortal o no, porque dejó de importarle su vida. No se ponía nervioso en la víspera de las operaciones porque en realidad no le importaban los resultados. ¡Ah! Claro que deseaba que se llevara a la justicia a los traidores a Inglaterra, pero si por algún motivo él no vivía para verlos colgados..., bueno, no lo consideraba una gran pérdida.

Pero esta vez el asunto era distinto. Le importaba. Deseaba más que cualquier otra cosa que esa última misión terminara con éxito, para luego fortalecer su relación conyugal con Caroline. Deseaba verla trabajando en la rosaleda; deseaba verle la cara todas las mañanas en la almohada al lado de la suya; deseaba hacerle el amor con desmadrado desenfado, y deseaba acariciarle el vientre cuando se le redondeara y abultara con sus futuros hijos.

Deseaba todo lo que ofrecía la vida, todas las maravillas y alegrías. Y se sentía aterrado, porque sabía muy bien con qué facilidad se lo podían arrebatar todo.

Solo hacía falta una bala certera.

Observó que Caroline había dejado de canturrear. Miró hacia la puerta del cuarto de baño, que estaba entreabierta unos dedos. Oyó un chapoteo y luego se hizo un sospechoso silencio.

—¿Caroline?

Ella asomó la cabeza, que llevaba cubierta por un pañuelo de seda negra.

—No *eztá* aquí.

Él arqueó las cejas.

—¿Quién es usted? ¿Y qué ha hecho con mi mujer?

Ella esbozó una seductora sonrisa.

—*Zoy* Carlotta de León. Y *zi* no me *beza* ahora, *zeñor Ravenzcroft*, tendré que recurrir a *miz tácticaz máz dezagradablez*.

—Me estremece pensarlo.

Ella entró, fue a sentarse en la cama y lo miró agitando las pestañas.

—No *pienze. Zolo beze.*

—¡Ah! Pues no podría. Soy un hombre de moralidad íntegra. No podría faltar a mis votos matrimoniales.

Ella hizo un puchero.

—*Zeguro* que *zu ezpoza ze* lo perdonará por *ezta* única vez.

Él negó con la cabeza.

—¿Caroline? Jamás. Tiene un genio de mil demonios. Me aterra.

—No debería hablar *azí* de *zu ezpoza*.

—Es muy compasiva para ser una espía.

—*Zoy* única —dijo ella, encogiéndose de hombros.

Él tuvo que fruncir los labios para no reírse.

—¿No es española?

Ella levantó el brazo haciendo el saludo militar.

—Viva la reina *Izabel*.

—¡Ah! Comprendo. ¿Por qué habla entonces con acento francés?

Ella puso la cara larga y dijo con voz normal:

—¿He hablado con acento francés?

—Sí, pero un acento francés excelente —mintió él.

—Jamás he conocido a ningún español.

—Y yo jamás he conocido a nadie que hable igual que tú.

Ella le dio una palmada en el hombro.

—La verdad es que tampoco he conocido nunca a ningún francés.

—¡No!

—No te burles. Solo quería ser divertida.

—Y lo has conseguido. —Le tomó una mano y le frotó la palma con el pulgar—. Caroline, quiero que sepas que me haces muy feliz.

A ella se le humedecieron los ojos.

—¿Por qué eso parece el preludio de una mala noticia?

—Tenemos que hablar de temas serios.

—Esto tiene que ver con la operación de mañana para coger a Oliver, ¿verdad?

Él asintió.

—No quiero mentir diciéndote que no será peligroso.

—Lo sé —dijo ella, con una vocecita.

—Tuvimos que cambiar un poco nuestros planes cuando Prewitt se enteró de nuestro matrimonio.

—¿Qué quieres decir?

—Moreton, nuestro jefe en el Ministerio de Guerra, iba a enviarnos a doce hombres como respaldo. Ahora no puede.

—¿Por qué?

—No nos conviene que Prewitt empiece a sospechar. Me estará observando. Si llegan doce agentes del Gobierno a Seacrest Manor, sabrá que se está preparando algo.

—¿Por qué no pueden hacerlo de forma clandestina? —dijo ella, en voz más alta—. ¿No es así como trabajáis para el Ministerio de Guerra, furtivamente, al amparo de la oscuridad de la noche?

—No te preocupes, cariño. Tendremos a un par de hombres para ayudarnos.

—¡Cuatro personas no bastan! No sabes cuántos hombres trabajan para Oliver.

—Según nuestros informes, solo son cuatro —dijo él, pacientemente—. Estaremos igualados.

—No quiero que estéis igualados. Tenéis que superarlos en número.

Él alargó la mano para acariciarle el pelo, pero ella se apartó bruscamente.

—Caroline, así es como tiene que ser.

—No —dijo ella, desafiante.

Él la miró fijamente, con una sensación terrible en el estómago.

—¿Qué quieres decir?

—Iré con vosotros.

Él se incorporó de repente.

—¡Eso ni hablar!

Ella se bajó de la cama y se puso las manos en las caderas.

—¿Cómo vais a hacer esto sin mí? Yo puedo identificar a todos los hombres. Conozco muy bien el terreno. Tú no.

—No vas a venir. Y no se hable más.

—Blake, no piensas con claridad.

Él se bajó de la cama y se le acercó, inclinando la cabeza hasta quedar cara a cara con ella.

—No te atrevas a decir que no pienso con claridad. ¿Crees que estaría dispuesto a ponerte en peligro? ¿Aunque sea un minuto? ¡Por el amor de Dios, mujer! Podrían matarte.

—A ti también.

Si él la oyó, no dio señales de haberlo hecho.

—No volveré a pasar por eso. Si tengo que atarte a los postes de la cama, lo haré, pero mañana por la noche no irás a ningún lugar cercano a la costa.

—Blake, me niego a esperar aquí comiéndome las uñas y pensando si todavía tengo marido.

Él se pasó la mano por el pelo con impaciencia.

—Pensé que detestabas esta vida, el peligro, la intriga. Me dijiste que sentiste deseos de vomitar todo el tiempo que estuvimos en la casa de Prewitt. ¿Por qué, entonces, querrías venir ahora?

—¡Detesto todo esto! —exclamó ella—. Lo detesto tanto que me roe por dentro. Pero ¿sabes lo que es la preocupación? ¿La verdadera preocupación? ¿Ese tipo de preocupación que quema, hace un agujero en el estómago y te hace desear gritar?

Él cerró los ojos, los abrió de nuevo y dijo en voz baja:

—Lo sé.

—Entonces comprenderás por qué no puedo quedarme aquí de brazos cruzados. Por mucho que lo deteste, por mucho que me aterre. ¿Lo entiendes?

—Caroline, tal vez si estuvieras formada por el Ministerio de Guerra, s supieras disparar un arma y...

—Sé disparar un arma. Le disparé a Percy.

—Lo que quiero hacerte entender es que, si vienes, yo no seré capaz de concentrarme en la operación. Si estoy preocupado por ti estaré más propenso a cometer un error y exponerme a que me maten.

Caroline se mordió el labio inferior. Pasado un momento dijo:

—Tienes razón.

—Estupendo —dijo él, en tono seco—. Entonces estamos de acuerdo.

—No, nada de eso. Queda el hecho de que puedo servir de ayuda, y que tú podrías necesitarme.

Él la tomó en sus brazos y la miró a los ojos.

—Te necesito aquí, Caroline. Sana y salva.

Ella vio en sus ojos grises algo que no habría esperado encontrar: desesperación. Había tomado una decisión.

—Muy bien —murmuró—. Me quedaré. Pero esto no me hace feliz.

Sus últimas palabras quedaron ahogadas porque él la estrechó entre sus brazos con una fuerza demoledora.

—Gracias —murmuró, y no supo si eso se lo decía a ella o a Dios.

La noche siguiente fue la peor que había conocido Caroline. Blake y James se habían marchado poco después de la comida del atardecer, antes de que oscureciera. Le aseguraron que necesitaban explorar el terreno para evaluarlo. Cuando ella protestó con que alguien podría verlos, se rieron, diciendo que Blake era conocido en la zona como terrateniente. ¿Por qué no podría pasear por ahí con uno de sus amigos? Incluso tenían pensado pasar por un *pub* de la localidad para tomarse una pinta de cerveza y reforzar así la idea de que solo eran un par de nobles que andaban de juerga.

Ella tuvo que reconocer que eso tenía lógica, pero no lograba quitarse los escalofríos de miedo que se le enroscaban en las entrañas. Debía confiar en su marido y en James; al fin y al cabo llevaban años trabajando para el Ministerio de Guerra; seguro que sabían lo que hacían.

Pero tenía el presentimiento de que algo andaba mal. Solo era eso, una molesta sensación que se negaba a marcharse. Tenía pocos recuerdos de su madre, aparte de sus salidas nocturnas a mirar las estrellas, pero recordaba una vez que oyó reírse a sus padres y su madre dijo algo así como que la intuición femenina es tan sólida como el oro.

De pie fuera de la casa, miró hacia la luna y las estrellas, y dijo:

—Espero que no tuvieras ni idea de lo que hablabas, madre.

Esperó esa sensación de paz que solía invadirla cuando miraba el cielo nocturno, pero, por primera vez en su vida, esa paz no acudió a ella.

—¡Maldición! —masculló.

Cerró los ojos con fuerza y volvió a mirar.

Nada. Seguía sintiéndose mal.

—Le das demasiada importancia a esto —se dijo—. Jamás has tenido ni una pizca de intuición femenina. Ni siquiera sabes si tu marido te ama. ¿No crees que una mujer intuitiva sabría *eso* por lo menos?

Más que cualquier otra cosa, lo que deseaba era saltar al lomo de un caballo e ir cabalgando a rescatar a Blake y a James. Aunque claro, probablemente ellos no necesitaban que los rescataran, y, además, Blake no se lo perdonaría jamás. La confianza es algo precioso, y no quería estropearlo todo cuando solo llevaban unos pocos días de matrimonio.

Tal vez podría bajar a la playa, pensó, al lugar donde hicieron el amor por primera vez. Tal vez ahí encontraría un poco de paz.

El cielo ya estaba bastante oscuro, pero de todos modos le dio la espalda a la casa y caminó hacia el sendero que bajaba a la playa. Pasó por la orilla del jardín y, nada más entrar en el rocoso sendero, oyó un ruido.

Se le paró el corazón.

—¿Quién anda ahí?

Silencio.

—Eres idiota —masculló—. Solo vas a ir a la pla...

Como salido de la nada, algo la golpeó con fuerza y la arrojó al suelo.

—No digas ni una sola palabra —gruñó una voz en su oreja.

—¿Oliver?

—¡He dicho que no hables! —exclamó él, plantándole una mano en la boca con fuerza.

Era Oliver. Comenzó a hacer trabajar la cabeza. ¿Qué demonios hacía ahí?

Él la puso de pie de un tirón, colocándose a su espalda, y sin quitarle la mano de la boca.

—Te voy a hacer unas preguntas —dijo con voz aterradoramente calmada—, y tú me vas a dar unas respuestas.

Tratando de dominar el miedo, ella asintió.

—¿Para quién trabaja tu marido?

Ella abrió mucho los ojos, agradeciendo que él tardara en quitarle la mano de la boca, porque no sabía qué decir. Cuando él la retiró por fin, y teniéndola bien agarrada por el cuello con el brazo, dijo:

—No sé de qué hablas.

Él se echó hacia atrás, clavándole el brazo en la tráquea.

—¡Contéstame!

—¡No lo sé! ¡Lo juro!

Si delataba a Blake se arruinaría toda la operación. Él podría perdonarla, pero ella no se lo perdonaría jamás.

Oliver cambió bruscamente de posición, con el fin de poder doblarle el brazo a la espalda.

—No te creo —gruñó—. Eres muchas cosas, la mayoría de ellas fastidiosas, pero no estúpida. ¿Para quién trabaja?

Ella se mordió el labio. Comprendiendo que él no creería que no sabía nada, dijo:

—No lo sé. Aunque a veces sale.

—¡Ah! Ahora vamos bien encaminados. ¿Adónde va?

—No lo sé.

Él le dobló el brazo hacia arriba, con fuerza, y ella tuvo la seguridad de que le dislocaría el hombro.

—¡No lo sé! —gritó—. De verdad, no lo sé.

Él la giró.

—¿Sabes dónde está ahora?

Ella negó con la cabeza.

—No.

—Yo sí.

—¿Lo sabes?

Él asintió, entrecerrando los ojos, con expresión maligna.

—Imagínate mi sorpresa cuando lo descubrí tan lejos de su casa esta noche.

—No sé qué quieres decir.

Él comenzó a llevarla a empujones hacia el camino principal.

—Lo sabrás.

Continuó empujándola hasta que llegaron a un calesín estacionado a un lado del camino. El caballo estaba masticando hierba apaciblemente, hasta que él le dio un puntapié en la pata.

—¡Oliver! Eso no era necesario.

—¡Calla!

De un empujón la dejó con la espalda apoyada en un costado del calesín y le ató las manos con una áspera cuerda.

Caroline se miró las manos y observó, fastidiada, que él era tan bueno como Blake para atar y hacer nudos. Tendría suerte si le llegaba algo de sangre a las manos.

—¿Adónde me vas a llevar?

—Pues a ver a tu querido marido.

—Te dije que no sé dónde está.

—Y yo te dije que lo sé.

Ella tragó saliva; le costaba cada vez más continuar en su actitud desafiante.

—Bueno, pues ¿dónde está?

Él la subió bruscamente al calesín, se sentó a un lado y agarró las riendas para poner en marcha al caballo.

—En estos momentos el señor Ravenscroft está en un risco con vistas al Canal. Tiene un catalejo en la mano y está acompañado por el marqués de Riverdale y dos hombres a los que no conozco.

—Tal vez haya salido a hacer una expedición científica. Mi marido es un fabuloso naturalista.

—No me insultes. Tiene fijo su catalejo en mis hombres.

—¿Tus hombres?

—Me creías otro cretino ocioso apegado a tu fortuna, ¿verdad?

—Bueno, sí —soltó ella, sin tomarse el tiempo para pensarlo y controlar la lengua.

—Tenía planes para tu fortuna, sí, y no creas que te he perdonado la traición, pero he trabajado también en labrarme mi destino.

—¿Qué quieres decir?

—¡Ja! Te gustaría saberlo, ¿eh?

Ella retuvo el aliento mientras daban la vuelta a un recodo a peligrosa velocidad.

—Parece que lo voy a saber muy pronto, Oliver, si insistes en raptarme de esta manera.

Él se giró a mirarla con ojo evaluador.

—¡Mira el camino! —gritó ella, casi a punto de arrojar el contenido del estómago al ver que iban derechos a estrellarse contra un árbol.

Oliver tiró de las riendas con demasiada fuerza, y el caballo, que ya estaba malhumorado por la patada, resopló y se paró en seco.

Con el brusco frenazo a ella se le fue el cuerpo hacia delante.

—Creo que voy a vomitar —masculló.

—No creas que voy a limpiar la suciedad si echas las tripas —espetó él, golpeando al caballo con la fusta.

—¡Deja de golpear a ese pobre animal!

Él giró la cabeza y la miró con los ojos relampagueando peligrosamente.

—¿Me permites recordarte que tú estás maniatada y yo no?

—¿Y eso significa...?

—Que yo doy las órdenes.

—Bueno, no te sorprendas si el pobre animal te da una coz en la cabeza cuando estés desprevenido.

—No me digas cómo debo tratar a mi caballo —rugió él.

Acto seguido, estrelló de nuevo la fusta sobre el lomo del animal. Reanudaron la marcha por el camino, y cuando ella comprobó que iban a un paso más moderado, dijo:

—Me ibas a contar lo de tu trabajo.

—Pues no. Y cállate.

Ella cerró la boca con firmeza. Oliver no le iba a decir nada, y le iría bien aprovechar ese tiempo para idear un plan. Iban por un camino paralelo a la costa, en dirección a Prewitt Hall, acercándose a la cala que mencionaba Oliver en sus planes para operaciones de contrabando. Justamente la cala donde estaban Blake y James esperando.

¡Santo cielo! Les iban a tender una emboscada.

Algo andaba mal, pensó Blake. Lo sentía en los huesos.

—¿Dónde está? —siseó.

James negó con la cabeza y sacó su reloj de bolsillo.

—No lo sé. El barco llegó hace una hora. Prewitt debería haber estado aquí para recibirlos.

Blake soltó una maldición en voz baja.

—Caroline dijo que Prewitt siempre es puntual.

—¿Podría ser que supiera que el Ministerio de Guerra le sigue la pista?

—Imposible —contestó Blake.

Se puso el catalejo ante el ojo y lo enfocó hacia la playa. Un barco pequeño había echado el ancla a unas veinte yardas de la orilla. La tripulación no era numerosa; hasta el momento solo habían visto a dos hombres en la cubierta. Uno de ellos tenía en la mano un reloj de bolsillo, que miraba a intervalos frecuentes.

James le dio un codazo, y este le pasó el catalejo.

—Hoy debe de haber ocurrido algo —dijo Blake—. No veo cómo podría haber sabido que lo han detectado.

James se limitó a asentir y movió el catalejo, mirando el horizonte.

—A no ser que esté muerto, vendrá. Tiene muchísimo dinero comprometido en esto.

—¿Y dónde demonios están sus otros hombres? Tenían que ser cuatro.

James se encogió de hombros, y continuó mirando por el catalejo.

—Tal vez están esperando alguna señal de Prewitt. Podría tener... ¡Espera!

—¿Qué?

—Se acerca alguien por el camino.

—¿Quién? —preguntó Blake, alargando la mano para agarrar el catalejo. Pero James no lo soltó.

—Es Prewitt —dijo—, en un calesín. Viene una mujer con él.

—Carlotta de León —predijo Blake.

James bajó lentamente el catalejo. Tenía la cara pálida.

—No —susurró—. Es Caroline.

23

sanguíneo (adjetivo): 1. Dicho de una persona: de temperamento impulsivo. 2. Esperanzado u optimista respecto a determinado tema o situación.

sanguinario (adjetivo): Feroz, vengativo, que disfruta derramando sangre.

«Después de esta noche, nunca volveré a confundir las palabras *sanguíneo* y *sanguinario*.»

Del diccionario personal de Caroline Trent

Caroline entrecerró los ojos y escrutó el contorno rocoso en la distancia, pero con la oscura calina nocturna no logró ver nada. Eso no la sorprendía; Blake y James no eran idiotas, ni se les ocurriría usar una linterna. Lo más probable era que estuvieran escondidos detrás de una roca o de un arbusto, aprovechando la tenue luz de la luna para observar las actividades en la playa de abajo.

—No veo nada —le dijo a Oliver—. Debes de estar equivocado.

Él giró la cabeza para mirarla.

—De verdad me crees un idiota, ¿no?

Ella lo pensó.

—No, idiota no. Te creo muchas otras cosas, pero no idiota.

—Tu marido está escondido entre esos árboles —dijo él, apuntando.

—¿Tal vez deberíamos advertirlos de nuestra presencia? —preguntó ella, esperanzada.

—¡Ah! Los advertiremos. No temas.

Detuvo el calesín con un cruel tirón de las riendas y la arrojó al suelo de un empujón. Caroline cayó de costado, dándose un fuerte golpe, y por un instante estuvo tosiendo sobre la mezcla de tierra y hierba. Levantó la cabeza justo a tiempo para verlo sacar una pistola.

—Oliver...

Él la apuntó con la pistola, a la cabeza.

Ella cerró la boca.

—Echa a caminar —dijo él, haciendo un gesto con la cabeza hacia la izquierda.

—Pero el acantilado está ahí...

—Hay un sendero. Síguelo.

Caroline se levantó y fue a asomarse para mirar hacia abajo. En la abrupta pendiente habían excavado un estrecho sendero en zigzag que bajaba hasta la playa, y se veía claramente que no hacía falta un viento muy fuerte para que se desprendieran piedras y cayeran rodando por la pendiente. Sin duda, bajar por ese sendero era peligroso, pero muchísimo más atractivo que una bala de la pistola de Oliver. Decidió obedecer.

—Tendrás que desatarme las manos —dijo—. Necesito tener las manos libres para equilibrarme.

Él frunció el entrecejo; luego aceptó, mascullando:

—Muerta no me sirves para nada.

Ella comenzó a lanzar un suspiro de alivio.

—Todavía —añadió él.

A ella se le revolvió el estómago.

Cuando él terminó de desatarle las manos, la empujó hacia el borde del acantilado, diciendo:

—En realidad, podrías serme mucho más útil viuda.

Esta vez a ella le vinieron arcadas, pero se tragó la bilis y tosió para quitarse el mal sabor de la boca. Podía tener el corazón desbocado, podía sentirse más que aterrada, pero se mantendría fuerte por Blake. Bajó al sendero y comenzó el descenso.

—No intentes ningún truco —dijo él—. Harás bien en recordar que tengo una pistola apuntando tu espalda.

—No creo que lo olvide —masculló ella, tocando con la punta del pie más adelante, para comprobar si había piedras sueltas.

¡Maldición! Sí que era traicionero ese sendero por la noche. Había subido y bajado senderos similares durante el día, pero claro, la luz del sol es una poderosa aliada.

Él le clavó el cañón de la pistola en la espalda.

—Más rápido.

Caroline agitó los brazos, desesperada por mantener el equilibrio. Cuando estuvo segura de que no se iba a caer por la pendiente, espetó:

—No te serviré de nada si me caigo y me desnuco. Y te aseguro que si comienzo a caer, lo primero que haré será agarrarme a tu pierna.

Eso lo dejó callado, y no volvió a molestarla hasta que estuvieron en la playa, a salvo de las caídas.

—La voy a matar —dijo Blake en voz baja.

—Disculpa, pero antes tienes que salvarla —le dijo James—. Y podría convenirte que reservaras tus balas para Prewitt.

Blake lo miró con expresión de que no estaba para bromas.

—Voy a atarla a los postes de la cama, ¡maldita sea!

—Ya lo probaste una vez.

Blake se giró, dándole la espalda.

—¿Cómo puedes hacer bromas acerca de esto? Tiene a mi mujer. ¡A mi mujer!

—¿Y cuál es la utilidad de hacer una lista de las maneras y métodos de castigarla? ¿Cómo la va a salvar *eso*?

—Le dije que se quedara en casa —gruñó Blake—. Me juró que no saldría de Seacrest Manor.

—Puede que te haya hecho caso, puede que no. De todos modos, eso no cambia en nada la situación en la que estamos ahora.

Blake se giró a mirar a su mejor amigo, con una expresión de miedo y pesar al mismo tiempo.

—Tenemos que salvarla. No me importa si no capturamos a Prewitt. No me importa si se arruina toda la maldita operación. Tenemos...

—Lo sé —dijo James, poniéndole una mano en el hombro.

Blake les hizo un gesto a los otros dos agentes del Ministerio de Guerra para que se reunieran con ellos, y les explicó rápidamente la situación. No tenían mucho tiempo para idear un plan. Obligada por Oliver, Caroline ya había comenzado a bajar por el sendero hacia la playa, pero él ya sabía, desde hacía mucho tiempo, que nada puede sustituir a la buena comunicación, así que continuaron reunidos un momento para acordar una estrategia.

Por desgracia, ese fue el momento que eligieron los hombres de Oliver para atacarlos.

Cuando llegaron a la orilla, Caroline vio que las aguas del Canal no estaban tan calmadas como había creído; entonces se dio cuenta de que no era el viento el que producía la turbulencia. Cerca de la playa había anclado un pequeño barco, en el que reconoció al de Oliver, y muy pronto unos suaves crujidos de pies sobre la arena le demostraron que no estaban solos.

—¿Dónde demonios has estado?

Caroline se giró y pestañeó sorprendida. Por la voz, esperaba encontrarse ante un hombre corpulento, pero el que acababa de ponerse bajo un rayo de luna era muy esbelto, y vestía ropa muy elegante.

Oliver hizo un gesto con la cabeza hacia el barco y entró en el agua, vadeando, y llevándola a ella con él.

—Me retrasó algo inevitable.

El hombre miró a Caroline de arriba abajo de forma grosera.

—Es bastante atractiva, pero no inevitable.

—No tan atractiva —dijo Oliver con desprecio—, pero está casada con un agente del Ministerio de Guerra.

Caroline se atragantó, tropezó y cayó de rodillas, mojándose toda la falda.

Oliver soltó una risotada triunfal.

—Era solo una teoría, mi querida Caroline, teoría que tú acabas de confirmar.

Ella se puso de pie, farfullando y maldiciéndose. ¿Cómo había podido ser tan estúpida? No debería haber mostrado ninguna reacción, pero Oliver la había sorprendido.

—¿Eres idiota? —siseó el otro hombre—. Con lo que nos pagan los franceses por este envío, tendremos para vivir ociosos el resto de nuestras vidas. Si has puesto en peligro nuestras opciones...

—¿Envío? —preguntó Caroline.

Había creído que Oliver iba a llevar mensajes y documentos secretos, pero la palabra «envío» indicaba que era algo más grande. ¿Llevarían municiones de contrabando? ¿O armas? El barco no se veía lo bastante grande como para transportar una carga así.

Ninguno de los dos hombres le hizo caso.

—La esposa de un agente —murmuró el desconocido—. ¡Maldición! Sí que eres estúpido. Lo último que necesitamos es atraer la atención del Ministerio de Guerra.

—Ya la hemos atraído —replicó Oliver, adentrándose más en el agua y llevando a Caroline con él—. Blake Ravenscroft y el marqués de Riverdale están ahí arriba, en el risco. Os han estado observando toda la noche. Si no fuera por mí...

—Si no fuera por ti —interrumpió el hombre, agarrando a Caroline y acercándola a él de un tirón—, no nos habrían detectado jamás. Ravenscroft y Riverdale no se enteraron por mí de nuestra operación.

—¿Conoce a mi marido? —preguntó Caroline, tan sorprendida que ni siquiera intentó zafarse.

—Sé algo acerca de él —contestó el hombre—. Y mañana lo sabrá toda Francia.

—¡Por Dios! —susurró ella.

El «envío» de Oliver tenía que ser una lista de agentes. Agentes que serían blancos de asesinato; agentes como Blake y James.

Al instante se le ocurrieron diez planes diferentes, y los descartó todos. Gritar sería inútil; si Blake estaba observando la playa seguro que ya la había visto, por lo que no era necesario que lo advirtiera de su presencia. Y si atacaba a Oliver o al agente francés, solo conseguiría que la mataran. La única posibilidad era hacer algo para ganar tiempo, hasta que ellos vinieran a rescatarla.

Pero ¿qué ocurriría entonces? Ellos no contarían con el elemento sorpresa. Oliver ya sabía que estaban ahí.

Retuvo el aliento. Oliver daba la impresión de no estar preocupado por la presencia de los agentes del Ministerio de Guerra. Sin pensarlo, levantó la vista hacia lo alto del acantilado, pero no vio nada.

—Tu marido no te va a salvar —le dijo Oliver, con cruel satisfacción—. Mis hombres se los están cargando en este mismo momento.

—¿Para qué me has traído aquí, entonces? —siseó ella, sintiendo que se le rompía el corazón en el pecho—. No me necesitabas.

Él se encogió de hombros.

—Por capricho. Quería que supiera que te tengo. Quería que me viera entregarte a Davenport.

El hombre llamado Davenport se rio y la acercó más a él.

—Podría resultar entretenida.

Oliver frunció el ceño.

—Antes de que te largues con ella...

—No puedo ir a ninguna parte mientras no llegue el envío —gruñó Davenport—. ¿Dónde demonios está esa mujer?

¿Mujer?, pensó Caroline, intentando mantenerse impasible sin mostrar ninguna reacción.

—Viene de camino —espetó Oliver—. ¿Y desde cuándo sabes lo de Ravenscroft?

—Desde hace unos días. Una semana, tal vez. No eres mi único medio de transporte.

—Deberías habérmelo dicho —gruñó Oliver.

—No me has dado ningún motivo para confiar en ti en nada, aparte de proporcionar un barco.

Caroline aprovechó que los dos hombres estaban absortos en su discusión para observar la playa y el acantilado por si veía algún movimiento que indicara acción. Blake estaba ahí arriba luchando por su vida y ella no podía hacer ni una sola maldita cosa. Jamás se había sentido tan impotente. Incluso cuando estaba con sus horribles tutores, siempre abrigaba la esperanza de que algún día se enderezaría su vida. Pero si mataban a Blake...

Ahogó un sollozo. La sola idea era tan horrible que no la soportaba.

Justo en ese momento, por el rabillo del ojo vio un movimiento en la parte inferior del sendero por el que acababa de bajar. Resistió el impulso de girar la cabeza para mirar bien; si Blake o James acudían a rescatarla, no le convenía estropear el elemento sorpresa.

Pero cuando la persona continuó avanzando, en dirección a ellos, vio que era muy pequeña para ser Blake o James. O para ser cualquier hombre, en realidad; su andar y sus movimientos eran decididamente los de una mujer.

Entreabrió los labios, sorprendida. Carlotta de León. Tenía que ser ella. La ironía era asombrosa.

Cuando estuvo más cerca y ya se la podía oír, Carlotta se aclaró la garganta con delicadeza. Al instante Oliver y Davenport dejaron de discutir y se giraron hacia ella.

—¿La tiene? —preguntó Davenport.

Carlotta asintió.

—Era demasiado peligroso traer la lista —dijo, con un acento algo cantarín—. Pero me la aprendí de memoria.

Caroline contempló a la mujer que, en cierto modo, era la responsable de su matrimonio con Blake. Era una mujer esbelta, bajita, de fina estructura ósea, piel de alabastro y pelo negro. Sus ojos tenían una extraña expresión que los hacía parecer envejecidos, como si pertenecieran a una persona mucho mayor.

—¿Quién es esta mujer? —preguntó Carlotta.

—Caroline Trent —contestó Oliver.

—Caroline Ravenscroft —corrigió ella.

—¡Ah, sí! Ravenscroft —dijo Oliver—. ¡Qué idiota soy olvidando que ahora eres su esposa! —Sacó su reloj de bolsillo y lo abrió—. Discúlpame, ahora mismo, una viuda.

—Te veré en el infierno —siseó ella.

—De eso no me cabe duda, pero creo que antes tendrás vistas mucho más interesantes con el señor Davenport.

Olvidándose totalmente de que el susodicho Davenport la tenía agarrada del brazo, Caroline se abalanzó hacia Oliver. Aunque la sujeción de Davenport era firme, logró darle un buen puñetazo en el estómago. Oliver se dobló por el dolor pero, por desgracia, no soltó la pistola.

—Felicidades —dijo Davenport, en voz ronca y burlona—. Llevo meses deseando hacer eso.

Caroline se giró a mirarlo.

—¿De qué lado está?

—Del mío. Siempre.

Y diciendo esto, levantó el brazo, mostrando por primera vez una brillante pistola oscura, y le disparó a Oliver en la cabeza.

Caroline lanzó un grito. Le tembló el cuerpo con el movimiento de la pistola al retroceder, y el ruido del disparo le resonó en los oídos como zumbidos.

—¡Dios mío! —gimió—. ¡Dios mío!

No le tenía un gran cariño a Oliver; incluso había aceptado dar al Gobierno información sobre él que podría enviarlo a la horca, pero eso... eso era demasiado. Había sangre en su vestido y en la espuma del agua, y el cuerpo de Oliver estaba flotando boca abajo.

De un tirón se soltó de la sujeción de Davenport, se tambaleó y vomitó. Cuando logró mantenerse en pie, se giró hacia su nuevo captor y le preguntó:

—¿Por qué?

Él se encogió de hombros.

—Sabía demasiado.

Carlotta miró a Caroline y luego pasó lentamente la mirada a Davenport, con expresión decidida.

—También ella —dijo, con ese delicado acento español que Caroline ya comenzaba a detestar.

Al oír el disparo, el primer pensamiento de Blake fue que su vida había llegado a su fin.

Su segundo pensamiento fue exactamente el mismo, aunque no por el mismo motivo. Solo en el instante en que se dio cuenta de que estaba vivo y que James acababa de abatir con un acertado golpe en la cabeza al villano que había intentado dispararle, se le ocurrió que el disparo no podía haber ocurrido en el acantilado, porque el ruido habría sido más fuerte.

El ruido del disparo llegó de la playa, y eso solo podía significar una cosa: habían matado a Caroline, por lo tanto, su vida había llegado a su fin.

Se le aflojó la mano y se le cayó la pistola, y se quedó totalmente fláccido, incapaz de moverse. Por el rabillo del ojo vio abalanzarse sobre él a uno de los hombres de Prewitt, y solo en el último instante recuperó el aplomo para girarse y asestarle una patada en el vientre. El hombre cayó lanzando un gruñido y él se quedó a un lado con la mente todavía zumbando por el ruido del disparo que les había llegado de la playa.

¡Santo Dios! No le había llegado a decir que la amaba.

James llegó corriendo con un trozo de cuerda en las manos.

—Este es el último —dijo, arrodillándose a atar al hombre caído.

Blake no dijo nada.

Al parecer James no notó su aflicción.

—Tenemos un hombre herido, pero creo que vivirá. Es solo una herida de cuchillo en el hombro. La hemorragia está casi controlada.

Blake le veía la cara, sus risueños ojos color azul turquesa y el labio superior delicadamente curvado suplicando que se lo besaran. Oía su voz, susurrándole palabras de amor, palabras que él nunca le había correspondido.

—¿Blake?

La voz de James lo sacó del dolor que atenazaba su mente. Lo miró.

—Tenemos que ponernos en marcha.

Blake miró hacia el mar.

—¿Blake? ¿Blake? —lo llamó James—. ¿Te sientes mal?

Se incorporó y comenzó a palparlo, buscando alguna lesión o herida.

—No, solo...

Entonces lo vio. Vio un cuerpo flotando en el agua, y sangre. Y a Caroline ¡viva!

Su mente cobró vida, como también su cuerpo.

—¿Cuál es el mejor camino para bajar? —preguntó—. No tenemos mucho tiempo.

James observó cómo discutían el hombre y la mujer que tenían retenida a Caroline.

—No —dijo.

Blake fue a recoger su pistola del suelo y luego se giró hacia James y William Chartwell, el agente del Ministerio de Guerra que no estaba herido.

—Tenemos que bajar lo más silenciosamente posible.

—Hay dos senderos —dijo Chartwell—. Ayer exploré la zona. El que usó Prewitt para hacer bajar a Caroline a la playa y el otro, pero...

—¿Dónde está? —interrumpió Blake.

—Ahí —contestó Chartwell haciendo un gesto con la cabeza—, pero...

Blake ya había echado a correr.

—¡Espera! —siseó Chartwell—. Esa pendiente es muy abrupta. Es imposible bajar por ahí a oscuras.

Blake se acuclilló en el comienzo del sendero y miró hacia abajo, con la escasa iluminación que ofrecía la luna. A diferencia del otro, el sendero estaba protegido de la vista por árboles y arbustos.

—Es nuestra única esperanza de bajar sin que nos detecten.

—¡Es un suicidio! —exclamó Chartwell.

Blake se giró a mirarlo.

—Están a punto de asesinar a mi mujer.

Acto seguido, sin esperar a ver si alguno de sus compañeros lo seguía, comenzó el lento y peligroso descenso hacia la playa. ¡Qué sufrimiento no poder bajar corriendo esa pendiente! Cada segundo era esencial si quería volver a Seacrest Manor con Caroline sana y salva en sus brazos. Pero el terreno solo permitía avanzar a pasos cortitos como los de un bebé. La pendiente era tan abrupta que tuvo que bajarla casi entera de costado para no perder el equilibrio.

Oyó rodar una piedra pequeña por el sendero y luego la sintió cuando le cayó en el pie. Eso solo podía significar que, ¡gracias a Dios!, James lo venía siguiendo. En cuanto a Chartwell, no lo conocía tan bien que pudiera predecir lo que haría, pero sí se fiaba de él lo bastante como para tener la seguridad de que no haría nada que estorbara el rescate de Caroline.

Cuando iba más o menos a mitad del descenso cambió la dirección del viento y comenzó a traer sonidos de la playa. El hombre y la mujer que retenían a Caroline estaban discutiendo. La voz de Prewitt brillaba por su ausencia, por lo que supuso que era su cadáver el que flotaba en el agua.

Entonces oyó un grito agudo de Caroline. Se obligó a calmarse. El grito era más de sorpresa que de dolor, y él debía mantener fría la cabeza si quería llegar abajo de una sola pieza.

Llegó a un estrecho reborde y se detuvo a recuperar el aliento y reevaluar la situación. Unos segundos después estaba James a su lado.

—¿Cómo van las cosas?

—No lo sé. Parece que ella no está herida, pero de todos modos no se me ocurre cómo vamos a presentarnos ahí para salvarla. Sobre todo estando los tres metidos en el agua.

—¿Sabe nadar?

—¡Maldición! No tengo ni idea.

—Bueno, se crio en la costa, así que podemos esperar que sepa. Además... ¡Por Dios!

—¿Qué?

James giró la cabeza hacia él.

—Esa es Carlotta de León.

—¿Estás seguro?

—Segurísimo.

Blake percibió que su amigo tenía algo más que decir.

—¿Y...?

—Y eso significa que el problema es peor de lo que temíamos —dijo James, y tragó saliva—. No hay persona más cruel que la señorita De León, y además es una fanática de la causa. Le dispararía a Caroline al corazón con una mano mientras con la otra se dedica a pasar las páginas de una Biblia.

Caroline comprendió que se le estaba acabando el tiempo. Davenport no tenía ningún motivo apremiante para mantenerla con vida. Estaba claro que su intención era tener con ella lo que él llamaría «una pequeña diversión»;

probablemente consideraba excitante acostarse con la mujer de un agente de la Corona.

Carlotta, en cambio, estaba motivada por razones más políticas, que en gran parte iban dirigidas a destruir el Imperio británico. Era evidente que la mujer estaba consagrada a su causa.

Los dos estaban discutiendo acerca del destino de ella, y no le cabía duda de que la discusión no tardaría en pasar a una pelea a gritos. Tampoco le cabía duda de que Carlotta resultaría victoriosa. El resultado era fácil de prever. Davenport siempre podía encontrar a otra mujer para fastidiar, pero Carlotta no encontraría fácilmente otro país al que deseara destruir. Y eso significaba que ella acabaría muerta si no hacía algo pronto.

Aunque Davenport seguía sujetándola con firmeza, logró girarse hasta quedar mirando a Carlotta. Entonces dijo:

—Ya le van detrás.

Carlotta se quedó inmóvil y luego giró lentamente la cabeza para mirarla.

—¿Qué quiere decir?

—Saben que está en el país. Desean verla colgada.

Carlotta se echó a reír.

—Ni siquiera saben quién soy.

—Sí que lo saben, señorita De León.

A Carlotta se le pusieron blancos los nudillos de la mano con que sostenía la pistola.

—¿Quién es usted?

Le tocó a Caroline echarse a reír.

—¿Me creería si le dijera que soy la mujer a la que confundieron con usted? Es divertido, pero cierto.

—Solo hay un hombre que me ha visto...

—El marqués de Riverdale —acabó Caroline.

Oliver ya los había nombrado a él y a Blake, así que no había tanta necesidad de mantenerlo en secreto.

Entonces se oyó la sarcástica voz de Davenport:

—Si me permitierais interrum...

¡Pum!

El impacto fue tan fuerte que Caroline tuvo la seguridad de que le habían disparado. Entonces se dio cuenta de dos cosas: no sentía ningún dolor y el brazo con que la sujetaba Davenport se había aflojado totalmente.

Tragando saliva, se giró a mirar. Ahora eran dos los cuerpos que flotaban en el agua.

—¿Por qué lo ha hecho?

—Me estaba fastidiando.

A Caroline se le revolvió otra vez el estómago ya vacío y le vinieron náuseas.

—Nunca supe cómo se llamaba —dijo Carlotta en voz baja.

—¿Quién?

—El marqués.

—Bueno, él sí sabe cómo se llama usted.

—¿Por qué me dice todo esto?

—Instinto de conservación, puro y simple.

—¿Y cómo la va a salvar esto?

Caroline curvó los labios en una sonrisa enigmática.

—Si sé esto, imagínese qué otras cosas podría contarle.

La mirada de la española era acerada.

—Si sabe demasiado —dijo en un tono melodioso que resultaba espeluznante—, ¿por qué no debería matarla ahora mismo?

Caroline hizo un ímprobo esfuerzo para no perder la serenidad. Le flaqueaban las piernas y le temblaban las manos, pero esperaba que Carlotta lo atribuyera al agua fría que las cubría hasta las pantorrillas. No sabía si Blake estaba vivo o muerto, pero fuera como fuese, tenía que mantenerse fuerte. Si lo habían matado arriba en el acantilado, no quisiera Dios, que la colgaran si permitía que esa mujer estropeara totalmente su trabajo. No le importaba si moría en el intento, pero no iba a permitir que la lista de los agentes del Ministerio de Guerra saliera del país.

—No he dicho que sepa demasiado —dijo al fin—, pero podría saber exactamente lo que usted necesita.

Pasado un momento de aterrador silencio, Carlotta levantó la pistola.

—Correré mis riesgos —dijo.

En ese instante Caroline comprendió que se había mentido a sí misma. Sí le importaba morir. Todavía no estaba dispuesta a dejar este mundo. No deseaba sentir el dolor de una herida de bala, saber que una bala le había roto la piel y su sangre vital se mezclaba con las frías aguas del Canal.

Y, Dios la amparara, no podía morirse sin saber qué suerte había corrido Blake.

—¡No puede! —gritó—. No puede matarme.

Carlotta sonrió.

—¿No?

—Se le acabaron las balas.

—Tengo otra pistola.

—¡Jamás escapará sin mí!

—¿De veras?

Caroline asintió con energía, desesperada. Entonces, por el rabillo del ojo vio un movimiento que la hizo elevar una plegaria de agradecimiento.

—¿Y por qué está tan segura de eso?

—Porque el barco levó anclas y se está marchando.

Carlotta se giró a mirar y vio el barco de Oliver alejándose; soltó una palabrota que Caroline no había oído jamás en boca de una mujer.

Cuando Blake tocó con los pies la gravilla de la playa, tuvo que hacer un gran esfuerzo para no ir corriendo a meterse en el mar y sacar de ahí a su mujer. Pero había escogido el sendero por la pendiente para no estropear el elemento sorpresa y debía proceder con suma cautela. Un instante después James aterrizó en silencio a su lado y los dos contemplaron la escena.

Carlotta estaba desquiciada, agitando el puño y gritando maldiciones al barco que se iba adentrando en el mar. Mientras tanto Caroline iba retrocediendo lentamente hacia la playa.

Entonces, justo cuando estaba tan cerca de la orilla que podría echar a correr para ponerse a resguardo, Carlotta se dio media vuelta y la apuntó al abdomen con la pistola.

—No va a ir a ninguna parte —dijo en tono letal.

—¿No podríamos por lo menos salir del agua? —dijo Caroline—. Ya no siento los pies.

Carlotta asintió secamente.

—Camine despacio. Un solo movimiento para escapar y la mato de un disparo. Lo juro.

—Le creo —contestó Caroline, mirando hacia el cadáver de Davenport.

Lentamente, sin dejar de mirarse, las dos mujeres vadearon por el agua hasta salir a la playa.

Blake lo había observado y oído todo desde su escondite detrás de un árbol. Sintió acercarse a James y luego su susurro al oído:

—Espera hasta que estén más cerca.

—¿Que espere para qué?

James no contestó.

Blake continuó observando a Carlotta como un halcón, esperando el momento oportuno para dispararle a la pistola y arrancársela de la mano. No había tirador mejor que él en toda Inglaterra, y estaba seguro de que lo conseguiría, pero no podía hacerlo mientras Caroline estuviera en medio.

Entonces, antes de que él pudiera impedírselo, James salió al claro, caminando hacia ellas, con las dos manos levantadas.

—Suéltala —dijo con voz grave—. Es a mí a quien deseas.

Carlotta giró la cabeza.

—¡Tú!

—En carne y hueso.

Caroline lo miró boquiabierta.

—¿James?

Carlotta movió la pistola en arco y la apuntó hacia él.

—He soñado con este día —siseó.

James le hizo un gesto con la cabeza a Caroline, indicándole que se apartara.

—¿Y con qué más has soñado? —preguntó en un ronroneo.

Caroline retuvo el aliento. James hablaba de un modo absolutamente seductor. ¿Qué habría ocurrido entre esos dos? ¿Y dónde estaba Blake?

—Caroline, hazte a un lado —dijo James en tono enérgico—. Esto es entre la señorita De León y yo.

Caroline no entendía qué pretendía él, pero no tenía la menor intención de dejarlo solo a merced de una mujer que parecía querer desollarlo vivo.

—James —dijo—, tal vez yo...

—¡Muévete! —rugió él.

Ella se hizo a un lado, y no había pasado una fracción de segundo cuando sonó un disparo. Carlotta aulló de dolor, y de sorpresa, y James aprovechó el momento para abalanzarse sobre ella y derribarla, dejándola aplastada en el suelo. La española se debatió, pero James la sobrepasaba en peso, así que no pudo con él.

Caroline corrió a ayudarlo, pero antes de que llegara hasta a ellos la agarraron por un brazo.

—¿Blake? ¡Oh, Blake! —Se arrojó en sus brazos—. Creí que no volvería a verte nunca más.

Él la estrechó con todas sus fuerzas.

—Caroline —resolló—, cuando vi... cuando oí...

—Creí que te habían matado. Oliver dijo que estabas muerto.

Blake continuó estrechándola en sus brazos, todavía sin poder creer que estaba a salvo. La tenía agarrada con demasiada fuerza y le dejaría moretones en su delicada piel, pero no podía soltarla.

—Caroline, tengo que decirte...

—¡No salí de Seacrest Manor! —interrumpió ella, a borbotones—. Te lo juro. Deseaba venir, pero no lo hice porque no quería traicionar tu confianza. Pero entonces Oliver me asaltó, me maniató y...

—No me importa —dijo él, negando con la cabeza, consciente de que le corrían lágrimas por las mejillas, pues estaba a merced de sus emociones—. Eso no me importa. Pensé que ibas a morir y...

Ella lo interrumpió murmurando su nombre y acariciándole la mejilla, y eso lo desarmó más aún.

—Te amo, Caroline. Te amo. Y tú ibas a morir y en lo único que podía pensar...

—¡Oh, Blake!

Él la estrechó con más fuerza, sintiendo curiosamente desequilibrado todo el cuerpo.

—En lo único que podía pensar era que nunca podría decírtelo, que nunca me oirías decírtelo y...

Caroline le colocó un dedo sobre los labios.

—Te amo, Blake Ravenscroft.

—Y yo te amo, Caroline Ravenscroft.

—Y yo no amo a Carlotta de León —gruñó James—, así que si alguno de vosotros está dispuesto a ayudarme, quiero atarla y acabar de una vez por todas.

Blake se apartó de Caroline y lo miró cohibido.

—Disculpa, Riverdale.

Caroline lo siguió y los observó atar y amordazar a la espía española.

—¿Cómo pensáis subirla por el acantilado?

—¡Maldición! —masculló James—. No me apetece nada subirla.

Blake lanzó un suspiro.

—Supongo que mañana podríamos enviar una barca.

—¡Ah! —exclamó Caroline—. Ahora que lo recuerdo..., vi a los hombres que estaban en el barco de Oliver antes de que se marcharan. Era Miles Dudley, tal como pensábamos. Al otro no lo reconocí, pero seguro que si arrestáis al señor Dudley, él os llevará a él.

En ese momento llegó Chartwell, que había bajado por el otro sendero.

—¿Qué ha ocurrido? —preguntó.

—Me sorprende que no te quedaras a verlo todo desde un lugar seguro en el acantilado.

A James se le iluminó la cara.

—Ravenscroft, no regañes al muchacho. Llega justo a tiempo.

—¿A tiempo para qué? —preguntó Chartwell, receloso.

—Pues para montar guardia junto a la señorita De León. Por la mañana enviaremos una barca a recogeros. Y mientras estás en ello, saca esos dos cadáveres del agua.

Chartwell se limitó a asentir, sabiendo que no tenía otra opción.

Blake miró hacia lo alto del acantilado.

—¡Maldición! Estoy muy cansado.

—¡Ah! No hace falta que subamos el sendero —dijo Caroline, apuntando hacia el este—. Si no os importa caminar, a una media milla por la playa se acaba el acantilado y el terreno para llegar al camino es relativamente llano.

—Yo subiré por el sendero —dijo James.

Caroline lo miró con el ceño fruncido.

—¿En serio? Tienes que estar cansadísimo.

—Alguien tiene que ir a buscar los caballos. Vosotros seguid por aquí. Nos encontraremos en el camino.

Y antes de que ninguno de los dos pudiera discutirlo, James ya se había alejado y comenzado a subir por el abrupto sendero.

Sonriendo, Blake tironeó la mano de Caroline.

—Riverdale es un hombre muy listo.

—¿Sí? —dijo ella, echando a caminar detrás de él, dejando a Chartwell encargado de la prisionera—. ¿Y qué te ha llevado a hacer esa observación en este momento?

—Tengo la impresión de que se sentiría algo incómodo si nos acompaña.

—¿Sí? ¿Por qué?

Blake la miró con su expresión más seria.

—Bueno, como sabes, hay ciertos aspectos del matrimonio que exigen privacidad.

—Comprendo —dijo ella, muy seria.

—Yo podría tener que besarte una o dos veces durante el camino de vuelta.

—¿Solo dos veces?

—Tres, posiblemente.

Ella fingió pensarlo.

—Creo que tres veces no será suficiente.

—¿Cuatro?

Ella se rio, negó con la cabeza y echó a correr por la playa.

—¿Cinco? —propuso él, siguiéndola muy de cerca con sus largos pasos—. Seis. Puedo prometer seis, y procuraré que sean siete.

—¡Ocho! —gritó ella—. Pero solo si me alcanzas.

Él echó a correr, la alcanzó y la dejó inmovilizada.

—¡Atrapada!

Ella tragó saliva y se le llenaron los ojos de lágrimas.

—Sí, me has atrapado. Es bastante divertido, ¿no?

Blake le acarició la mejilla, sonriéndole con todo el amor del mundo.

—¿Qué?

—Oliver se proponía atrapar a una heredera, tú te proponías atrapar a una espía. Y al final... —Se le cortó la voz, ahogada por la emoción.

—¿Y al final?

—Al final yo te atrapé a ti.

Él la besó dulcemente una vez.

—Sí que me atrapaste, mi amor. Me atrapaste de verdad.

Entradas escogidas
del diccionario personal
de Caroline Trent

Julio de 1815

sin par (locución adjetiva): Persona o cosa que no tiene igual o semejante;
singular, único.

Ha transcurrido un año de matrimonio y sigo pensando que mi marido es
sin par.

Noviembre de 1815

devoraz (adjetivo): Que come desmesuradamente y con mucha ansia; voraz.

Tengo mucha hambre ahora que estoy embarazada, pero de todos modos no
soy tan *devoraz* como cuando estaba atrapada en el cuarto de baño de
Blake.

Mayo de 1816

tratado (sustantivo): Libro o escrito acerca de una determinada materia.

Blake encuentra muchísimo de qué presumir en nuestro hijo de dos años;
un día de estos preveo un *tratado* acerca del intelecto y el encanto de
David.

Enero de 1818

tentempié (sustantivo): Comida o refrigerio liviano.

Este embarazo no se parece en nada al anterior; bendito el día en que consigo tomar un *tentempié* frío.

Agosto de 1824

cursiva (adjetivo): De la letra; la de mano que se liga mucho para escribir deprisa, en que las letras se forman muy rápido sin levantar la pluma, y en consecuencia tienen los ángulos redondeados y quedan ligeramente inclinadas.

Hoy estaba intentando instruir a Trent en el arte de la escritura *cursiva* cuando intervino Blake (con bastante impertinencia, en mi opinión) afirmando que yo tengo una letra que se parece a las huellas de las patas de un pollo.

Junio de 1826

progenie (sustantivo): Descendencia o conjunto de hijos; familia, prole.

Nuestra *progenie* insiste en que los agujeros en la pared que rodean el blanco para dardos de Blake los hizo un pájaro que estaba desesperado por haberse quedado atrapado dentro de la casa, pero yo encuentro inverosímil esa explicación.

Febrero de 1827

eufónico (adjetivo): Agradable al oído.

Le hemos puesto Cassandra en honor de mi madre, pero los dos estamos de acuerdo en que el nombre tiene un sonido muy *eufónico*.

Junio de 1827

beatífico (adjetivo): Que hace bienaventurado, otorgando felicidad suprema.

Tal vez soy una mujer demasiado sentimental, pero a veces me detengo a contemplar todo lo que me es tan precioso: Blake, David, Trent, Cassandra, y me siento tan avasallada por la felicidad que seguro que llevo una sonrisa *beatífica* en la cara durante días. La vida, creo, ¡lo sé!, es maravillosa.

¿TE GUSTÓ ESTE LIBRO?

escríbenos y
cuéntanos tu opinión en

 f /Sellotitania   **🐦** /@Titania_ed

 📷 /titania.ed

#SíSoyRomántica

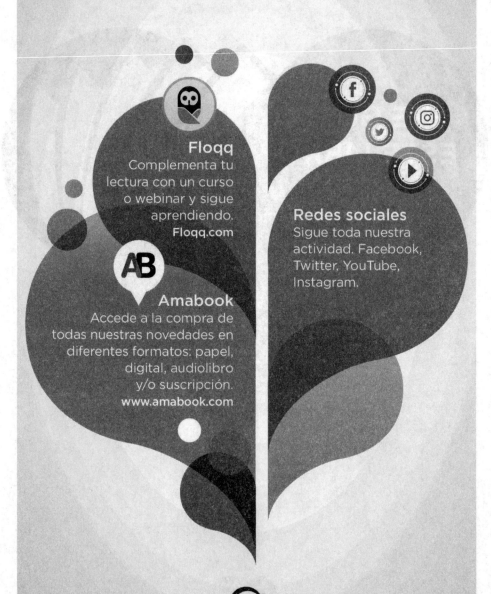